Wang Zengqi
Selected Works

汪朗主编

汪曾祺别集

撞墙集

陶庆梅编

浙江文艺出版社

作者，摄于二十世纪七十年代末

一九七一年，作者（左三）在江西老区体验生活

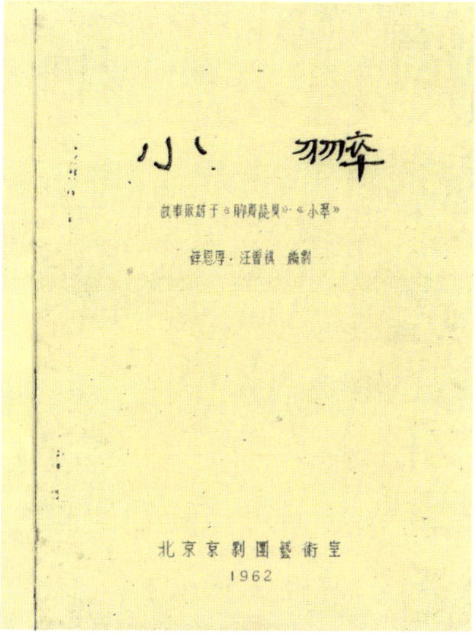

小翠

故事取材于《聊齋誌異》·《小翠》

薛恩厚·汪曾祺 編劇

北京京劇團藝術室

1962

《小翠》油印本书影

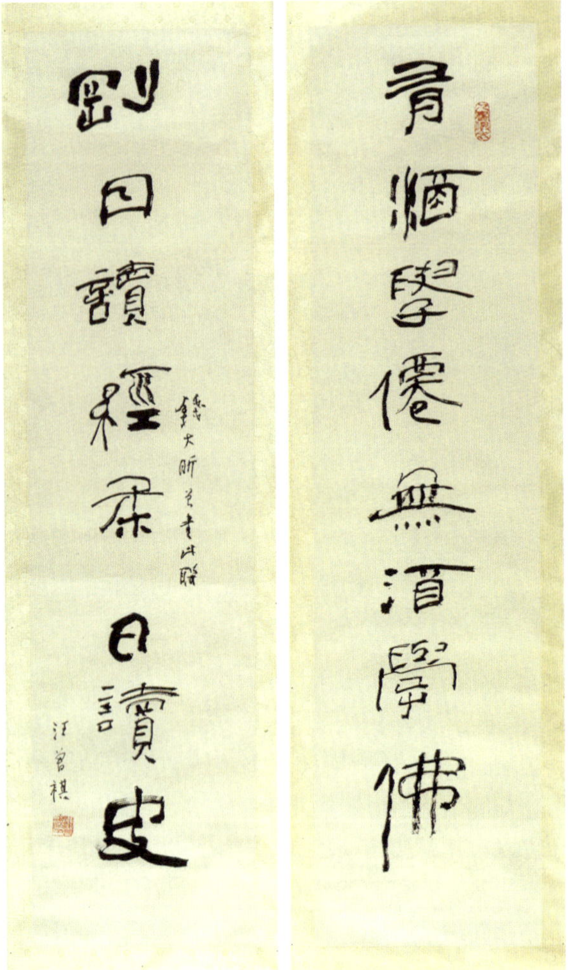

作者所书对联“有酒学仙无酒学佛，刚日读经柔日读史”

出版说明

二〇二〇年是作家汪曾祺先生诞辰一百周年。为纪念汪先生，我们编选了这套《汪曾祺别集》。

汪曾祺的老师沈从文先生辞世后，家属借岳麓书社提议出版沈先生作品的机会，与吉首大学沈从文研究室合作，编选了一套二十册袖珍本集子，并根据汪曾祺先生的建议，定名为《沈从文别集》。这套选本款式朴素大方，编选方面的特别处在于，除了旧作，每本书前面增加了一些杂感、日记、检查、书信，以帮助读者更全面地理解作者和他的作品。

《汪曾祺别集》即参照《沈从文别集》的体例，从目前所见的汪曾祺全部作品中精选出二十册小书，在纪念汪先生的同时，向沈先生致敬。

本书大致依体裁、主题分集，希望在编辑、校订方面尽可能精审，遵循的基本原则如下：

一、以初版本或作者改订本为底本，参校以初刊本，作者手稿、手校本。不论所据底本为何种形式，全书统一为简体横排，标点符号统一为新式标点。

二、底本误植处，据校本或上下文可明确推断所误为何，由编者径改；底本与他本相抵牾而无法判断者一仍其旧。

三、可见作者习惯的异体字不做改动；通假字，侧重记音的方言用字，象声词，及外国人名、地名译法，仍存旧貌；意义完全相同的同一字，及同一人、地、物名，在同一篇内保持一致。

四、在早期作品中，作者习惯使用或现代文学创作中尚不规范的“的”、“地”、“得”、“做”、“作”、“那”、“哪”等词用法，不强做规范处理。

五、全书中的数字，除特殊情况外，统一为中文数字形式。

六、题注、收信人简介以仿宋体排于篇首页页下。正文中作者原注和编者注均以脚注形式标在当页。作者原注排为宋体；编者所做的必要注释以“编者注”字样标出，排为仿宋体。

七、独立成段的引文统一使用仿宋体，另行起排，段首缩进两字。

八、每篇文章的题注以脚注形式标在篇首页，排为仿宋体。所注信息包括初次发表时间、报刊名（初刊），初版图书名（初收）等。涉及的初版图书包括以下版本：

《邂逅集》，文化生活出版社一九四九年四月版；

《羊舍的夜晚》，中国少年儿童出版社一九六三年一月版；

《汪曾祺短篇小说选》，北京出版社一九八二年二月版；

《晚饭花集》，人民文学出版社一九八五年三月版；

《汪曾祺自选集》，漓江出版社一九八七年十月版；

《晚翠文谈》，浙江文艺出版社一九八八年三月版；

《茱萸集》，联合文学出版社一九八八年九月版；

《蒲桥集》，作家出版社一九八九年三月版；

《旅食集》，广东旅游出版社一九九二年四月版；

《世界历史名人画传·释迦牟尼》，江苏教育出版社一九九二年七月版；

《汪曾祺小品》，中国人民大学出版社一九九二年十月版；

《中国当代作家选集丛书·汪曾祺》，人民文学出版社一九九二年十二月版；

《汪曾祺散文随笔选集》，沈阳出版社一九九三年六月版；

《菰蒲深处》，浙江文艺出版社一九九三年六月版；

《榆树村杂记》，中国华侨出版社一九九三年九月版；

《草花集》，成都出版社一九九三年九月版；

《汪曾祺文集》（五卷），江苏文艺出版社一九九三年九月版；

《塔上随笔》，群众出版社一九九三年十一月版；

《中国当代名人随笔·汪曾祺卷》，陕西人民出版社一九九三年十二月版；

《矮纸集》，长江文艺出版社一九九六年三月版；

《逝水》，中国青年出版社一九九六年三月版；

《独坐小品》，宁夏人民出版社一九九六年十一月版；

《去年属马》，北京燕山出版社一九九七年八月版；

《中国当代才子书·汪曾祺卷》，长江文艺出版社一九九七年九月版；

《汪曾祺全集》（八卷），北京师范大学出版社一九九八年八月版；

《汪曾祺全集》（十二卷），人民文学出版社二〇一九年一月版。

题注中只列上述书名，不另标注出版时间和出版社名；《汪曾祺全集》以“北师大版”和“人民文学版”作为区分。

虽已竭尽全力，本书仍可能存在各种问题，期待读者诸君批评指谬。

《汪曾祺别集》编辑委员会

二〇一九年十二月六日

总　序

别集，本来是汪曾祺为老师沈从文的一套书踅摸出的名字，如今用到了他的作品集上。这大概是老头儿生前没想到的。

沈先生的夫人张兆和在《沈从文别集》总序中说："从文生前，曾有过这样愿望，想把自己的作品好好选一下，印一套袖珍本小册子。不在于如何精美漂亮，不在于如何豪华考究，只要字迹清楚，款式朴素大方，看起来舒服。本子小，便于收藏携带，尤其便于翻阅。"这番话，用来描述《汪曾祺别集》的出版宗旨，也十分合适。简单轻便，宜于阅读，是这套书想要达到的目的。当然，最好还能精致一点。

这套书既然叫别集，似乎总得找出点有"别"于"他集”的地方。想来想去，此书之“别”大约有三：

一是文字总量有点儿不上不下。这套书计划出二十本，约二百万字。比起市面上常见的汪曾祺作品选集，字数要多出不少，收录文章数量自然也多，而且小说、散文、文学评论、剧本、书信等各种体裁作品全有，可以比较全面地反映他的创作风格。若是和人民文学出版社新近出版的《汪曾祺全集》相比，《别集》字数又要少许多。《全集》有十二卷，约四百万字，是《别集》的两倍，还收录了许多老头儿未曾结集出版的文章。不过，《全集》因为收文要全，也有不利之处，就是一些文章的内容有重复，特别是老头儿谈文学创作体会的文章。汪曾祺本不是文艺理论家，但出名之后经常要四处瞎白话儿，车轱辘话来回说，最后都收进了《全集》。这也是没办法的事情。《别集》则可以对文章进行筛选，内容会更精当些。就像一篮子菜，择去一部分，品质总归会好一点儿。

二是编排有点儿不伦不类。这套书在每一本的最前面，大都要刊登老头儿几篇与本书有点儿关联的文章，有书信，有序跋，还有他被打成右派的“罪证”和下放劳动时写的思想汇报。在正文之前添加这些“零碎儿”，可以让读者从多个角度了解汪曾祺其文其人。这种方式算不得独创，《沈从文别集》就是这么编排的，只是一般书很少这么做。也算是一别吧。

再有一点，是编者有点儿良莠不齐。这套书的主持者，以五十岁左右的中年人居多，他们大都对汪曾祺的作品有着深入了解，也编过他的作品集。有的当年常和老头儿一起喝酒聊天，把家里存的好酒都喝得差不多了；有的是专攻现当代文学的博士；有的被评为“第一汪迷”；有的参加过《汪曾祺全集》的编辑；有的对他的戏剧创作有专门研究……这些人能够聚在一起编《汪曾祺别集》，质量当然有保证。其中也有跟着混的，北京话叫“塔儿哄”，就是汪曾祺的孙女和外孙女。她们对老头儿的作品虽然有所了解，但是独立编书还差点儿火候。好在大事都有专家把控，她们挂个名，跟着敲敲边鼓，不至于影响《别集》的质量。

这套《汪曾祺别集》是好是坏，还要读者说了算。

汪 朗

二〇一九年十月二十五日

目　录

附录

致徐城北[1]　一九八三年□□月二十五日

城北：

信收到。

《一匹布》已排出，因鼓师调到二团，就搁住了。他们排戏，我一次也未看过，也有点怕看。你要剧本，今检奉。闻剧本在排练中曾有改动（主要是恢复了一些原有的“哏”），我也未过问。张胤德要试试用检场，我写了几段检场人言。他要一个别致一点的说明书，我也写了，是一首通俗七古。检场人言及说明书抄录如另纸。（原稿不在手头，忆写当有遗误）

我不脱离京剧，原来想继续二十七年前的旧志：跟京剧闹闹别扭。但是深感闹不过它。在京剧中想要试验一点新东西，真是如同一拳打在城墙上！你年轻，有力气，来日方长，想能跟它摔一阵跤。《孔雀裘》极愿一读。——这个剧名我觉得不大好，好像是个才子佳人的戏。不过也许此中有深意焉。

即问令尊、令堂好。

1　徐城北，一九四二年生，祖籍山东德州，生于重庆，长于北京，肄业于中国戏曲学院戏曲文学系。曾任中国京剧院编剧、研究部主任。

候安！

曾祺

廿五日

致翁偶虹[1]　一九八七年二月二十三日

翁老：

我读了您为梁清濂的《鼓盆歌》所写的诗，很受感动。您对后辈爱护奖掖，真是长者之风，仁者之风！诗也写得浑成而流转，毫不局促，是一首可以传世的佳作。我有一点小意见，写出来请您斟酌。

“一味清新耐咀嚼”，“嚼”字按平水韵是入声，您按北方话作阳平押了，搞旧诗的人也许会挑刺。我建议把这一联稍改一下，作：

“几番磨练吟真苦，一味清新韵最娇。”

“哲理”、“牢骚”、“雕凿”、“咀嚼”连用四个实词，稍板一点，改后也许更活一点，虚一点。

1　翁偶虹（一九〇八——一九九四），北京人，原名翁麟声，笔名藕红，后改偶虹。戏曲作家、教育家，时任中国京剧院编剧。

佛头着粪，我这真是斗胆了。希望不致使您怫然。《新剧本》将发表江河洋同志给梁清濂的信和梁清濂的复信，置于《创作通信》栏。我建议把您这首诗也发表在前面。如承同意，可告江、梁或《新剧本》编辑部。诗前须加一题目。如能写一小序，更好！

人增一岁，想先生长髯又长几分矣。春寒珍重，即候

时安

汪曾祺

二月二十三日

范进中举

时间：科举时代

地点：某乡

人物：魏好古　贾知书　费学礼　卜修文　范　进
书　吏　周　进　范　母　胡　氏　关　清
顾　白　胡屠户　院　子　张静斋　门　官
四差役　四秀才　店　家　艄　翁　三报子
厨　子　邻居数人

---

* 初刊于《剧本》第三辑，上海文化出版社一九五七年版；初收于《汪曾祺文集·戏曲剧本卷》。

第一场 进　学

时间：县考发案之后，学道起马之日。

地点：长亭。

〔魏好古、贾知书、费学礼、卜修文上。

魏好古　（念）身入黉宫门下，

贾知书　（念）头戴方巾潇洒，

费学礼　（念）做官不论多大，

卜修文　（念）要从秀才起家。

〔范进上，与诸人略拱手为礼，寒暄，呵手，尾厕诸人之后。

魏好古　列位年兄，今年县考，我等徼幸取中，如今大家都是秀才了！

贾知书等　都是秀才了！

魏好古　今日宗师周大人起马离县，我等长亭相送。远远听见鼓乐之声，学道大人来也！

〔杂役执旌旗牌伞过场。书吏、周进上。

魏好古　本科秀才魏好古，

贾知书　贾知书，

费学礼　费学礼，

卜修文　卜修文，

范　进　范……

魏好古等　（齐声）恭送恩师大人！

书　吏　候着！禀大人，本科秀才长亭相送。

周　进　住轿！

〔周进下轿介。众拜。

周　进　贤契等少礼！你等理当回家用功，何须远送！——哦！范贤契也来了！

范　进　恭送大人！

周　进　范贤契，你今年多大年纪了？

范　进　门生今年三十岁。

周　进　你，今年，三十岁么？

〔众掩口笑。

范　进　这……门生名册上面报的是三十岁，门生实年五十四岁了。

周　进　是啊，本道看你须发苍苍，也不像是三十岁的样儿。你应考多少年了？

范　进　门生十六岁应考，到今考了三十八年了。

周　进　哦，你考了三十八年，因何总不进学啊？

范　进　这……想是因为门生的文字不通，不该得中，故而历任各位大人不曾赏取。

周　进　这也未见得。

范　进　（惶然）这……想是门生文字通顺，故而历任各位大人不曾赏取。

周　进　（微哂）范贤契！你交卷的时节，本道将你的文字看了一遍，只觉得乱七八糟，不知说了一些什么。

范　进　门生的文字本来的乱七八糟。

周　进　本道看你的年纪大了，可怜你一番苦志，将你的文字又看了一遍，觉得也还有些意思。

范　进　门生的文字也还有些意思？！

周　进　本道将你的文字看了三遍，方才看出贤契的文字是起承转合，均有法度，抑扬顿挫，铿锵悦耳，字字珠玉，句句惊人，真乃是天地间第一等好文章，本道提起笔来，浓圈密点，将你高高取中了！

〔范进如梦初醒，感激流涕，卜修文等偷觑见之，作眉眼，周进略转面，故如未见。稍停。

周　进　范贤契，本道看你的文章，火候已到，明秋乡试，必可得中，你回得家中，苦苦用功，不可三心二意，这功名举业，全靠志诚忍耐，若是半途而废，就是尽弃前功，你要记下了！

书　吏　起轿!

魏好古等　送大人!

书　吏　免!

〔周进、书吏下，众目送之。范进前行数步，遥望。

魏好古　啊，列位年兄，周大人将范年兄的卷子看了三遍，真乃是一个有心之人。

贾知书等　是个有心之人。

卜修文　啊依小弟看来嘿，范年兄今年本来是一定要取的!

魏好古等　却是为何?

卜修文　你们可晓得我们这位周大人也是五十多岁方才高中的?我们进场的时节，周大人坐在堂上点名，他那两只眼睛，直往有胡子的脸上看，看来看去，就看到了范年兄。他们二人，一个姓周，一个姓范，这叫做“一粥（周）一饭（范）当思来处不易”呀!

魏好古　取笑了!请!

贾知书等　请!

〔魏好古、贾知书、费学礼、卜修文下。

范　进　（转面向外）且住!我考了三十八年，也不曾考中，怎么今年忽然就考中了？咦，此事实实有些奇怪！如今我是秀才了，不是什么（捧须一视）老童生了！（自呼）范秀才！范童生！噫，这秀才比童生是要好听得多，待我笑上一笑！啊哈……适才宗师叫我明年去应乡试，我赶紧回家，与母亲、娘子商议商议，走！

（唱）周学道他待我恩同再造，
好一似降甘霖救活枯苗。
此时候顾不得开怀一笑，
急忙忙到草堂去见年高。
我转过了长亭上大道，
离了大道过小桥，
我往年去时路短归时遥，
今年脚步何轻娇。
猛抬头看见了村头社庙，
顿觉得天地间腊尽冰消。
我这里敲柴扉一声高叫！

开门来！

〔胡氏上。

胡　氏　（唱）想必是范相公又空走一遭。（开门）

相公回来了！

〔范进将头上毡帽摘下，塞入胡氏手中，匆匆径入内室。胡氏疑愕。稍停，范进复出。

范　进　你与我放到哪里去了？

胡　氏　甚么？

范　进　三十八年以前，你与我买下的！（忽然自己想起）——哦哦哦，我想起来了！（又下，即出，戴头巾上，顾盼）

〔胡氏瞠目而看。范母暗上，在稍远处看。二人皆忽领悟，感极。

胡　氏　啊呀相公，你中了秀才了！

范　母　……啊呀阿牛儿，你中了秀才了！

范　进　母亲！娘子！我中了秀才了！

〔范母、胡氏惊喜，不知语从何出。稍停。

范　母　我儿，你场中辛苦了！

范　进　年年如此，倒也不觉辛苦。

胡　氏　相公，你路上可曾用过饭么？

范　进　这……不曾用过。

胡　氏　待为妻前去借米。

〔关清、顾白已上场，三人未觉，关清、顾白亦未惊动。

关　清　范大嫂，你不用去借米啦。今天早上你交给我十双草鞋，让我跟顾大哥拿到集上去卖，这是卖草鞋的钱买的二升米，你赶紧给范相公煮点饭吃吧！

范　母　啊！关大哥，顾大哥，你们来了，范进他中了秀才了！

顾　白　是啊，我们进门就知道啦，老伯母，恭喜你啦。

〔胡氏欲下。

范　母　啊，媳妇！昨日母鸡生的一个蛋，将它烹煮好了，与我儿贺喜。

范　进　多谢母亲。

〔胡氏下。

关　清　范相公，你进了学，可就好了，明年找一家馆，每年有十二三两银子学钱，家里日月可就好过多啦！

范　进　这个……宗师大人道我文章火候已到，明年要去应乡试，这馆噻，我是不教的。

关　清　哦，你还要去考举人！你要是考上了，不就跟张静斋张老爷一样啦，这么说你是要为官啦，做吏啦？

顾　白　买田啦，置地啦？

关　清　起屋啦，盖楼啦？

顾　白　穿绸啦，吃油啦？

关　清　骑马啦，坐轿啦？

顾　白　鸣锣啦，喝道啦？

关　清　刻石碑，修祖坟啦？

顾　白　拿板子，打穷人啦？

〔范进原来越听越觉有趣，口中诺诺，至最后一句殊出意外，难以为情。

关　清　我们这是跟你说着玩的。你歇着吧，我们走啦！

〔关清、顾白下，遇胡屠户上。屠户手中提酒一壶，大肠一挂，徜徉直入，旁若无人。

胡屠户　我自倒霉，把个女儿嫁给你这个现世宝，穷鬼，历年以来，也不知累了我多少！如今也不知因为我积了甚么德，带挈你中了个秀才，我所以带了瓶酒来贺你！——亲家母，恭喜啦！酒烫烫，肠子煮一开就行，我知道你们家连点酱油都没有，这是煮好了来的！

范　进　多谢岳父！

范　母　又要亲家花钱！

胡屠户　这是该花的，只要范进学好，听话，这钱我倒是愿意花。

〔范母下。

胡屠户　（对范进）你如今中了秀才，就是有身份的人了，凡事要立起个体统来。像我这一行，都是有头有脸的人，又是你的长亲，你怎敢在我的面前装大！

范　进　哦，是，是，是。

胡屠户　像家门口这些种田的拾粪的，不过是些平头百姓，你要是跟他们也拱手作揖，平起平坐，就坏了学里的规矩，连我的脸上也无光了。你是个烂忠厚没用的人，这些话我不得不教导你！

范　进　岳父见教得是。

〔胡氏上。

胡　氏　爹爹，相公，请来饮酒吃饭。

范　进　哦，吃饭！岳父请！

胡屠户　亲家母也来一块儿吃吧！老人家顿顿都是咸萝卜酱豆腐，想也难过得很。我女儿也来吃点，自从进了你家门，不知道猪油可曾吃过两三回哩，可怜可怜！（下）

〔范进少伫，忽然想起旅费难筹，沉吟不安，然只如片云一过，余兴未杀。下。

第二场 受　阻

时间：次年秋，乡试前夕。

地点：魏好古家，张静斋家。

〔魏好古上。

魏好古　（念）闻鸡当起舞，

临阵要磨枪。

自从去年僥幸之后，本县秀才公约，做了几次文会。看看秋风渐起，乡试不远，须要加紧用功。今日文会，约在小弟家中。这般时候，列位年兄想必就要来了。

〔贾知书、费学礼、卜修文上。范进上，微叹。相见。

魏好古　列位年兄！

贾知书等　魏年兄！

魏好古　天色不早，就此用起功来！

〔分坐，作文。少顷，魏好古、贾知书、费学礼、卜修文等文俱就，互观，独范进焦灼不得一字。众皆诧异。

魏好古　范年兄，你为何独自沉吟，未写一字，难道有甚么心事么？

范　进　只因场期将近，小弟应考的旅费，尚无着落，故而在此烦闷。

〔贾知书、费学礼、卜修文闻范进言，皆收拾欲去。

魏好古　（将三人叫住）啊列位年兄，范年兄家境清贫，无有旅费，此去省城，少不得也要三两银子，我们大家……

卜修文　对，我们大家帮凑帮凑！小弟敬助一钱银子，此时就交与范年兄，小弟家中有事，我先走一步，先走一步。

费学礼　小弟也敬助一钱，范年兄笑纳。

贾知书　小弟也有一钱。

〔三人急付银，急走出，互一视，匿笑下。

魏好古　小弟手中也只有三钱银子，这便如何是好？范年兄，你还有甚么亲戚故旧，可以暂借一时的无有？

范　进　这……只怕他不肯借贷与我呀！

魏好古　（忽然想起）小弟记得年兄曾经言讲，你与那张静斋张老爷小时都在观音庵中跟随一个姓秦的先生读过几天书，可是有的？小弟与张老爷原是亲戚，我们去至他家商借一回，有何不可。

范　进　这个……

魏好古　甚么这个那个，功名大事要紧，快快的走！（下）

〔院子、张静斋分上，一至门里，一至堂上，略有参差。

张静斋　（念）闲云野鹤体态，
　　　　　　课花摘句生涯。（坐，看书）

院　子　（念）口传百官名姓，
　　　　　　门迎高车四马。

〔魏好古、范进上。

魏好古　来此已是，门上哪位在？

院　子　做甚么的？

魏好古　烦劳管家通禀一声，姻侄魏好古，世……

范　进　——晚生范进……

魏好古　特来拜见张老爷，有帖子在此。

院　子　候着。

〔范进、魏好古旁立。院子入。

院　子　叩见老爷。

张静斋　罢了，今日有甚么人来过么？

院　子　佃户关清、顾白送早租子来啦，小的叫他们交与李先生清查下仓，此时在下房里歇着哩。

张静斋　叫他们稍歇片时，还是快些回去。

院　子　胡屠户送肉来啦。

张静斋　送了多少？

院　子　送了四十斤。

张静斋　他现在哪里？

院　子　在厨房里跟厨子老王聊天哩。

张静斋　这个东西，怎么前日送来的猪肉里面带了两大块骨头！去与他说，月底收钱的时候，要少算两斤价钱！还有甚么事么？

院　子　有两个秀才来拜，拜帖在此。

张静斋　（看帖）魏好古、范进……就说我与陈大人到望江楼赋诗去了，不在家中！

〔院子通禀时，魏好古、范进详察张府门前气派，交谈。

魏好古　小弟十二三岁的时候，与张家是常来常往。那时节进出都由西边那个小门。后来张老爷高中了，来往官员多了，恐怕碰到纱帽的翅儿，方才新开了这座大门。

范　进　哦，哦。

魏好古　这左边一带水磨砖墙内，是一座大花园，本是王家当铺的产业，九年之前，为了一场官司，才送与张家的。

范　进　哦，哦。

魏好古　小弟与张老伯乃是老亲，见面之后，少不得要叙叙家常旧事，这借钱之事嘔，要缓缓提起……

〔院子出。

院　子　二位秀才过来！老爷与陈进士陈大人，高翰林高大人，本县县太爷马老爷一齐到望江楼饮酒赋诗去了，不在家中，二位的原帖请带回去。

范　进　（自语）事到如今，只有向我那岳父开口了。

〔胡屠户出。

院　子　哎，胡屠户，刚才老爷说了，你前儿送来的肉里有两块大骨头，要扣你四斤肉钱！下回再这样可不行啊！（下）

胡屠户　这是哪里说起啊！

范　进　啊，岳父在这里！

胡屠户　你怎么上这儿来啦，是找我吗？

范　进　正要到岳父家中商量一事。

胡屠户　有甚么事就这儿说吧！

〔关清、顾白出。

范　进　去年小婿进学的时节，宗师说我的文章火候已到，劝我今年务要去应乡试，只是小婿无有旅费，不知岳父可肯暂借与我？

胡屠户　要多少？

范　进　再有二两多银子，也就够了。

胡屠户　呸！不要做你的梦了！你觉得你中了个秀才，就癞蛤蟆想吃天鹅肉了！我听人说，就是中秀才，也不是你文章好，还是宗师看见你老，不过意，才舍给你的，如今痴心就想中起老爷来啦！这些中老爷的都是天上的文曲星，你不看看张府上来往的这些老爷，一个个方面大耳，像你这尖嘴猴腮，也该撒泡尿自己照照，不三不四，就想天鹅肉吃！趁早收了这条心，过两天在我们同行人家给你寻个馆，每年寻几两银子，养活你那老不死的娘和你老婆是正经！你向我借钱，我一天杀一个猪还赚不到钱把银子，都借给你丢在水里，叫我一家老小喝西北风去？岂有此理！嘿！（下）

范　进　（目瞪口呆有晌）这是哪里说起！

〔魏好古已溜下。关清、顾白相顾，微叹息，下。

第三场 邻 赍

时间：前场后数日。

地点：范进家中。

〔范进上，叹气，摇头，低头，摇头，绕室而行，长叹。

范 进 咳！难道说我这一片前程，就断送在这三两银子上面了么？

（唱）光阴似箭太匆匆，
一年容易又秋风，
风吹落叶飘不定，
愁煞堂前老书生。
河边人语舟争渡，
道上尘飞马不停，
举目纷纷来和往，
全都是赶考应试的人，
唯有范进在家中困，
立不安来坐不宁，
我要走，走不成，
囊中无有三两银！（取出考篮，摩挲拂拭）

唔，我这里已经有了六钱银子，倒不如就是这样的前去，就是吃尽千辛万苦，也是甘心无怨，走！（拎考篮，举步外出，甫及户，踟蹰，一足跻悬良久）哎呀，不可呀不可！此去省城，山长水远，我囊中钱少，且又身无一技，倘若流落他乡，如何是好，走不得走不得！嗳！

（唱）望省城，路几程，

多少长亭更短亭，

山又高，水又深，

无钱寸步也难行。

我手上全无缚鸡力，

腹中只有八股文，

倘若是流落他乡无人问，

岂不要死投沟壑作孤魂！

罢罢罢，且耐忍，

但愿来科登龙门。

也罢，我旅费不足，不可贸然前去，只好安心等待，来科再考！……哎呀不行呀不行！想这乡试大比，乃是三年一科，我今年五十五岁，再无有几个三年好等了！我今科无有旅费，来科何能便有？难道说，我这一辈子就做定了这个白头的秀才了！就是这样的穷困潦倒！这样的落魄恓惶！我就穿的这样的破衣！吃的这样的苦饭！住的这样东倒西歪的茅屋！守的这两本旧卷残书！我就是这样的老死窗下了么！

（唱）四十余年苦用功，
忘餐废寝不稍停，
我口不停念，念得我唇干舌燥耳目昏，
我笔不住写，写得我手指麻木腕臂疼，
足不窥园，头不安枕，
口不知味，耳不知音，
秋非我秋，冬非我冬，
夏非我夏，春非我春，
实指望苍天不负苦心人，
又谁知费尽心机成画饼，事到头来一场空。
我问一声先师孔圣人，
你留的甚么四书著的甚么经！
我问一声太宗太祖高皇帝，
你兴的甚么科举考的甚么文！
你害得我低不就来高不成，
害得我死不死来生不生！
倘若是转世投胎将母认，

发誓不作读书人！（跌足，坐，下意识地捉起案上书，忽觉，愤然掷去，伏案）

〔关清、顾白、邻人甲乙上，见状，叹息。

关　清　范相公！

范　进　哦哦，众位高邻！

关　清　你是不是还是非想去考一趟乡试不可哇？

范　进　我无有旅费，去不成了！

关　清　范相公，我们这一阵子看见你老是这么愚愚魔魔，失魂落魄的样子，心里都怪难过的。大伙商量了一下，给你请了个会，凑了这十几吊钱，合得到一两四五钱银子，你看看，要是路上吃点苦，能不能勉强够一趟来往盘缠？

邻　众　你一定要去，就去一趟吧！

范　进　（愣了半天，忽然）你们是我的生身父母，救命的恩人！（趴下来就叩了几个头）

邻　众　别这样，别这样，你这是干甚么！

范　进　（狂呼）母亲！娘子！我有了银子了！

〔范母、胡氏急出。

范　母/胡　氏　多谢各位高邻，请上受我婆媳一拜！

邻　众　别介，别介！快叫范相公上路吧，再迟就赶不上啦！

范　进　母亲，娘子，众位恩人！我就此告别了！

（唱）辞别亲邻把路赶，

心急犹如箭在弦。（下）

范　母/胡　氏　（唱）但愿此去光门楣。

邻　众　（唱）读书种田不一般。（下）

第四场 文　战

时间：乡试前后。

地点：往贡院路上，贡院门前。

〔魏好古、贾知书、费学礼、卜修文上。

魏好古　月中丹桂比天高，

贾知书　鱼龙变化在今朝，

费学礼　但愿时来运气好，

卜修文　脱却蓝衫换紫袍。

魏好古　众位年兄，今逢乡试大比，你我省城应试，不知范年兄可能赶来？

卜修文　咱们不是一共才给他凑了六钱银子吗？六钱银子还不够一顿鸭翅席的钱哩，他怎么来得了哇！他不来顶好，少一个不是好一个吗？我巴不得全省就我一个人应考才好哪！

魏好古　等他不来，我们只好先行一步了。

贾知书 / 费学礼　赶路要紧！

魏好古　请！

贾知书 / 费学礼 / 卜修文　请！（同下）

〔四差役、门官上。

门　官　（念）跟随大主考，
奉旨出京朝，
门官职非小，
威风杀气高，
秀才归棚号，
好似入林鸟，
要过门前道，
解怀又搜脚。

来！仔细搜查！

四差役　（同唱）仔细搜查！

〔四秀才上，经搜查，众窜而入。魏好古、贾知书、费学礼、卜修文上，经一一搜查，至卜修文，于其周身各处搜出夹带多本，一本比一本更小，放入。至稍远处，卜修文又于靴筒中摸出一本极精小之夹带，摇示同人，嘻笑而入。

〔一炮。

门　官　（念）顷刻时辰到，

锁门贴封条。

四差役　啊！

〔范进内喊：“且慢！”急上。

范　进　远方秀才道路阻隔，一步来迟，望求门官老爷，暂开一线之路，放我进去，秀才感戴终身，没齿难忘。你你你……高抬贵手，放我进去！

〔范进跪行叩首，门官三挡，放入。

门　官　去吧！

〔范进急下。

〔三炮。

门　官　（念）咚咚三声炮，

考棚静悄悄，

有人再迟到，

神鬼也不饶！

封门！

四差役　啊！

〔差役封门，门官作式下。

〔吹打。

〔门官上。

门　官　三场已过，九日功成，启封拨锁，开了大门！

〔四秀才上，一揖，分下。

〔魏好古、贾知书、费学礼、卜修文上。

费学礼　（念）号棚窄小睡不安，
　　　　累得腰疼腿又酸。

卜修文　（念）天天都吃夹生饭，
　　　　顿顿五香茶叶蛋。

贾知书　（念）且喜三场都已完，
　　　　黎明五鼓交了卷。

魏好古　（念）不知帘官荐不荐，
　　　　主考大人看不看。

〔范进上。

魏好古　众位年兄，你们考得可还得意？

贾知书　小弟留有草稿在此，魏年兄指教一二。

魏好古　正要拜读。

〔众看贾知书稿。

喂呀，年兄的文字起承转合，均有法度，妙得紧！看来年兄此科是必要高中的，可喜可贺。小弟亦有草稿在此，年兄请看，可还过得去否？

〔众看魏文。

贾知书　喂呀，年兄的大作抑扬顿挫，铿锵悦耳，妙得紧！看来年兄是一定要高中的，可喜可贺！

魏好古　范年兄，你此番考得可好哇？

范　进　列位年兄，请看小弟文章可有取中之望么？

魏好古　大家看来。

〔众看范进文。

范　进　（向魏好古）可有取中之望呀？

魏好古　这……

范　进　（向贾知书）可有取中之望呀？

贾知书　这……

范　进　列位年兄，看小弟文字可有取中之望呀？

卜修文　依小弟看来嘛……啊，列位年兄！你们可曾看见，今科这位主考大人，与我们去年县考的周学道是大不相同：他们二人，——一个是高的，一个是矮的；一个是瘦的，一个是胖的；一个是黑沉沉的长脸，一个是红通通的圆脸；一个是老花眼，一个是近视眼；喏喏喏，一个是满面花白胡须，一个是溜光水滑，一根胡须都无有。他们二人的年貌既不相同，这看文章的眼光也就不会一样，学道大人所赏识称赞者，主考大人未必喜欢。范年兄，我看你呀……

魏好古　(截断卜语)唉，中与不中，此时焉能预料。卜年兄，你的文章想必是十分得意的了！

卜修文　这……这位主考大人出的题目出于何处啊？怎么我这个夹带上找不到哇？

魏好古　怎么无有哇？

卜修文　在哪儿哩？

魏好古　(检视卜修文夹带)唉！你这个夹带缺少了一页，题目正在上面。

卜修文　这一定是奶妈给我兄弟擤了鼻涕了！这个老婊子，把我一个举人就这样擤掉了！回去我得赶紧补上！

费学礼　现补也来不及了！

卜修文　今科用不上，下科还要用的！走！这两天的罪也受够了。把中秋节也耽误了。我们赶紧回家，打两斤好酒，炖两只肥鸭，痛痛快快补过一个！我们到江边包一只大船，吃着吃喝，累了就躺着，一帆风顺，平安到家，你们看好是不好？

魏好古　说好便好。范年兄你呢？

范　进　小弟么？步行而归。

卜修文　是啊，年岁大了，安步以当车，最稳当不过。

魏好古　如此，范年兄，再见了！

范　进　（呆立有晌，自语）哎呀，这位主考大人的面上果然是溜光水滑，一根胡须都无有哇！这这这……（恍惚而下）

魏好古　正是：

（念）功名成败未可知，

贾知书等　（念）但等来日放榜时。（同下）

第五场 传　讹

时间：距前场半个多月，约在九月初三、四日。

地点：路上。

范　进　（内唱）出贡院离省城不敢耽搁，（上）

登高山过长河受尽奔波。

一路上不觉得半月已过，

影绰绰看见了故乡城郭。

忍不住一阵阵腹中饥饿，

倾囊中三文钱买个窝窝。

我出得贡院，急急行来，不觉半月已过，一路之上受尽辛苦，且喜已到本县地界，只是我腹中饥饿难忍，（摸袋）我囊中尚有三文钱，看那旁有一小小饭店，前去买些干粮充饥，好在已到故乡，就是一钱莫名，也不怕了。

〔店家上。

店　家　（念）门迎大道，户对官河。

小店虽小，买卖不错。

人来客往，谈谈说说。

听听新闻，倒也快活。

范　进　店家请了！

店　家　请了，客官要吃点甚么？

范　进　我这里有三文钱，可买得到两个窝窝？

店　家　窝窝两个钱一个，四个钱两个，三个钱买两个不足，买一个有余，我还得拿刀切下半拉。得啦，你拿着两个吧，掌柜的晚上结账，我就说是我吃啦。（范接窝窝吞食）哎呀！看你这个样子，挎着考篮，八成你是进省乡试回来啊？你怎么在路上走了这么多时候哇？本城的秀才早都到了家啦，城里都有了报喜的报子来过啦，听说就要放榜啦，街上就要卖题名录啦！

范　进　哦！哦！哦！（插入店家话中）你你你可曾听说本县秀才哪一个中了？

店　家　听说是卜修文卜相公中了——这如今该叫卜老爷了！哎呀，他往后可阔啦，跟张静斋张老爷是一样的身份啦！

范　进　可曾听说还有甚么人中了？

店　家　这个，倒没有听说。

范　进　多谢了！

店　家　半个窝窝，甭谢啦！（下）

范　进　（唱）适才听得店家话，

范进心中乱如麻，

一时难辨真和假，

急急忙忙赶回家，

来在河边柳树下，

大水滔滔两眼花。

适才听得店家言道，省城已有报录到来，阖县之中，只有卜修文一人取中，一时难辨真假，赶回家去，再作道理。行走之间，来到大河堤岸，欲渡无舟，如何是好？看那旁有一渡船来了，不免与艄翁商议一番，请他渡我过去。

〔艄翁上。

艄　翁　（念）驾一小船，往来河下，

渡客运货，捞鱼捉虾；

水又不深，风又不大，

稳坐船头，听人闲话。

范　进　艄翁请了！

艄　翁　请了！客人莫非是要过河？

范　进　我远路归来，急欲渡河回家，只是一时囊中不便，艄翁可肯渡我过去？

艄　翁　都是喝一条河里的水的人，说甚么肯与不肯。你请上船。（顾范进）哎呀，看你这个样子，挎着考篮，八成你是进省乡试回来啊？你怎么在路上走了这么多时候哇？本城别的秀才早都到了家啦，县里早就有报子来过啦，听说已经放了榜啦，街上眼瞧就有题名录卖啦！

范　进　哦！哦！哦！（插入艄翁话中）你你你可曾听见本城秀才哪一个中了？

艄　翁　听说满城就一个卜修文卜相公中了——这如今该叫卜老爷了，哎呀他这下子可就阔啦，跟张静斋是一样的身份啦。

范　进　可曾听到还有甚么人中了么？

艄　翁　这个，倒没有听说。到了，你请上岸吧！

范　进　多谢了！

艄　翁　过一趟河，甭谢啦！（下）

范　进　（唱）艄翁说得确，
范进心似灰，
费尽心和血，
终成铩羽归。
近乡情更怯，
眼前泰山颓。

适才听得艄翁言道，省城已经放榜，本县只有卜修文一人取中，看来此是确实的了。我铩羽而归，有何面目去见妻子老母与我那岳父。——哎呀，那旁好像是岳父来了。……

〔胡屠户上。

胡屠户　（念）人要富，猪要肥，
人要捧，猪要吹；
人不富，是穷鬼，
猪不肥，腌火腿。

范　进　果然是岳父来了，狭路相逢，只好上前相见。岳父在上，小婿拜见。

胡屠户　呦！您不是新科的范举人，范老爷，范大人吗？您可回来了，您赶紧回去吧，家里给您预备的上等酒席，锦缎衣裳，高楼瓦房，八抬大轿，大骡子大马大叫驴，花猫肥狗胖丫头，就等您回去享福受用哪！您快走吧，把考篮交给我，我给您拿着。（范进昏昏然竟将考篮递去，屠户以赶猪棒打在考篮上）你个现世宝，穷鬼，胎里穷，命里穷，根根头发都穷！我叫你别去赶考，你瞒着我偷偷的去了，我好容易给你找了家馆，人家答应了，找不着你，又吹了，往后你还得来拖累我。我在集上已经打听清楚了，本城报子也来过了，省城也放了榜了，街上也卖了题名录了，阖城就是卜老爷一个人中了。这中举人的都是天上的文曲星，你看看张老爷，卜老爷，人家都是方面大耳，一个个都有万贯家私，一年跟我买肉都买上千斤哩！你个尖嘴猴腮的也想做举人，也不撒泡尿照照！我要去赶猪，没工夫跟你多费话！你还不快回去，你家里连一颗米都没有了！

〔胡屠户下。范进两眼发直，浑身战抖。

范　进　（唱）听罢岳父一番训，
冷水浇头怀抱冰，
眼花缭乱强扎挣，
浑身软弱汗淋淋。
此时如梦又如醒，
如醉如痴往前行。

一步慢来一步紧，
一步浅来一步深，
一步更比一步近，
远远望见旧门庭，
归来不是真范进，
死去的范进未招的魂。（摇摇欲跌，下）

第六场 卖　鸡

时间： 紧接前场。

地点： 范进家中。

〔范母上。

范　母　哎！（唱）悔不该不听亲家之言，
叫我儿赶考去求官。
他那里伤心失意路途远，
我这里忍饥受饿望眼欲穿。（伏案）

〔范进上。

范　进　（轻呼）母亲！

范　母　儿回来了？

范　进　孩儿（哭）不曾得中！

范　母　哦，不曾得中？想是因为家门福薄，怪不得孩儿。家中已经断炊数日，儿快快将家中那只老母鸡抱到集上卖了，买几升米回来，也好煮餐粥吃；为娘已是饿得两眼都看不见了。

范　进　是，孩儿就去。

〔范进下；抱鸡又上。

范　进　啊，母亲，孩儿不会卖鸡！

范　母　这卖鸡儿都不会么？也罢，你将一个草标儿缚在鸡的身上，自有人前来问价。母鸡五百钱一斤，这鸡是三斤半重，三五一五，半斤是二百五，共卖一千七百五十钱，有人给一千五六百钱，就卖与他吧！

范　进　共卖一千七百五十钱，有人给一千五六百钱就卖与他。一千五六百钱，一千五六百钱，就卖与他……（边念叨边出门）

范　母　你媳妇在村前剜菜，你若是看见她时，就叫她回来吧！（下）

范　进　一千五六百钱，就卖与他！（忽放悲声）一千五六百钱！就卖与他！（泣下）

第七场 驰　报

时间：紧接前场。

地点：路上。

〔报子趟马上。

报子甲　（念）乡试秋闱要发榜，要发榜；
出了举人一大帮，一大帮。
报子只为去求赏，
千山万水走慌忙。

报子乙　（念）报子报子把喜报，把喜报；
五湖四海不辞劳，不辞劳。
我爱秀才大元宝，
秀才爱我的黄报条。

报子丙　（念）报子报喜马如飞，马如飞；
报喜一声响如雷，响如雷。
昨日贫寒今日贵，
几家欢笑几家悲。

报子甲 / 乙 / 丙　我们打从省城到此，寻找新科举人范进，来此三岔路口，不知是哪一条道路。

报子甲　那旁有一樵哥，前去问来。

报子甲 / 乙 / 丙　樵哥请了，请问范进相公，家住哪里？

樵　哥　（内应）绕过集镇，沿大路直走，到了一个小小水塘旁边，门前有一棵不长叶子的槐树，那就是范进的家。

报子甲 / 乙 / 丙　多谢了！

报子甲　加鞭赶去者！（下）

第八场 过　场

时间：与前一场同时。

地点：路上。

〔范进抱鸡上，焦虑万状，过场，下。

第九场 趋　贺

时间：紧接前场。

地点：路上。

〔魏好古内白：“走哇！”上。

魏好古　（唱）省城乡试发了榜，
范进高中名姓扬。
策马登门去拜望，
深幸与他是同乡。

〔贾知书内白：“魏年兄慢走！”上。

贾知书　（唱）老范进，文章强，
真同海水不可量。
从今事事须仰仗，
登门贺喜走一场。

〔费学礼内白：“二位年兄慢走，小弟赶来也！”上。

费学礼　（唱）范进今年官星旺，
好比太公遇文王。
凑凑热闹捧捧场，
锦上添花理应当。

二位仁兄，走得慌忙，莫非是与范仁兄贺喜去的？

魏好古/贾知书　正是。

费学礼　后面马蹄声响，想必是卜老先生来了。

魏好古 / 贾知书　我等道旁恭候。

〔卜修文嗽上，后随一挑食盒的厨子。

卜修文　（唱）刚刚补过了中秋把月赏，
转眼又要过重阳。
人逢喜事精神爽，
眉飞色舞趾高气扬，
前几日乡试秋闱发了榜，
我的名字在正中央。
这件事，未免荒唐，
大概是主考大人喝了孟婆汤！
我要不相信，这又不是谎。
现有报帖贴在我家堂屋东板墙！
咦，这才是时来泰山都不能挡，
我心中好比吃了一个大蟹黄。
老范进，也上了榜，
我有面子他风光，
从今咱俩要常来往，
遇见事情好商量。
抬了一坛酒，杀了一只羊，
咱俩痛痛快快地喝一场。
正走之间抬头望，

三个秀才站在道旁。

哦喝，我当是何人，原来是三位秀才！

魏好古 / 贾知书 / 费学礼　卜老先生！

卜修文　三位秀才意欲何往呀？

魏好古 / 贾知书 / 费学礼　前去与范老先生贺喜。

卜修文　因何不走？

魏好古 / 贾知书 / 费学礼　恭候老先生先行。

卜修文　不必客气，你我并辔而行。

魏好古 / 贾知书 / 费学礼　晚生等不敢。

卜修文　如此恕小弟我就大胆了。

魏好古 / 贾知书 / 费学礼　请！

〔魏等正欲上马，忽闻后面喝道声，众皆急下马。四院子引张静斋驰上。

张静斋　家院！来此三岔路口，前去问明，哪里是范老爷的府第！

院　子　那旁有一樵哥，前去问来。樵哥请了，请问哪里是范老爷的府第？

樵　哥　（内答）哪一个范老爷？

院　子　新科举人姓范讳进的老爷。

樵　哥　（内答）绕过集镇，沿大路直走，到了一个小小水塘旁边，门前有一棵不长叶子的槐树，那就是！

院　子　多谢了！

张静斋　家院，吩咐蹿行！

卜修文　啊静斋兄！

魏好古 / 贾知书 / 费学礼　张老先生！

张静斋　哦，卜仁兄！三位秀才，莫非是与范仁兄贺喜去的么？

卜　等　正是要与 范年兄 / 范老先生 贺喜！

张静斋　卜仁兄先行！

卜修文　不敢，张仁兄请！

张静斋　得罪了！

〔张、卜、魏等依次下。

〔胡屠户骑驴急急过场下。

第十场 过　场

时间：与前一场同时。

地点：路上。

〔范进抱鸡上，失魂落魄，过场，下。

第十一场 发　疯

时间：紧接前场。

地点：范进家中。

〔胡氏扶范母上。

范　母　（念）我儿不得第，

胡　氏　（念）集上去卖鸡。

〔三报子上。

报子甲　来此已是，门前有一棵光秃秃的槐树，将马拴在树上，一同进去。

三报子　报！

〔范母、胡氏惊退。

三报子　捷报贵府范老爷高中乡试第七名亚元。恭喜老爷明年金榜题名、状元及第，高官得做，骏马得骑。报子不远千里，马不停蹄；老爷欢欢喜喜，多多赏财。报喜呀！

〔堂上寂然。

报子甲　怎么喳，人没啦，刚才还明明看见有两人的？哙！有人没有，您府上范老爷恭喜高中啦，我们是从省城来报喜的，出来一个人接报帖吧！

〔范母上。

范　母　怎么，小儿他他他……中了么？

三报子　原来是老太太，报子叩头！

范　母　少礼，少礼！

〔报子升挂报帖。一院子上。

院　子　本府张老爷、卜府卜老爷、魏相公、贾相公、费相公到府拜会范老爷！

范　母　这……

报子甲　老太太您就吩咐有请吧！走，咱们下面呆会儿去！

〔三报子同下。

范　母　有……请……

院　子　太夫人有请！

〔张静斋、卜修文、魏好古、贾知书、费学礼上。

张静斋　将马拴在树上，下面伺候！小侄张静斋。

卜修文　卜修文。

魏好古　魏好古。

贾知书　贾知书。

费学礼　费学礼。

众　参见伯母！

范　母　请……坐……

张静斋等　谢座！

〔胡屠户提七八斤肉，五千钱上。马嘶，胡惊惧溜下。

范　母　啊，张老爷，小儿可是当真的中了？

张静斋　现有报帖在此，焉能假得！

范　母　是呀，现有报帖在此，焉能假得。哎呀，这就好了，这就好了！

张静斋　啊老伯母，怎么不见范仁兄？

范　母　他，他到集上卖鸡去了！

张静斋　快些请他回来，我们也好与他当面贺喜。

范　母　哦哦是是是，老身去至后院，请两位乡邻到集上去找他，只是……

张静斋　伯母只管请去，我们在此等候！

〔范母下。

张静斋　卜仁兄，三位秀才，范仁兄高中，乃是桑梓之福，乡里之光，可喜可贺。某闻得范仁兄的佳作，已为万家争诵，你们可曾见过他的草稿？

魏好古/贾知书/费学礼　晚生等拜读过的。

卜修文　范年兄的文字，论章法，是起承转合俱有法度；论声调，是抑扬顿挫，音调铿锵；字字珠玉，句句惊人，乃是第一等的好文章。小弟嘛是十分的佩服，十分的佩服！

张静斋　卜仁兄一番议论，足见高明，怪不得今科也高中了！啊三位秀才，你们应当将范仁兄的文字多多揣摩才是。

魏好古等　是啊，晚生此来，正要拜求范老先生窗稿回去诵读。

张静斋　三位秀才有此上进之心，虽不中不远矣！啊，怎么范仁兄还不见回来？

〔关清、顾白拉范进上。

范　进　二位大哥，小弟乃是伤心之人，你不要与我作耍；我家中无米，等着卖鸡买米救命哪！

关　清　谁还跟你开玩笑！你们家报喜的贺喜的挤了一屋子啦！

顾　白　你看你们家门口秃头槐树上拴了这么多马，这还会假吗？到家看见报帖，你就明白啦！

〔关清、顾白推范进入门；关清、顾白下。

张静斋　　　　范仁兄，

卜修文　（同高叫）　范年兄，

魏好古等　　　　　范老先生，

众　恭喜你高中了！

报　子　范老爷！

〔范进惊愕，抬头看见堂上报帖，三步两步，抢入堂中，从正面看了看报帖，又往左右各鹤行数步，引颈而看，面呈痴笑，整冠，理须，端带，奋袖揭取报帖，前行数步，凝视。

范　进　（读报帖）“捷报，贵府……老爷，范，讳进，高中乡试第七名……亚元，京报连登黄甲！”噫，好了，我中了！

张静斋　范仁兄，

卜修文　范年兄，

魏好古等　范老先生，

众　我们与你贺喜来了！

范　进　（看报帖，拍手，笑）嘻嘻嘻……噫！好了！我中了！

〔范进看报帖，扬举，戏舞之，动作中夹带欢喜与苦痛。张静斋等不知所措，但仍热心地向他贺喜。

张静斋　仁兄高中，乡里之光！

卜修文　明年会试，必占鳌头!

魏好古等　小弟等特来拜求窗稿，早晚揣摩诵读!

报子甲　您把赏钱打发给我们吧!

〔范进觉得人声人影向自己围逼而来，惊疑，将报帖抱紧，如畏人夺去，目光烁烁如攫果之猿，伺鼠之猫，周身曲缩，左右防御，忽然意决，夺门而逃。

〔关清、顾白、邻人急上。

〔张静斋等、范母、胡氏、报子赶出。

〔胡屠户急上。

范　进　(至下场门，回顾) 我中了，噫! (下)

关清 / 顾白　他疯了!

〔关清、顾白追下。

〔范母、胡氏追下。

〔张静斋等下。

〔邻人、报子下。

〔胡屠户左右顾，急下。

第十二场 掴 治

时间： 紧接前场。

地点： 集上。

〔关清、顾白内白："范相公慢走！"范进上，披发一绺，脚步浮飘。

范 进 哈哈哈……

关 清 范相公！范进！

顾 白 听不见！叫他小名：阿牛！

〔范进闻声转面，举动转为"娃娃生"。——此后范进皆载歌载舞，余人俱随之舞蹈，满台俱有疯意。

范 进 （唱）耳边厢又听唤阿牛，

哦，你是关清，你是顾白！

关 清 不错，还认得人哪！

（唱）小河流水清悠悠。

顾 白 前言不搭后语啊！

范 进 水中游鱼来了，

（唱）小鱼儿摆尾水面皱，（作垂钓状）

香饵空垂不上钩。

　　　　一双蝴蝶飞来了，

　　（唱）蝴蝶儿双双分前后，（作扑蝶状）

　　　　因风飞过树梢头。

　　　　黄莺儿枝头来求友，

关　清　他这是想起小时候跟咱们一起玩儿的事来啦！

范　进　（唱）天宽地大任自由。

顾　白　没有玩几年，他就去上学念书做文章啦！

范　进　你们说什么？

关清/顾白　说你后来上学念书做文章啦！

范　进　啊呀！

　　（唱）我心中恼恨古圣贤，

　　　　平白无故造谣言，

　　　　他说了短短一句话，

　　　　叫我长长作一篇。

　　　　呕断了心肝无半点，

　　　　不如投笔学逃禅！（逃走）

顾　白　这家伙，逃学啦！

关　清　追！范相公，你不是会做文章啦吗，你都赶了这么些次考啦！范相公！范相公！

〔关清、顾白追下。

〔魏好古、卜修文、贾知书、费学礼急上。

魏好古　难得功名到手，怎么又疯了！

卜修文　我看他中了也要疯，不中也要疯，这是命该如此。

〔魏好古、卜修文、贾知书、费学礼下。

〔关清、顾白内白："范相公，你不是都赶了三四十年考了吗，别跑啦！"范进上。关清、顾白、卜修文、魏好古、费学礼、贾知书上。范进闻声举动转为"小生"。

范　进　（唱）听说是一声去赶考，

关　清　是啊，你赶了考啦！

范　进　（唱）换了一身新衫袍。

我要祷告祷告。

（唱）在文昌像前去祷告，

还要叩求祖宗保佑，

（唱）祖先堂上把香烧。

母亲，孩儿去也！

（唱）老娘亲送我脸含笑，

篮中又放枣儿糕。

有劳二位大哥摇船送我！

（唱）有劳二位来举棹，

顾　白　他这是想起第一回进城赶考啦，还记得是咱们俩拿船送他去的哪！

范　进　（唱）送我去试紫霜毫。

关　清　就这一回是欢欢喜喜的去的，往后就一回不如一回啦！

顾　白　往后一年比一年寒村，一年比一年窝囊，把好好一个人折磨得不成人样啦！

范　进　怎么，你们笑我？

关　清　没有哇！

范　进　你们骂我？

顾　白　没有哇！

范　进　唻！你们！（向魏好古等）笑骂我了啊！（动作转为“老生”，满腔悲愤）

（唱）你笑我须发如飞蓬，

笑我腰驼背似弓，

你笑我鞋露趾来袜露踵，

笑我衣破似悬鹑，

你笑我老，你笑我穷，

笑我是一个疙里疙瘩的老童生，

我和你无仇又无恨，

你苦苦的笑我为何情！（下）

魏好古　范老先生，这都是旧事了，此时还提他则甚，你如今不是已经高中了么？

贾知书　是啊，既然高中，这些旧事就不必提起了！

〔魏好古、贾知书、费学礼、卜修文下，关清、顾白追下。

〔张静斋、范母、胡氏、邻人、报子上。

范　母　怎生这样的苦命，中了一个举人，就得了这个拙病；这一疯了，几时才得好啊！

胡　氏　早上出去，还是好好的，怎的就得了这样的病，却是如何是好！

张静斋　你们大家可晓得甚么治疯病的法儿？

邻　人　先赶上他再想主意吧！（一行下）

〔卜修文、魏好古等内白："范老先生，你不要再气愤了，您如今已是高中了！"范进上。卜修文、魏好古、贾知书、费学礼、关清、顾白、邻人、张静斋、范母、胡氏追上。

范　进　你待怎讲？

众　你中了！

范　进　我中了？哈哈……

（唱）中了中了真中了，

你比我低来我比你高；

中了中了真中了，

我身穿一领大红袍，

我摆也么摆，摇也么摇，

上了金鳌玉蝀桥，

关清/顾白　（阻拦）唳，你要干吗去？

范　进　（唱）我不是有官无职的候补道，

我不是七品京官闲部曹。

卜修文　你是甚么官哪？

范　进　（唱）我是圣上钦点的大主考，

奉旨衡文走一遭。

卜修文　自己刚考完，又要考别人啊？

范　进　（唱）我这个主考最公道，

订下章程有一条，

年未满五十，一概都不要，

本道不取嘴上无毛！

卜修文　这倒新鲜！

〔报子、邻人等笑。

范　进　你笑我，你骂我，我如今才不怕你，我要考你！

（唱）你与我考，你与我考，

你写了还要写，抄了还要抄，

考了你三年六月零九朝，

活活考死你个小杂毛！

〔范进逼近魏好古等，魏等退缩。范进忽翩然飞至下场门，回顾作骄胜态，下。关清、顾白追下。胡屠户、厨子、院子急上。

胡屠户　哎呀亲家母、女儿！我听说姑老爷高中了，我正在杀猪哩，我扔下刀，也不管猪是死了没有，急急忙忙就赶来了。他他他怎么又疯了，这这这可怎么办哪！哎呀，张老爷！卜老爷！（请安）这可怎么办哪！

魏好古　与他念上一段《易经》，不知可治得此病？

张静斋　他又不是被甚么鬼怪迷住了！

卜修文　灌他点大粪！

张静斋　他又不是吃了砒霜！

报子甲　小的倒有一个拙见，不知行得行不得？

张静斋等　快快讲来！

报子甲　范老爷可有最怕的人？他只因欢喜很了，痰涌上来，迷了心窍，如今只消他怕的这个人来打他一个嘴巴，说："这报录的话都是哄你，你并不曾中。"他吃这一吓，把痰吐了出来，就明白了。

邻人们　（乱哄哄地）这个主意好得紧，妙得紧！范老爷最怕的，就是胡老爹了！

胡屠户　我可不敢做这个事！他虽然是我女婿，如今做了老爷，就是天上的星宿了。天上的星宿是打不得的！我听得斋公们说：打了天上的星宿，阎王就要拿去打一百铁棍，发在十八层地狱，永世不得翻身。我可不敢做这样的事！

邻人们　得了吧！胡老爹！你每天杀猪，白刀子进去，红刀子出来，阎王也不知叫判官在簿子上记了你几千条铁棍。就是添上这一百棍，也打甚么要紧！只怕把铁棍子打完了，也算不到这笔账上来。说不定你救好了女婿的病，阎王叙功，从地狱里把你提上第十七层来，也未可知！

胡屠户　我可不敢打这一巴掌，杀了我也不敢！

报　子　胡老爹，你要权变一权变。

范　母　亲家，你要救小儿一救哇！

胡　氏　哎呀爹爹，你要救他一救啊！

卜修文　胡胖子！范老爷若是久疯不醒，将来上司怪罪下来，我就拿你是问！

张静斋　胡屠户！你要是打这一巴掌，你女婿就是个老爷，你就是老爷的丈人；你要是不打这一巴掌，你女婿就当不成老爷，你这个丈人也就得不着甚么，你是打与不打！

胡屠户　……（意决）给我来碗酒喝！（自厨子担头取酒坛，倒酒）

张静斋　啊，老伯母！范年兄若是醒了，小侄带来贺仪五十两，送与范年兄暂时花用。府上的房屋，过于简陋，小侄有空房一所，三进三间，就在东门大街，范年兄醒来，请即刻搬去安住，明日本县官绅就要前来拜访。范年兄若是思念旧地，小侄在贵庄有三十亩薄田，就是关清、顾白所种，就送与范年兄吧。

卜修文　小侄备得一席酒，范年兄若是醒来，正好就到新居一贺。

〔胡屠户边听，边倒酒，喝酒，连喝三碗，挽袖。

范　母　哎呀，张老爷！小儿他会醒转来么？

〔范进由下场门上，关清、顾白追上。

范　进　（唱）天上有座九曲桥，

昆仑山头白云高，

东海日出红杲杲，

万古飘飘一羽毛。

报子/邻人们　来了！来了！

范　母　啊亲家！你只可吓他一吓，不要将他打伤了！

卜修文　你要打得重些，打轻了就治不了他的病！

张静斋　你只管大胆的去打！

〔胡屠户两次冲下，退回；卜修文等为鼓勇，胡屠户毅然冲上。

胡屠户　该死的畜生！你中了什么！

〔胡屠户一掌打去，范进摔倒，关清、顾白接住；范母、胡氏急奔近来；一时之间，万籁俱寂，静场，——能保持多久就保持多久。

〔范进醒。

范　进　（顾视）我怎么坐在这里？

范母等　好了！（场中顿时轻松）

胡屠户　（觉得手疼起来，把个巴掌仰着，再也弯不过来，急呼）哎呀！我的手！我的手！哎呀！阎王老爷！这可不是我要打的啊，我怎么也不敢打天上的星宿啊！是他们逼着我打的啊！

张静斋　哏！

胡屠户　是是，我不嚷嚷！不嚷嚷！（悄悄从腿上揭下一张膏药贴在手上，甩手，轻说）哎，好一点啦！

范　进　我这半日，昏昏沉沉，如在梦里一般。

报子/邻人们　范老爷，恭喜你高中了。刚才是引动了痰，现在好了！

范　进　是了！我也记得中的是第七名。

〔胡屠户近前，范进畏却。

胡屠户　贤婿老爷！方才不是我敢大胆，是您老太太要我来劝您的！

张静斋　来！

〔车、马齐上。

张静斋　与范老爷更衣！

〔范进更衣。

胡屠户　（对关清、顾白及邻众）我常说，我的这个贤婿才学又高，品貌又好。想当初，我小女在家长到三十多岁，多少有钱的富主要和我结亲，我都不肯，我觉得女儿像有些福气，要嫁个老爷，今日果有其然！不瞒你们说，我小老这一双眼睛却是认得人的！哈哈……

〔范进更衣时摘下头巾，先由张静斋接着，张静斋交与卜修文，卜修文交与魏好古，魏好古交与顾白。顾白拿着头巾，犹如拿着一条死蛇。

张静斋　关清、顾白，见过你家范老爷！

〔范进不知所措。

张静斋　请范年兄上马！

范　进　（问范母）母亲，我们要往哪里去啊？

张静斋　到了那里，自然知道。蹿行者！

〔张静斋、范进、范母、胡氏、卜修文、魏好古、报子等下，最后胡屠户下。

〔台上剩关清、顾白及众邻人。顾白掷头巾于地。

关　清　（与顾白等一视，轻叹）唉！

（全剧完）

杜泉山

时间： 序幕，一九二七年九月上旬

第一场至尾声，一九二七年十月中至同年十一月

地点： 湘东某处杜泉山地区

人物： 贺湘——女，二十八岁，杜泉山农民自卫军党代表

柯亮——男，三十岁，杜泉山农民自卫军队长

李开石——男，二十六岁，农民自卫军党的支

---

*本剧是在京剧《杜鹃山》（根据王树元创作的同名话剧改编，一九六四年由薛恩厚、张艾丁、汪曾祺、肖甲编剧）的基础上，一九六九年三月重新创作，由汪曾祺与薛恩厚、梁清濂合作编剧，汪曾祺为主要编剧。以北京京剧团一九六九年三月油印本编入，署名“北京京剧团《杜泉山》创作组”。

部委员

罗成虎——男，二十四岁，农民自卫军侦察员

杜小山——男，十四岁，农民自卫军司号员

张得胜——男，三十四岁，农民自卫军战士

农民自卫军战士若干人

杜妈妈——女，五十多岁，杜小山的祖母，革命的妈妈

老金——男，三十五岁，革命群众

赤卫队员若干人

温其久——男，三十岁，混入革命队伍的个人野心家，担任过农民自卫军的队副

胡仕坦——男，三十五岁，反动地方武装挨户团的团总

挨户团团丁若干人

场次： 序　幕　秋收起义万岁

第一场　毛委员派人来

第二场　人民军队

第三场　政治整训

第四场　驾驭战争

第五场 营救战友

第六场 党指挥枪

第七场 盘旋诱敌

第八场 伏击歼敌

第九场尾声 上井冈山

序 幕

时间：一九二七年九月上旬

地点：杜泉山下走马坪前

〔开幕前，大幕外，追光照射着一个裹着头巾，脚着草鞋，背着马叶刀，挽着独撅枪的农民自卫军战士。

农民自卫军战士朗诵：

一九二七年春夏之交，右倾机会主义者投降国民党，轰轰烈烈的大革命失败了。蒋介石挥舞屠刀，到处血流成河，人头滚滚。在这万分危急的关头，是谁挺身而出，挽救了中国革命？是我们的毛委员！毛委员冲破重重险阻，不顾个人安危，横渡莽莽洞庭，踏遍四水三湘，号召全党抓武装，到农村建立根据地，亲手发动了秋收起义，把中国革命领上了正确的航程。

秋收时节暮云沉，霹雳一声暴动，秋收起义的烈火遍地燃烧起来了。让我们紧跟毛委员，猛烈地战斗吧！

〔序曲雄伟，愤怒，战斗。

〔幕启：天幕上云雾沉沉，一个通红的火炬，闪烁跳动。转瞬间，化为无数火炬。终于燃成漫天烈火。

〔暴动的农民自卫军及革命群众，高举梭标，马刀，抬着雷火枪，拉着松树炮冲上。

〔农军及群众，同抱一根粗大的杉木杠，撞开团防局的大门，攻入团防局。

〔农军拉出胡仕坦的父亲，宣布罪状，枪决。

〔群众高呼暴动口号：

“暴动，打倒国民政府！”

“暴动，杀土豪劣绅！”

“暴动，农民夺取政权！”

“暴动，胜利万岁！”

群众合唱　秋收时节暮云沉，霹雳一声暴动！

紧跟领袖毛泽东

要叫阳光普照

大地通红！

〔天幕上映出一行大字：

“秋收起义万岁！”

——幕落

第一场 毛委员派人来

时间： 一九二七年十月中，某日清晨

地点： 杜泉山的一个山头

〔幕启：白云出谷，朝阳初上。

〔罗成虎带两个侦察员上，搜索，打一个“哦嗬”招呼后面的队伍下山。

〔李开石上，布哨。

〔农民自卫军正在上山，红旗渐渐露出。

〔一战士扛农民自卫军军旗上，插好军旗。

〔柯亮上。

柯　亮　（对山后）弟兄们！咱们在深山里艰苦转战，今天又转回家乡来了。大家就地休息，枪不离手，

准备随时打仗！

战　士　（在山后齐应）是！

〔柯亮走近山泉，手捧泉水，连喝几口。

柯　亮　（唱）秋收暴动铁铳响，

扶犁的大手拿起枪。

豪绅地主奔走逃亡，请兵又调将，

他们疯狂反扑，三县搞联防。

自卫军拉上山打了几仗，

弟兄们一团怒火在胸膛。

捧几口山泉水心雄胆壮，

紧握着烈士的枪我要再干一场。

〔李开石上。

李开石　老柯，岗哨已经派出去了，罗成虎下山去侦察，我去找一趟杜妈妈，看看党里有没有人来联系。

柯　亮　咱俩一块去。

〔温其久上，疲惫而又焦急。

温其久　哎呀，柯队长，你怎么这么不听说啊？哪里不好去，你干吗非把队伍往这里带？！

柯　亮　这儿是我的家乡故土。

温其久　它也是胡仕坦的老巢！

柯　亮　我正要找他再拼一场！

温其久　你还要拼？！这一个月你拼了三回，哪一回你得了便宜哪？枫林坳一场遭遇战，离现在才几天？好容易才撤出来啊！多悬哩！再拼，你这个队伍准完！

柯　亮　就是拼得一个不剩，也落个痛快！我这回奔这儿来，就没有打算活着离开！

李开石　老柯，你要为老夏报仇，为杜山大哥报仇，为牺牲的弟兄报仇，你的心我懂。可是不要做这种不留后路的打算。

温其久　是嘛！留得青山在，不怕没柴烧，胡仕坦咱们惹不起，躲得起。天下地方大得很，哪儿的水土不养人？只要站住一方天下，招兵买马，扩充实力，将来一切包在我的身上。现在你就剩下这五十多人，二十几条枪啦，要是把这点老本也踢蹬啦，你就什么也不是了！

李开石　你这是保存实力，逃避斗争！

温其久　那你赞成硬拼？

李开石　拼不是办法，不过像你那样躲着敌人，带起队伍到处跑，只奔酒肉，不打土豪，这么跑下去，这支队伍不是散，就要变。

温其久　哦，合着我们队长队副的心思都不合你的意！

李开石　你甭往一块掺和！

温其久　那你说个主意！

李开石　这一阵子，我总捉摸，咱们这支农民自卫军到底要奔哪里去？这么瞎碰乱撞，非常危险！

柯　亮　唉，老夏，老夏要是还在……

李开石　对！老夏在的时候，咱们眼前亮亮堂堂，干什么心里都是踏实的。咱们得赶紧找到党！

温其久　找到共产党，那敢情好哇，共产党能给你派一个活神仙来。可是你哪儿找去？没有啦，这一片的共产党组织都破坏得干干净净的啦，你还不死了这条心啊？

柯　亮　党啊，你在哪儿啦？我哪一天不想，哪一天不盼，可是杜妈妈的联络点里一直没有人来。我们这支农民自卫军是老夏同志从安源来照着党的指示拉起来的，如今却成了断了线的风筝。听说领导秋收起义的毛委员现在奔江西去了，我要是能找到关系，就是千山万水，我也去！

〔山下传来“哦嗬”声。

杜小山　（从幕里喊着出来）柯叔叔！李叔叔！你们回来啦！

〔杜小山奔上。

柯　亮　小山子！奶奶那儿来了人没有？

杜小山　来啦！

柯亮 / 李开石　来啦？！

杜小山　是从江西来的，从主力红军来的，从前敌委员会来的，从毛委员身边来的！

柯亮 / 李开石　从毛委员身边来的？！

杜小山　她要看看你们，看看队伍，奶奶叫我来找你们。

柯　亮　老李，咱们去带队伍！（下）

杜小山　奶奶，柯叔叔的自卫军回来啦！（奔下）

温其久　真来啦？！（下）

〔贺湘上。

贺　湘　（唱）昨日赣水滨，今日湘江岸，

前委有指示，飞传到这边。

原曾想和老夏并肩作战，

把这支暴动农军带上井冈山。

才知道烈士已将生命献，

队伍转战处境难。

党的任务一定要实现，

涉长途，挑重担，敢把高峰攀。

〔杜妈妈、杜小山上。

〔柯亮、李开石、温其久上。

柯　亮　你是从毛委员身边来的——

贺　湘　我是前敌委员会派来的联络员，我叫贺湘，你是柯队长？

柯　亮　柯亮。

贺　湘　这位是温队副？

温其久　（很惊异贺湘的眼力，过分谦虚的）温其久。

贺　湘　你是老李？

李开石　李开石，原先是干石匠活的。

贺　湘　工人阶级。听杜妈妈说过。

柯　亮　你是来——

贺　湘　来找老夏的。

柯　亮　老夏！……你是他的什么人？

贺　湘　我们是老战友，是同志。

柯　亮　老夏牺牲啦！老夏从安源来，发动了这里的暴动。那回打团防局，为了掩护我和冲上去的弟兄，中了敌人的枪弹。我们把他抢下来，已经不行了。他临死交给我一支手枪，叫我带着队伍，跟着咱们的党，好好地干革命。说完了，就闭了眼睛，他就死在我的怀里。我真愿这一颗子弹打在我的身上，把他换下来。这支农民自卫军不能没有他啊！这是他留下来的那支枪。

贺　湘　（接过枪，抚摸着，这支枪，她太熟悉了）老夏，你死得很英勇。你留下的担子，会有人挑起来的。这支队伍，一定会在党的领导下走上正路的。你，放心吧。柯亮同志，这支枪是老夏从敌人手里夺过来的，是一支好枪，一支革命的枪，希望你好好地使用它，消灭敌人。

柯　亮　（接枪）我一定对得起这支枪。贺同志，你要看看弟兄们？

贺　湘　请同志们过来吧。

柯　亮　都过来！

〔队伍靠前。

贺　湘　同志们！我是从主力红军来的，前委很关心这支队伍，叫我来看看同志们。同志们，你们在深山里转战游击，辛苦啦！

战　士　不辛苦！贺同志，你爬山涉水地来看我们，你辛苦啦！

贺　湘　听说这一个月来，你们的仗打得不很顺利，革命遇到了困难，大家有些苦闷，是不是这样？

战　士　是这样。

贺　湘　不要紧的。这没有什么了不起。只要我们按照前委的精神办事，走主力红军的道路，什么问题都可以解决。

一战士　贺同志，你留下来吧，别走啦！

柯　亮　贺同志，你留下来，领着我们干吧！

李开石　你来当我们的党代表吧！

战　士　欢迎贺同志担任党代表！

贺　湘　我来的时候，前委曾经指示，叫我根据情况，协助老夏工作。既然同志们有这样的要求，为了革命的需要，我愿意留下来。在上级批准之前，担任你们的临时党代表。

李开石　（领呼口号）欢迎党代表！（众应）感谢毛委员！（众应）

杜小山　贺姑姑，你看见过毛委员吗？

贺　湘　看见过，临走那天还看见哩。

战　士　毛委员身体好吗？

贺　湘　毛委员身体很好！

柯　亮　毛委员现在到了哪儿，他怎么领导着主力军干革命，这些，你都给咱们讲讲！

贺　湘　好，我给大家讲讲！

（唱）中国人民受苦受难几千年，

开天辟地出了一个毛委员。

领导工农搞暴动，

指出了枪杆子里出政权。

文家市，振臂一呼，决定历史转折点，

不取长沙和武汉，先到农村把家安，亲自带兵，胜利进军井冈山。

缔造红军，威震湘、鄂、赣，

红旗展，敌胆寒，人民抬头把身翻。

武装割据创立空前新局面，

要靠它打出一个红彤彤的革命江山。

李开石　咱们要是能当上正规红军，那多好哇！

杜小山　能当上吗？

贺　湘　能！

（接唱）只要我们发动群众，加紧训练，

就一定能争取早日奔赴井冈山。

〔罗成虎上。

罗成虎　报告，胡仕坦到了走马坪。

柯　亮　胡仕坦到了走马坪？！

罗成虎　刚到一会。他这回回家，是准备给他老子出殡的，再有几天就是他老子的头七。

贺　湘　他带了多少人？

罗成虎　三县联防已经各归本县，走马坪只有他自己的挨户团，一共百十来人，七十条枪。

柯　亮　咱们下去打他！

温其久　百十来人，七十条枪那也是绝对优势。咱们不能去捅这个马蜂窝，这里不是久留之地，咱们赶紧走。

李开石　贺同志，你看呢？

贺　湘　我看这倒是个机会。我们要打开走马坪，给人民一个振奋，打土豪，发动群众，有了群众的帮助，路子才能越走越宽。

温其久　敌我力量悬殊。

贺　湘　可以攻其不备。

温其久　敌军岗哨如林。

贺　湘　你们过去有没有搞过夜袭？

柯亮/李开石/温其久　夜袭？

柯　亮　这个主意好。胡仕坦没有吃过这个，准可以打他个措手不及，弟兄们！养精蓄锐，做好准备。

李开石　查断路口，封锁消息。

贺　湘　具体计划，再开会研究一下。

柯　亮　大家解散休息，今天晚上夜袭走马坪！

杜小山　慢！打走马坪有没有我？

柯　亮　你？

杜小山　又是“太小啦”？

杜妈妈　柯亮，这回让他去吧！我杜家三代都死在抗粮造反一件事上。你杜山大哥死后，你把我当着亲娘看待。这孩子，你就当着你的儿子一样栽培吧！打起仗来，只许他上前，不许他靠后，叫他在革命的路上一天一天朝上去，这才对得起你杜山大哥。

柯　亮　党代表……

贺　湘　叫他锻炼！锻炼！

柯　亮　好！头一回就叫你打一个漂亮仗！弟兄们！

（唱）毛委员派来了党代表，

战士们人人劲头高，

眼前一股阳关道，

到明天走马坪前红旗飘！

——幕落

第二场 人民军队

时间： 前场当夜。暗转前夜十二时；暗转后凌晨三四点钟。

地点： 走马坪，胡仕坦的家中院。

〔幕启：侧幕间传出拷打动刑的声音。

〔胡仕坦上场，吸着水烟。

胡仕坦　（念）八月中秋，农民作乱，到处枪声响，

搞得我威风扫地，家破人亡。

豁着洋钱如水淌，

拉起了三县联防。

虽然不曾消灭农军，活捉柯亮，

我谅他们再不敢骚扰家乡。

回家来我要一笔一笔算清旧账，

不叫它刀头滴血，怎能够重霸一方！

把他们押上来！

〔团丁应下。

〔吴振坤及群众若干人上，昂然挺立，怒视胡仕坦。

胡仕坦　你们这些犯上作乱的亡命暴徒，胆敢伙同农民

自卫军，搞什么“秋收暴动”，打进团防局，把老团总都枪毙了，吴振坤，这件事有你，不过，你要是把同案的人都供出来，我可以从轻发落。讲！

吴振坤　哼！你别来这一套，我告诉你，杀你老子的是我，我没有亲手拧下你这狗头，算是便宜了你。

胡仕坦　拉出去，立即枪毙。

团　丁　走！

〔吴振坤大笑下。

〔枪声。口号声：“打倒蒋介石！”“打倒反动派！”

胡仕坦　你们说不说？不说，吴振坤就是榜样！（众不理）好，都这么口紧！过几天我要安葬老团总，我要把你们拉到我的祖坟上，摘出你们的肝花来给老团总上供！把他押下去，都给我吊起来！

〔乡亲下。

〔一团丁上。

团　丁　报告团总，县长派了人来，说是七十五师刘团长来县视察，请团总立即进城开会。

胡仕坦　传轿子，吩咐卫队，带二十支盒子枪跟我走。

团　丁　是！

〔一团丁打着团防局的灯笼引胡仕坦下。

〔暗转。

〔灯亮，李开石带自卫军上，与挨户团开打，获胜。

〔柯亮、温其久上。几个战士随上。

李开石　报告，战斗结束，一共缴了五十支枪，不少子弹，打死打伤敌兵二十五人，俘虏了十五人。

柯　亮　枪在哪儿？

李开石　都集中在后院。

柯　亮　我去看看！（对温其久）这儿有什么事，你就瞧着办！

温其久　你放心吧！

柯　亮　（对李开石）走！（同下）

温其久　（大权独揽，分派一切。对战士丁）你去封了胡仕坦的厘局税卡！（对战士丙）你叫张得胜带的人清点胡仕坦的浮财细软，白米光洋！（对战士乙）找几个老百姓杀猪宰羊，准备酒筵！（对战士甲）通知部队，放假三天，自由活动！

战士甲　放假三天，这合适吗？

温其久　你说什么？

战士甲　我说这合适吗？

温其久　我的话就是命令！

〔战士甲、乙、丙、丁下。

〔几个战士抬了两口朱漆樟木箱，提了一包细软上。放在当院，下。

〔温其久翻翻包袱，发现一只金表，他掏出自己的一只坏表，放下坏表藏起金表。

〔几个战士端酒壶上。

战士戊　温队副，喝酒！

温其久　你们喝！你们喝！（他登记着木箱里的财物）

〔贺湘送被胡仕坦吊绑的乡亲出门。

贺　湘　同志们！乡亲们！你们受惊了。大家赶快先回家看看，家里人一定很惦记你们。农民自卫军这回打下走马坪，要把这里的群众组织重新恢复起来。许多事情都还靠大家来办，一两天还要请大家来商量。

乡　亲　贺同志，你有事就招呼，我们登上草鞋就来。

〔李开石上。

李开石　党代表，有好多乡亲们要求参军。

贺　湘　好啊，你先去登记一下。我一会儿去看他们。

李开石　好！（下）

贺　湘　（对战士）你们谁会写字啊，咱们来写几条标语。

战士戊　温队副会写。

温其久　你们写，你们写，我有事。

〔贺湘及一战士写标语，有的战士贴标语。

〔张得胜上。

张得胜　报告，光洋细软，查到不少，这些浮财，怎么办？

温其久　都分给弟兄。作战勇敢，立了战功的，多分一点。队副以上留个双份，党代表才来，看有什么有用的东西，多留一点。

张得胜　是！

贺　湘　温队副，这样分配不合适。除了部队留下必要的给养，应该都分给群众。这些东西都是胡仕坦从群众那里剥削来的，应该还给他们。

温其久　党代表，我是柯亮的队副。

贺　湘　队副……队副就更应该理解党的政策嘛。

温其久　好，好！你就按党代表的意思去办！

张得胜　抓来的俘虏怎么处置？

温其久　我不是规定过嘛，还问什么！（作极刑手势）

张得胜　是！

贺　湘　怎么处理？

〔张得胜重复温其久的手势。

贺　湘　不能这样，红军对待俘虏的政策是：缴枪不杀。跟他们讲讲，愿留的可以留下来当兵，不愿留的发给他们一点路费，送他们回去。不要侮辱他们，不要搜他们的腰包。

张得胜　是！温队副，我可以走了吗？

温其久　去，去，去，我什么都不是！（愤然而下）

〔张得胜茫然。

贺　湘　张得胜同志……

张得胜　有！

贺　湘　稍息，稍息。你当过兵吗？

张得胜　报告党代表，我是温队副把我从七十五师带下来的。

贺　湘　哦，你不要紧张。刚才的问题跟你没有关系，你去休息吧。

〔贺湘继续写标语。

〔李开石上。

李开石　党代表，温队副跟柯亮队长不知说了些什么。柯亮发了脾气。他这人性情暴躁，你可得小心点啊。

贺　湘　不要紧，老柯是个直爽人。要求入伍的同志都安顿啦？

李开石　挑选了一下。都安顿了。

〔柯亮上。温其久跟在后面。

柯　亮　是谁作主，不给弟兄们一点犒赏，往后我这兵还怎么带？谁作主，把抓来的俘虏给放了？他们杀了我们多少弟兄，刚才还对着我们的脑袋开枪。这样做，是什么道理？

贺　湘　柯亮同志，你先不要发脾气，有话慢慢地说。

柯　亮　有什么可说的，谁帮助胡仕坦，谁跟着土豪劣绅，谁帮助地主老财办事，我就跟他势不两立。把送走的俘虏都给我抓回来！

温其久　（下令）张得胜！都抓回来！

张得胜　是！（下）

〔场上空气十分紧张。

〔忽然外面吵嚷起来，一些队员连声喊打。

〔长工老金上，张得胜拿竹扁担上。

张得胜　报告，俘虏都走远啦，往县城方向追歼残敌的弟兄抓住一个给胡仕坦运谷子的坏人。

老　金　谁是柯亮？

柯　亮　我！

老　金　你们为什么打我？

张得胜　你是土豪！

老　金　我不是土豪，我是胡仕坦家的长工。

柯　亮　你帮土豪运谷子，你就跟土豪一样！

老　金　你们不讲道理，你才跟土豪一样！

柯　亮　你……给我重重地打！

〔张得胜举起扁担。

贺　湘　不准打！这简直是胡闹！

柯　亮　胡闹？！

（唱）弟兄们出生入死把命卖，
为什么不许分浮财？
挨户团与咱们仇深似海，
白白地放走为何来？
他和土豪是一派，
教训他几扁担有什么不应该？
赏罚不公不分好和歹，
这样的规矩我就想不开！

贺　湘　柯亮同志，你为什么要打他？

柯　亮　胡仕坦的几个粮仓都空了，都是他们帮他运走的。半夜里还要帮地主运谷子，不造地主的反，没有一点硬骨头，死心塌地当奴才，这种人该打！

贺　湘　他这样做，有没有他的难处，他的苦衷，你替他想过没有？

柯　亮　这……

贺　湘　柯亮同志，不要这样性急。咱们办什么事都不能凭自己的脑子一想，先要把情况了解清楚嘛。

柯　亮　……

贺　湘　（走近长工，略为观察，断定这是一个地地道道的劳动人民）

（唱）看这人粗手大脚多刚劲，
看来家累很不轻。
两眼沉郁含怒火，
一朝暴发敢斗争。
回想起萍乡茅屋，安源炭棚，
曾见过多少这样穷弟兄。
想当年毛委员下矿井，
和矿工促膝谈心在底层。
永难忘那神态，那情景，
无比亲切，无限同情。
要搀着他的手儿问一问，
才能够听得到他的痛苦心声。

〔贺湘倒了一碗水，送到老金面前。

贺　湘　老乡先喝点水，坐。

〔老金很出乎意料。接水，坐下。

贺　湘　你姓什么?

老　金　姓金。

贺　湘　你在胡仕坦家当了多久长工了?

老　金　今年秋后才上的工。

贺　湘　你不是这里的人吧?

老　金　不是，我是苦竹坡的，离这里有八十里。

贺　湘　你是怎么到他家当长工的呢?

老　金　咳!

(唱)我老婆生病孩子没人带，

亲娘死去不能埋，

无奈何借了胡家总管一笔债，

他把我骗上了贼船难下来。

他逼我没明没夜把稻谷运载，

派了团丁荷枪实弹当解差。

好几回我拔步飞奔把车子甩，

都被他们抓回来。

枪托皮鞭打得我浑身上下青一块紫一块……

(脱了上衣露出背上伤痕，接唱)

我是个受压迫的长工，不是奴才!

贺　湘　同志们！天下乌鸦一般黑，到处的豪绅地主都是一样歹毒。天下的农民都姓苦，像老金这样的痛苦，咱们不是也都经受过吗？谁受过地主的压迫、剥削的，举手。

〔在场战士举手，张得胜也举了。只有温其久举不起来。

贺　湘　柯亮同志，你不是也给地主抬过多年轿子吗？

〔柯亮举手。

〔温其久溜下。

贺　湘　柯亮同志，

（唱）他推车，你抬轿，
常在一条路上行。
你奔波，他劳碌，
汗珠落地分不清。
同甘苦，共命运，
两颗苦瓜一根藤。
你们都有仇和恨，
你怎能不体谅他的冤屈苦衷？

柯　亮　（接唱）党代表一番话把我的深情触动，
酸甜苦辣涌在心。
我帮工抬轿十四年整，
肩膀上压的是地主豪绅。

三伏天，烈日当空一盆炭火头上顶，
到冬来，踩霜踏雪，冻裂双脚血淋淋。
想想他，想想我，
我们本是一样的人。
他遍体伤痕都是豪绅罪证，
我怎能在他的旧伤痕上再加新伤痕？
说不尽心中悔和恨。……

党代表，我错了！老金哥，我对不起你！

〔柯亮向老金赔罪，老金一惊！

老　金　队长你——

柯　亮　什么队长，我也是个卖力气的，跟你一样！

（接唱）我们是阶级骨肉亲弟兄。

贺　湘　柯亮同志，你说的很对。毛委员说过：“谁是我们的敌人？谁是我们的朋友？这个问题是革命的首要问题。”

我们是人民的军队，跟历史一切旧军队根本不同。我们干革命是为了什么人，依靠什么人，这个问题必须搞清楚。这是我们一切政策和策略的出发点。

柯　亮　今天的事给我教育太大了。我要永远记住。

老　金　也给我上了一课。不打不相识，柯队长，往后咱部队有什么事用得着我，你们就说话！我走了。

〔贺湘、柯亮欲送老金，老金拦阻。

李开石　我送送，老金哥，咱们一路还能说说话。

老　金　好。（下）

贺　湘　（对李开石）你顺便请温队副来一下。

〔在场战士下。

贺　湘　老柯，走马坪打开了。胡仕坦这回遭受的损失不小，估计他三五天里不会打回来。下一步，咱们该干什么呀，你考虑了没有？

柯　亮　党代表，我就管打仗，以后凡事听你的。你管到天边，我服从。你说吧！

贺　湘　我们是不是首先要宣传群众，组织群众，武装群众，把地方政权建立起来？我建议把缴来的枪送十支给赤卫队，你舍得不舍得？

柯　亮　舍得！舍得！

贺　湘　队伍扩大了，是不是要整训一下？

柯　亮　对！要整训。

贺　湘　那就不能放假三天，自由活动了。

柯　亮　那当然！

〔温其久上。

柯　亮　老温！咱们不放假了，你去通知一下。

温其久　刚下了命令，就收回？

柯　亮　部队要整训。

温其久　整训？（转念）啊，好！我去通知。本来嘛，新兵入伍，连枪都不会放，老兵也站不好队列。温某人干过几天军队，步兵操典还是熟的，三操两讲一点名，我一定尽心竭力！我负责训练！

贺　湘　首先要练思想，练政治。

温其久　练政治？！

——幕落

第三场　政治整训

时间：前场后五天。上午。

地点：杜泉山的山冲里。

〔幕启：下政治课的哨音。

〔杜小山奔到山坡上，练号。

〔柯亮上，掏出小本写字。

柯　亮　小山子！你来看看我写的这字没有安错了胳臂腿吧？

〔小山子奔下，看柯亮写的字。

杜小山　挺好的，就是大小个儿不匀。

柯　亮　这么说，这认字也不太难哩。一天认五个，十天就是一个排，一个月就是一个连，认它一年，我就能当个军长啦！

杜小山　您为什么对学习那么积极啊？

柯　亮　嗨，小山子，你不知道哇，党代表上了政治课，我明白了好些革命道理，可就是记不住。要是能写下来，那多好啊。再说，咱们要是成了正规红军，将来毛委员来个命令，我都认不大清，懂不透，那不坏事吗？

（唱）党代表她把政治课来讲，
明白生动，随处打比方。
她说的都是方圆百里，真情实况，
却原来这里面有一篇深刻道理革命的大文章。
我越学心里越透亮，
一坐半天不嫌长，
我好比一块生铁要炼成钢，

我好比一条小河要流入那奔腾万里的扬子江。

我一心紧跟共产党，

不掉队，不回头，永不下战场！

杜小山　柯叔叔，几天政治整训下来，您的进步真不小啊！

柯　亮　我岁数大了，不像你们心灵，就怕跟不上呀！

〔战士甲、乙、丙、丁上。

战士甲　柯队长！小山！你们干吗呢？

杜小山　我们在谈上政治课的事哩。

战士乙　哎，杜小山，刚才我们念《工农读本》，你怎么不出声啊？

杜小山　我都会背啦，老念干吗！

战士乙　你都会背啦？我不信，我得考考你！

杜小山　考就考！

战士乙　（拿出读本）第十课！

杜小山　（背书）《土地革命》"实行土地革命没收地主阶级的土地，归工农兵代表会议——苏维埃政府处理，分配没有土地和地少的农民耕种。"

战士乙　第十一课《武装暴动》。

杜小山　"怎样才能实现土地革命呢？向地主和政府要求

么？他们都是不答应的。怎样才能推翻国民党的政权呢？希望天爷或圣贤出来推翻他么？都不会有这么一回事。那么，怎样呢？只有工农兵联合起来举行武装暴动。”

战士乙　真行，一个字不错！

战士丙　你别瞧他会背，这里头的道理他可不懂，他这么点岁数，会知道什么叫压迫，什么叫剥削吗？

杜小山　我怎么不懂？！

战士丁　不能这么说。小山苦大仇深，三辈子都是抗粮造反的硬骨头，他懂。

〔贺湘上。

柯　亮　党代表！讲了半天课，累了吧？歇会儿！

贺　湘　不累。怎么样，我们的整训内容，是不是安排得过于紧张啊？

战士甲　不紧张。

贺　湘　大家对这一段整训有什么意见没有？

战士甲　挺好！听了毛委员的革命道理，知道为谁当兵，心里透亮，劲头就足了。

战士乙　如今官兵平等，上下一致，废除打骂，经济公开，还发伙食尾子，我们都很满意。

战士丙　还有士兵委员会，大家都有开会说话的自由，我们连做梦都没有想到过。

战士丁　特别是俘虏过来的老兵，他们说这和旧军队相比，是天上地下，他们打心眼里觉得痛快。

贺　湘　柯队长，你看这样整训，行不行？

柯　亮　好！很好！

贺　湘　我可听到有人有不同的意见哪。有人说，军队天生是打仗的，只要枪打得准，上那些政治课干什么！说咱们这一套是卖假膏药。

战士甲　这是谁说的？

贺　湘　甭管是谁说的吧，你们同不同意这种看法？

战士甲/乙/丙/丁　不同意！

贺　湘　咱们不是不重视军事课，枪打不好是不行的。不过先要弄清楚，枪由谁拿着，向什么地方放。

〔内吹哨音。

贺　湘　上军事课了，大家去下操吧。

〔罗成虎上。

罗成虎　温队副说他头疼，不能带操。

战士甲　他又头疼啦？！

柯　亮　今天是什么科目？

罗成虎　“射击要领”。

柯　亮　打枪？嗨，这难不倒人！别的我不行，讲打枪，我还能对付！我去上课！我去二排，你们一排叫老罗讲讲。走！

〔柯亮及杜小山、罗成虎、战士们下。

贺　湘　（目送战士奔向操场，满怀豪情）

（唱）政治整训成效大，

战士们一个个生龙活虎，神采焕发。

把军队放置在党的绝对领导之下，

喜看三湾精神到处开花。

强敌在旁，瞬息风云有变化，

革命的洪流中也难免夹带泥沙。

望征途，并非是平川走马，

要随时保持警惕，紧张戒备，“弯弓待发”。

〔杜小山上。

杜小山　党代表！（迎面看见李开石走来）李叔叔！

贺　湘　小山，有事吗？

杜小山　我本来要跟您谈点事，还要让您看一件东西，待会吧，你跟李叔叔先谈要紧的事。

贺　湘　你的事不着急吧？

杜小山　不急！（下）

贺　湘　老李，你看我们整训了这几天，大家的思想是不是普遍地有所提高啦？

李开石　有提高。许多根本道理弄清楚了。

贺　湘　我在考虑要争取时间，把整训告一段落，尽快地把队伍带到中心根据地去。胡仕坦在城里招兵买马，反动部队正在集结，要防备他们突然进攻。我写了一个报告，向前委请示工作，你准备一下，上一趟井冈山，把报告给前委送去。

李开石　好。

贺　湘　柯队长跟你谈过没有，他有入党的要求。他本质很好。下一批我们就发展他。他的家乡观念比较重，你和老罗要多帮助他，温队副怎么样？

李开石　还是那样，整天耷拉着脸子，好像谁欠他二百钱似的，这个人，根子不正，早晚要出问题的。

贺　湘　我们还是要尽量争取他，能不能跟过来，那就要看他自己啦。

〔张得胜上。

张得胜　杜小山！杜小山！

〔杜小山上。

杜小山　干吗？

张得胜　上回打开走马坪，你是不是拿了人家一块红布？

杜小山　拿啦。

张得胜　温队副要你快去！

杜小山　去就去！

贺　湘　小山，你拿了人家东西啦？

杜小山　没有。

李开石　刚才还说拿了。怎么又不承认啦？

杜小山　党代表，我刚才找您就为这件事，是这么回事……

张得胜　杜小山！队副发脾气啦，要关你的禁闭，叫你快去！

杜小山　咳！这一下子说不清楚。党代表，您放心，我没有做坏事。走！

〔杜小山、张得胜下。

贺　湘　（唱）温队副从不关心群众纪律，

李开石　（唱）他自己就有私弊爱找便宜。

贺　湘　（唱）他声言只管军事不问政治，

李开石　（唱）为什么这一回断然处置？

贺湘 / 李开石　（唱）值得深思。

〔罗成虎上。

贺　湘　刚才是怎么回事？

罗成虎　打开走马坪的时候，一个挨户团抢了老乡一块红布，杜小山上去追了回来，老乡走远了，没法还他。他想缝一面工农革命军的军旗，已经缝好了。昨天你讲了三大纪律，有人提出应该给杜小山批评处分。士兵委员会经过讨论，明确了问题的实质，大家一致同意不予处分。温队副知道了士兵会的意见，突然下命令把小山绑起来关进了禁闭室。

贺　湘　哦，他这是挑战。那他就试试吧。

〔柯亮上。

柯　亮　出了什么事啦，老远就听见温队副嚷嚷？

〔内争论声。

〔战士多人追着温其久辩论，温其久退上。

战士甲　为什么要关杜小山禁闭？为什么要绑人？

战士乙　我们提了抗议，温队副为什么不但不理睬，反而当着我们的面在禁闭室加了一道锁，你这是什么意思？

战士丙/丁　我们要求温队副收回成命，放出杜小山！

温其久　你们这是无组织无纪律，无政府主义，聚众要挟，目无长官！

李开石　同志们！

（唱）有理不在高声喊，

大家都有发言权。

只问理长和理短，

不论是兵还是官。

战士们　我说！（举手）

贺　湘　还是请温队副先谈谈。

温其久　（唱）红军也分兵、伕、官，

当队副管士兵不算越权，

三大纪律要兑现，

抓典型开风气理应从严。

战士甲　杜小山犯了什么纪律？

温其久　（唱）他持枪行劫把路断！

战士甲　（唱）抢布的本是挨户团。

温其久　（唱）就应该还老乡！

战士甲　（接唱）——人已走远。

战士乙　（唱）无名无姓，

战士丙　（接唱）——素不相识，

战士丁　（接唱）——无法归还。

温其久　（接唱）缴获品不归公私自保管，

发洋财，“打埋伏”，铁证如山！

战士甲　（接唱）这军旗是公物还是私产？

温其久　这！（接唱）谁批准他自由处理不报官！

战士甲　（接唱）你不看实质看表面，

抓住一点故意刁难。

纪律不是一块板，

要看他主导思想，中心向往在哪边。

温其久　（接唱）谁敢担保他心地纯洁没污点？

战士甲/乙/丙/丁　（同唱）叫小山！掏出红心大家来看！

〔一群战士簇拥着杜小山上，张得胜随上。

杜小山　（唱）那一天，党代表和咱们才见面，

她说是咱也有当上红军那一天。

从此我朝思暮也盼，

朝朝暮暮常有一面红旗飘扬飞舞在眼前。

走马坪缴到布一卷，

大红颜色好新鲜。

我就想，这要是做一面红旗多显眼，

我又想，不求人，自己干，我照着描，比着剪，

起早贪黑，亲手做成旗一面，舒舒贴贴，平平展展，

横瞧竖看，越看心里越喜欢。

独自无人常叨念，

别贪玩，好好练，早早练成一名红军战斗员。

到那天，队伍齐把军装换，

扛上红旗，威威武武大步开上井冈山。

这就是我的衷心意愿，（取出红旗，举起）

红旗下，受检阅，去见亲爱的毛委员！

李开石　同志们！小山的心愿也是我们大家的心愿。我建议，我们把这十天的伙食尾子拿出来，找到那位老乡，把布钱给他送去。这面军旗就算我们大家献给部队的，大家同意不同意？

众战士　同意！

战士甲　要求温队副撤消对杜小山的处分！

战士乙 / 丙 / 丁　要求温队副接受士兵会的意见！

李开石　温队副，你接受不接受啊？

温其久　（向柯亮）柯队长，你说一句话，我参加你这部队，都是冲你。

柯　亮　大家说得都挺在理，说得对，你就接受嘛！认个错，就完了嘛！

温其久　我不能接受。叫我向士兵屈服，我这个干部还怎么当？那，我只有不干了，我辞职！

柯　亮　老温，你这是干什么？

李开石　你别来这一套！这一套吓不倒人！你今天搞的这一套，目的很清楚！你不是冲杜小山，你是冲士兵会来的！你想借此把士兵会压下去，叫大家以后不敢说话，说了也不算数，想把农民自卫军拉回到旧军队的老路上去，那，绝对办不到！

贺　湘　温队副，士兵会的章程，你是知道的。士兵会的职权，你了解的很清楚嘛，为什么还要较量一下呀？人民军队的建军原则，是不能动摇的，你好好考虑考虑。

众战士　欢迎党代表讲话！

贺　湘　同志们，我支持士兵会的合理要求。

（唱）同志们所有发言在情在理，
有分析有论据水平不低。
自从盘古开天地，
哪有个当兵的敢对官长把意见提？
是谁人使大家开会说话有权利？
毛委员一拳击碎几千年的陈规陋习，
我们是阶级弟兄，同志关系，
同甘共苦，互敬互爱不分等级。
这一条原则要坚持到底，
一万年不动摇，铁定不移。
温队副近日来种种不如意，
许多事想不通，也不能求之过急。

共产党不拒绝同别人合作共事，

但不能争权位较量高低。

开诚相见，明白交底，

希望你翻然醒悟郑重三思。

温其久　好！我学习不够，问题处理不当，态度也不大好，我再考虑考虑。（下）

贺　湘　大家回班，把今天的事讨论一下。根据连日的情报，胡仕坦可能要进攻，大家继续加强战备！（战士们下）张得胜同志……

张得胜　有！

贺　湘　你对我刚才讲的话有什么意见啊？

张得胜　报告党代表，没有意见！

贺　湘　不要这样。咱们不用旧军队那一套。

张得胜　报告党代表，是没有意见。咱们这个军队，好！

贺　湘　你出身很苦，人很憨厚。但是以后不要那样唯命是从，什么事情都要自己想一想。

张得胜　哎。

贺　湘　你回班去吧。有什么不明白的事，可以随时找我谈谈。

张得胜　哎。（下）

〔侦察员上。

侦察员　报告，胡仕坦重新纠集三县的挨户团，还有一连保安队，进犯杜泉山，前哨已离枫林坳不远！

柯　亮　来了！

贺　湘　咱们是不是按照预定计划，转移上山？

柯　亮　敌进我退，这种打法我还没经验过，既然干部们都同意，那，就招呼吧！

贺　湘　杜小山！

杜小山　有！

贺　湘　头一回用你这个司号员，你给咱们吹一个集合号，把咱们的人都集合起来！

杜小山　是！

〔杜小山吹起集合号，号音回绕在群山之间。

——幕落

第四场 驾驭战争

时间：前场数日后，黄昏。

地点：杜泉山的一个山头，山高势险，筑有简陋的工事。一角是一个杉树皮盖顶的寮棚。一堆篝火。

〔幕启：山下传来一阵阵急烈的枪声。几个战士扛铁锹镐头等修筑工事回来过场。柯亮背对观众站在一个高坡上向山下瞭望。

柯　亮　（唱）敌人围剿常出动，

连日不断小交锋。

新仇旧恨心头涌，

哪一天才能够快打猛冲？

〔杜小山上。

杜小山　队长！你的米袋，司务长要集中。

柯　亮　（把身上的米袋解下交给小山）没有米啦！

杜小山　没米好几天啦，往后天冷野菜也怕不好找啦！

柯　亮　小山，怕苦啦？

杜小山　没有！刚才士兵会开会都分工啦，我和胡大姐集中米袋，负责解决伤员的粮食。

柯　亮　小山，敌人围山，把咱们和山下的乡亲隔断了，往后困难可不小啊！

杜小山　柯叔叔，我才不怕，在家和奶奶不也是吃野菜过冬吗？

〔哨兵内喊：“杜妈妈来啦！”

杜小山　（惊喜）奶奶上山来啦！

〔哨兵搀杜妈妈背一袋番薯上。

杜小山　奶奶！

柯　亮　娘！

哨　兵　杜妈妈是驮着口袋爬上山来的，差点摔下去，多危险啊！（下）

杜妈妈　你们转移到这里，倒是个好地方，连我都差点没找到。

杜小山　番薯！好奶奶……

杜妈妈　我知道你们快断粮啦，乡亲们被敌人挡着上不来，都把东西送到我那儿，这两天可把我急坏啦，党代表哪？

杜小山　在寮棚写报告呢，我去叫她！

杜妈妈　不用啦！

柯　亮　娘，山下乡亲们怎么样？

杜妈妈　你放心，敌人再折腾得凶，乡亲们也挺得住，一到夜里人们就听动静，说自卫军不定哪会儿摸回来收拾胡仕坦。

柯　亮　嗯，总有自卫军消灭胡仕坦的那一天。娘，您就留在山上不要下去啦。

杜妈妈　你们要是不转移，我在这儿呆一天也行，给你们缝洗缝洗，我去看看同志们去。

柯　亮　娘，您先进寮棚歇会儿！

杜妈妈　我不累。

〔杜小山背口袋随杜妈妈下。

柯　亮　多么刚强的一位老妈妈啊！

〔温其久上。

温其久　队长！

柯　亮　哦，老温，又犯心思啦？

温其久　嗐，我替队长担心！

柯　亮　嗯？

温其久　这……

柯　亮　有话你就说嘛！

温其久　不说也罢！

柯　亮　哎呀，你们念过几天书的人，就是这么吞吞吐吐的，说错了不怪你；听错了，过在我！

温其久　我怕！

柯　亮　怕就不说！

温其久　我是为队长好！

柯　亮　那就不怕！

温其久　队长！咱们部队天生是打仗的，敌人来了，影子还没看见，就让出一大片地方，这不是逃跑吗？

柯　亮　噢?

温其久　政治归党代表管，这打仗得听你队长的，什么都听党代表的，还要你这个队长干什么?

柯　亮　党代表做得对，就该听嘛。

温其久　想想过去，呼喇喇干他一下子，杀几个土豪，烧个把寨子。酒，大坛大坛地喝；肉，整猪整羊地宰；有多痛快。可是如今……

柯　亮　温队副，我看你是吃不住啦，实在吃不住，你就走吧!

温其久　走？往哪里走？!

柯　亮　那你就找个吃喝好的地方去。

温其久　不，自卫军是我的家，你舍得，我可舍不得丢开这份家当不要。

〔杜小山内喊:“队长……”温其久急躲下。小山上。

杜小山　队长，奶奶要给伤员同志洗伤换药，伤员们不让，奶奶生气啦!

〔杜妈妈上。

杜妈妈　柯亮，我走啦!

柯　亮　娘，刚才不是说好留在山上吗?

杜妈妈　我呆不下去!

柯　亮　出了什么事啦？谁得罪您老人家啦！

杜妈妈　伤员们没换药，伤口都化脓啦，你怎么不说？

柯　亮　……

杜妈妈　家里还有些好刀伤药，我取了就上来！

柯　亮　娘，还是留下吧！

杜妈妈　你叫我眼瞅着他们的伤口化脓，我怎么在这里呆得下去呀！

柯　亮　路上有敌人不好走啊！

杜妈妈　傻孩子，你忘啦，小山爷爷在世采药开出的那条小路从咱屋后就能上山吗？

柯　亮　您这么大年纪，担不起这风险！

杜妈妈　风险？嗐！我这一辈子都是从刀尖上过来的，还从来不知道什么叫个风险！

（唱）自卫军为乡亲流血流汗，

伤员们连日转战在荒山。

缺医少药伤口都溃烂，

一个个强忍疼痛面带笑颜。

这情景瞒不过我老年人的眼，

自卫军个个都是我的亲骨肉，哪一个有痛苦我的心中也不安。

能为咱子弟兵多流几滴汗，

我口含黄连也觉甜。

说什么风险不风险，

我拿定主意要下山！

柯　亮　娘！……

杜妈妈　孩子，不要拦着娘。你们都别动！

〔杜妈妈下。

〔杜小山下。

柯　亮　娘，您多加小心！

（唱）老人家穿林过岗已走远，

留不住追不回我的心不安！

〔温其久上。

温其久　（唱）柯亮他这几天心烦意乱，

我正好趁此时推波助澜。

柯　亮　老温，前面有什么情况？

温其久　……唉，气死人！

柯　亮　怎么啦？

温其久　别提啦！

柯　亮　到底是为什么？

温其久　胡仕坦！

柯　亮　胡仕坦怎么啦？

温其久　他太欺侮人！他叫他的士兵弄个喇叭筒在战壕

里羞辱咱们，我恨不能带一排人冲过去杀狗日的去！

柯　亮　他羞辱你？

温其久　那我生不了那么大气。是指着你的名字叫阵，说柯亮是个孬种，躲在山里不下来。有种的，下山来较量较量。

柯　亮　唔！

温其久　他们还说了好些话，太难听！

柯　亮　说什么？

温其久　说你……嗐，说你叫一个女人治住了！

柯　亮　女人，女人怎么啦，是好样的，还管男女！

温其久　我也是这么想，不过，胡仕坦在走马坪把乡亲们可糟害苦啦，石头过刀，茅草过火，人种要换过。

柯　亮　这我知道。

温其久　弟兄们都是本乡本土的人，都吃不住劲啦，他们说党代表是外乡人，乡亲们受苦受难与她有什么相干，可咱们柯队长是喝杜泉山泉水长大的，如今也稳坐泰山，坐视不管，这是忘了本！

柯　亮　你胡说！我忘了本？……

温其久　你去问问弟兄们去！

柯　亮　你给我滚！

温其久　队长……

柯　亮　滚！滚！

温其久　滚？我温某人加入自卫军以来，跟着你柯亮出生入死的干，鞍前马后的跑，没有功劳，也有苦劳，想不到，到头来却落了一个“滚”字，痛心啊！……

柯　亮　……

温其久　温某人心直口快，惹队长生气，是我的不是。唉，眼前的问题也确实很难，难哩！……（下）

柯　亮　我柯亮是喝杜泉山泉水长大的，如今，我忘了本？！

〔杜小山拿两个番薯上。

杜小山　队长，给，（把两个番薯给柯亮）这是今天的晚饭。

柯　亮　番薯？！

杜小山　就是奶奶刚背上来的，都是乡亲们接济咱部队的。

柯　亮　乡亲们！……

杜小山　柯亮叔叔，你病啦？我给你拿件衣服去。（下）

柯　亮　喝杜泉山泉水、吃乡亲们的番薯长大的，我忘了本？！

（唱）一块番薯在手中攥，

勾起我多少往事到心间。

我从小父母双亡讨米要饭，

多亏了邻居们送暖嘘寒。

年青时当轿夫，天阴下雨没活干，

大革命造了反，几次遇险在深山，

每到有急和有难，

都是乡亲接济咱，

一块番薯掰两半，

曾受深恩三十年。

到如今山下来了胡仕坦，

杀人放火把父老摧残！

我稳坐高山不去管，

隔岸观火心怎安，

我有心下山去挥刀血战，

又怕贺湘来阻拦。

思来想去难决断，

闹革命为什么这样难！

〔杜小山上，取来一件夹袄，为柯亮披上。

〔侦察兵急上。温其久暗上。

侦察兵　不好啦！敌人把杜妈妈绑走啦！

柯　亮　你说清楚！

侦察兵　我下山到板栗坳观察，忽然听到一阵枪声，原来胡仕坦在杜妈妈家的周围埋伏了人，一下子就把杜妈妈从屋里推出来，押到走马坪去了。

温其久　后来呢？

侦察兵　他们在杜妈妈背上插了一个标子，敲着锣，吹着号，村里村外游街示众，后来把杜妈妈五花大绑吊在村口的大樟树上。杜妈妈已经昏厥过去了！

柯　亮　胡仕坦！

杜小山　奶奶！

温其久　杜山大哥是为革命牺牲的，杜妈妈对你恩重如山，胜过亲娘，甩手不管，良心上可过不去呀！

柯　亮　全队集合！

〔罗成虎和战士们上。

柯　亮　同志们！敌人在山下烧、杀、掠、抢，糟害乡亲，如今又把杜妈妈插标游街，吊在树上，我们能够甩手不管吗？

众战士　不能！

柯　亮　乡亲们要不要去救？

众战士　要！

柯　亮　胡仕坦要不要去打?

众战士　打!

罗成虎　为群众流血牺牲是我们的本分，没什么好讲的，队长你下命令吧!

柯　亮　跟我走!

贺　湘　(内喊)等一等!(上)

柯　亮　党代表!杜妈妈现在吊在村口大树上，她一家三代都死在官衙地主的手里，我不能眼看着这位老娘也死在胡仕坦手里。我的心都要烧炸啦!党代表，咱们下山打吧!

〔贺湘非常激动，霍然掏出枪来，好像就要同意下山。

柯　亮　全队出发!

贺　湘　慢!……胡仕坦绑走了杜妈妈……

侦察兵　还给她插了标子游街示众，标子上写着这是柯亮队长的娘。

贺　湘　插标示众……

侦察兵　现在就吊在村口大樟树上。

〔贺湘关上保险，把枪放进枪套。

贺　湘　不能下去。

柯　亮　不能下去?

贺　湘　敌人为什么要大肆烧杀，这样惊师动众在杜妈妈身上大作文章？

柯　亮　唔？

贺　湘　敌人围山数日，求我主力决战不得，无计可施，才使出这一手，这是敌人的激战法，是一计。

柯　亮　一计？

贺　湘　金钩钓鱼之计，他想把你急昏了头，惹红了眼，蒙头转向带着队伍冲下山，要把你一网打尽。

柯　亮　他想钓我这条鱼？好吧，他就钓吧！不是鱼死，就是网破，下山我也不怕他！

贺　湘　柯亮同志，现在依然是敌强我弱，我们不能上当。这几天，敌人吃了我们不少苦头，他的伤亡很大，如果，把敌人彻底拖垮，就到了我们动手消灭他的时候啦。不要忘记我们要相机把部队带上井冈山的全盘部署啊！

柯　亮　柯亮生是杜泉山的人，死是杜泉山的鬼，就是走，也要提着胡仕坦的脑袋一块走！

贺　湘　柯亮同志，要有长期斗争的打算！我们闹革命不是为了要报一家一户的仇，也不是单单只为了这一个山头。

柯　亮　那就不打，不救乡亲，不救杜妈妈！

贺　湘　要打、要救，可是不能这样下去。

柯　亮　那你说怎么办？

贺　湘　我有个初步想法，今天夜里，我们发动一次佯攻，吸住敌人的主力，以少数精干力量，和赤卫队配合，来一个突然袭击，解救出乡亲和杜妈妈，立刻回山。

柯　亮　今天夜里？可是眼下，眼下、眼下杜妈妈吊在树上！

贺　湘　柯队长，你要冷静！

柯　亮　我冷静不了！

贺　湘　你打算怎么消灭敌人？

柯　亮　自有把握！

贺　湘　凭什么？

柯　亮　凭我！

贺　湘　凭你？

柯　亮　就是他千军万马，不够我柯亮一个人砍的！老实说，你怕啦？

贺　湘　不怕！

柯　亮　不怕为什么不敢打？

贺　湘　打，是要打！

柯　亮　那就下命令！

贺　湘　这要经过干部会议研究，作出决定。

柯　亮　这一仗我决定啦！

贺　湘　你这个决定不正确！

柯　亮　全体表决！

贺　湘　这是极端民主！

柯　亮　我一个人去！

贺　湘　谁也不准动！

柯　亮　党代表！你在讲政治课的时候，怎么给大伙讲的？你看看，这是什么！（他撕下一个战士的衣襟，露出紫黑色的伤疤）这又是什么！（他举起一个战士受伤的手臂）你的老爹呢？你的妹妹呢？你的老婆孩子呢？这是什么，这是阶级仇恨！

贺　湘　比伤疤、比眼泪，大家都有，这不是时候。

柯　亮　你是安源的工人，你的对头是矿山老板。

贺　湘　矿山的老板，这里的土豪，他们是一路货色。我们要看得大一些，远一些！

柯　亮　现在没有时间讲这些大道理！

贺　湘　柯亮同志，大道理不讲就要出岔子呀！这支农民自卫军很快就要加入红军的队列，你是队长，是指挥员，你怎么能凭一时个人复仇的猛劲，去冒险呢？同志啊，这关系着整个部队的生死存亡，你要严肃考虑！部队解散待命，干部到三号寮棚开会，研究对敌方案。（干部战士下，柯亮不动）柯亮同志……

柯　亮　就来！

〔贺湘下。

〔山后起火。

柯　亮　（唱）党代表说的话意义深远，
止不住我心中海倒江翻。
一霎时大火冲天，鸦飞鹊乱，
多少户好人家化作灰烟！

温其久　（内白）走马坪起火啦！好大的火啊！（上）柯队长，胡仕坦在杜妈妈身上浇了煤油，眼看就要活活地被烧死啦！是摊泥，是块钢，就看这个时候啦！

柯　亮　（接唱）老妈妈活生生要遭火殓，
急得我浑身肉跳，刀扎心肝。
不管他山崩地又陷……

〔杜小山上。

杜小山　队长，党代表叫你去开会！

柯　亮　小山，告诉党代表，我下山救奶奶去啦！

杜小山　我跟你去！

柯　亮　谁也不许动，我一个人去！

（接唱）不杀那胡仕坦我誓不回山！（下）

杜小山　队长！队长！党代表！同志们！队长下山啦！

温其久　喊什么！自己的奶奶要烧死啦，还不去救，胆小鬼！

杜小山　胆小鬼？（跺脚下）

〔幕后跑上一些战士向柯亮下山的方向跑去。

温其久　弟兄们！党代表的命令，一个也不许动！

〔后上来的战士被温拦住。

〔李开石急上。

李开石　出了什么事？

温其久　队长下山啦，这不，我紧着拦也拦不住哇！（向战士）解散！（战士下）

〔温其久下。

〔贺湘急上，罗成虎等随上。

李开石　党代表……山下都是白军，这……

贺　湘　你回来的好。罗成虎，你马上从后山下去，找到老金，叫赤卫队向走马坪收拢，作好准备，配合我们的行动。接上头即刻返回！

罗成虎　是！（下）

李开石　（从伞柄中取出文件）前委的指示。

〔贺湘看文件。

贺　湘　前委审查了我们的报告，指示我们甩掉敌人，边打边走，把部队尽快带上井冈山。柯队长下山，这是个意外的事故，我提议，今天半夜，我带两个班由后山下去，突进走马坪，抢救柯亮、杜妈妈和被害的乡亲。你在正面发动一次佯攻，然后在此坚守。你看怎么样？

李开石　我同意这个方案，不过，是不是你自己亲自去？那太危险！

贺　湘　那我就更应该去。我下山后，党代表职务由你代理。你马上召集党员紧急开会研究讨论这个方案。现在部队情绪有些动乱，要党员去做工作。温其久这个人很可疑，要注意！

李开石　我知道！

贺　湘　开石同志，担子重呀！

李开石　挑得起！

贺　湘　路，还长远！

李开石　再远，也走得到！

贺　湘　你先去掌握开会，我在这里再考虑一下前委的指示。

李开石　好。（下）

〔贺湘独立山头，再看文件。

〔山下传来紧密的枪声，少顷，枪声渐疏。

〔乱云飞渡，松涛怒吼，暮色苍苍。

贺　湘　（唱）乱云飞，松涛吼，群山奔涌。

我心中，难平静，事故不轻，似煤窑要
　冒顶，

挺双肩把千斤重担来担承。

曾记得，征途上接受使命，

老首长，讲指示，反复叮咛：

整训农军、扩充主力、要坚强、要谨慎。

想不到临胜利差错横生，

辜负了党的嘱托，我的心情沉重……

　心沉重、望长空，

　　望长空、想五井，

　　　五井光辉日夜明，

　　　　我看到伟大领袖毛泽东

　　　　　挥手屹立在顶峰。

毛委员啊！毛委员，

想当初霸主挥刀、黑云压顶，

您挺身而出，挽救革命。

八七会议，痛斥右倾，
浏阳河边留脚印，
风尘仆仆到湘东，
长沙决策，安源举兵，
亲手点燃暴动火，
霹雳一声天地惊。
任凭它排山浊浪连天涌，
紧握舵轮、巍然不动，把中国革命领上了
　正确的航程。
想起您顿觉得从容镇定，
想起您顿觉得信心百倍成竹在胸。
小小困难何足论，
您的一句教导胜过百万兵。
毛委员呀毛委员，
我面向井冈山，
向您作保证，
队伍一定要带到，
任务一定要完成。
漫道是瞬息万变风云紧，
我眼前自有那灿烂辉煌的北斗星。

〔浮云散尽，夜空如洗，北斗七星，高高照耀。

〔罗成虎上。

罗成虎　报告，我找到了老金，赤卫队正在村边收拢，老金准备作我内应。

〔李开石上。

李开石　党代表，党员会议完全同意你的方案。我已通知小分队整装待命，你看还有什么准备的？

贺　湘　小分队集合！

李开石　小分队集合！

〔小分队战士整队跑上。

贺　湘　出发！

——幕落

第五场　营救战友

时间：接前场。

地点：走马坪。暗转前，胡仕坦家祠堂门外，暗转，村外山坡上杜妈妈家，院中。

〔开幕前一阵紧密的枪声，渐渐零落。

〔幕启：胡仕坦背立，向祠堂内逐一辨认被俘的自卫军战士。

胡仕坦　怎么搞的，你们那么多人，还会让柯亮跑了，真是饭桶！

团丁甲　团总，你不知道，这个柯亮真像一只老虎似的，他顶住枪子儿往上冲，挡不住啊，就这样叫他冲开一个缺口，突出去了。我们请保安队帮着追击，他们说，他们的任务是堵住山上下来的自卫军，说什么，打铁，卖糖，各管一行，管堵不管追。

胡仕坦　唔，管堵不管追？嗯，不错，柯亮下来只是少数人，山上主力未动，保安队还是对付山上的贺湘！（转念）来呀！把那个杜老太婆放回家去！

团丁甲　放回家去？

胡仕坦　派团丁暗中监视，柯亮没有救走他的娘，他是不死心的，我还要再钓他一回！

团丁甲　是！（传令）团总有令，把杜老太婆放回去，暗中监视，捉拿柯亮！

〔对面山下传来十分猛烈的枪声和喊杀声。

〔团丁乙上报。

团丁乙　报告，贺湘带着队伍由杜泉山正面发起反击，攻势很猛！

胡仕坦　好极了！贺湘也下来啦！赶快派一个连支援保安队！

团丁甲　团总，走马坪一共只有两个连哪！

胡仕坦　逮柯亮用不了那么多人！兵书上说：虚则实之，实则虚之，你知道吗？

团丁乙　是！（传命）团总命令，一连赶快到杜泉山抓贺湘去！（下）

胡仕坦　这回生擒贺湘，活捉柯亮，农民自卫军彻底完蛋，我可真要叫它石头过刀，茅草过火，人种换过，要叫走马坪血流标杆，用以告祭我的先父在天之灵！（欲下）

〔老金上。

老　金　团总，保安队长从前面下来啦！请您回去！

胡仕坦　你去告诉厨房，给保安队长准备饭！（下）

老　金　好的。

〔团丁甲乙看守祠堂。

〔老金连划三根火柴作暗号。

〔贺湘率战士上，摸掉两个团丁，打开祠堂大门，救出被俘战士。

〔赤卫队长上。

杜小山　党代表！（上前拉住贺湘的手，眼望着贺湘的脸，心中激动地说不出话来）

贺　湘　柯队长没有跟你在一起？

杜小山　我看柯叔叔一定突围了。

贺　湘　（问老金）胡仕坦知道了吗？

老　金　知道了，他下令把杜妈妈放回家去，他一共有两个连，用一个连在四面包围监视，另外一个连调到前线支援保安队去了。

贺　湘　我们预定的计划已经部分实现，佯攻起了作用，把敌人的主要兵力吸住了。在一定时间内，敌人的后方比较空虚，我们在赤卫队的接应之下，已经插到胡仕坦的心脏里来啦。一个新的情况是，柯队长突围了，胡仕坦转移钓饵！我们要针对敌情展开活动，我们要把敌人的心搞得再乱一些，要他们完全听从我们的指挥调动！

（唱）（对赤卫队长）你通知赤卫队高声喊嚷，

虚张声势，忽东忽西，四面放枪。

（对老金）你到他的后院把火放，

烧得他晕头转向，忙乱惊慌。

小分队快随我营救柯队长，

这一把尖刀要搅得他倒肚翻肠！

〔暗转。

〔灯明，杜妈妈家的院子。

〔众团丁押杜妈妈上，把杜妈妈推倒在屋门外，众四下设伏。

〔赤卫队四面打枪，团丁张惶四望。

〔远处胡仕坦家起火。

〔老金急上。

老　金　柯亮在团总家里放了火啦！团总叫你们快去救火捉柯亮呵！

团丁甲　快去救火，捉柯亮！

〔众团丁持枪向胡仕坦家方向跑去，团丁甲命团丁乙留守杜妈妈家，下。团丁乙感到一个人抵挡不了柯亮，跑到很远的地方监视。

〔柯亮上。

柯　亮　（唱）满腔怒火实难按，

冲破敌人的包围圈。

这时候顾不得多盘算，

救出了亲娘，战友血战回山。

〔柯亮扶起杜妈妈。

柯　亮　娘……

杜妈妈　（苏醒过来）柯亮！是你！

柯　亮　是柯亮，娘！

杜妈妈　你来作什么？

柯　亮　背娘上山。

杜妈妈　孩子，胡仕坦抓我一个苦老婆子有什么用，他们要的就是你，你还不快走！

柯　亮　我背娘一块走。

杜妈妈　我走不动啦，这里四下都是挨户团，听娘的话，快走！

柯　亮　娘这话，儿不能听。

杜妈妈　你这次下山，贺湘同意了吗？

柯　亮　……

杜妈妈　就是你一个人？

柯　亮　不少同志都被俘虏啦！

杜妈妈　这一定是你私自下山，带着部队来送死？

柯　亮　我不能眼巴巴看着乡亲们有难不管，看着娘死不救呵！

杜妈妈　唉，孩子，你错啦！

（唱）胡仕坦几次攻山，劳人费马无其奈，

才使出这条毒计来。

你怎么看着火坑往里迈，

因小失大任意蛮干你不成材！

挨户团埋伏在四外，
这里万万不能待！
听为娘一句话，莫把娘急坏，
快回山找贺湘再作安排！

柯　亮　娘，我错啦，往后，我一定改，别的先甭说了，我背您上山吧！

杜妈妈　不要管我，你快走！

〔挨户团丁上。

众团丁　捉柯亮呵！

〔团丁一拥而上，柯亮与团丁交锋。正在危急时，贺湘率小分队赶到，开打。团丁有的被打死，有的逃走。

杜小山　奶奶！

杜妈妈　你怎么亲自来啦！

贺　湘　杜妈妈，您受惊啦！柯亮同志，挂花了没有？

柯　亮　（有千言万语说不出一句话，只叫了一声）党代表！……

贺　湘　柯亮同志，你率领受伤的同志们，背杜妈妈从小路撤退上山，我到那边吸住敌人火力，掩护你们撤退！

柯　亮　我掩护，你撤退！

贺　湘　这是命令！再不赶快撤，等敌人明白过来，把正面火线上的兵力收回来，就撤不出去啦！

柯　亮　是。同志们跟我来！

〔罗成虎背杜妈妈，引伤员撤退。

〔远处枪声骤起，胡仕坦带团丁向贺湘方向追去。

〔柯亮返回，发枪牵制胡仕坦。

〔胡仕坦又率团丁冲向柯亮。

〔柯亮连毙几个团丁。正在瞄准一个团丁，未搂扳机，团丁已倒，柯亮这才发现杜小山也跟在身边。

柯　亮　小山，你怎么还不走？

杜小山　我不能留你一个人在这里。

柯　亮　我命令你！

杜小山　你命令我也不走！

柯　亮　这里危险！

杜小山　你一个人更危险！

〔二人又射击敌人。

〔一弹飞来，小山挂花。

柯　亮　小山，小山！

〔柯亮抱起小山，急忙撤退。

〔胡仕坦上。

胡仕坦　都跑了！给我追！

——幕落

第六场 党指挥枪

时间：前场次日夜。

地点：杜泉山上，景同第四场。

〔幕启：北风呼啸，红旗漫卷。农民自卫军战士围坐在篝火旁边。有的在擦枪。一个战士在打草鞋。山头有值哨战士来回走动。远处有断续枪声。

〔杜妈妈手捧乳钵，在研刀伤药。

〔李开石上。

李开石　（唱）党代表亲自下山把局面扭转，
阻追敌打迂回激战正酣。
听枪声一阵阵时续时断，
防意外稳军心责在双肩。

〔罗成虎上。

罗成虎　老李，派到樟树岭方面去接应党代表和柯队长的战斗小组回来啦。

李开石　有消息吗？

罗成虎　还是没有。

李开石　（考虑了一下）再派几个人向敌方纵深侦察一下。

罗成虎　好。（下）

战士甲　老李，来烤烤火，暖和暖和。

李开石　好。同志们，党代表、柯队长没有回来，大家都很挂念吧？

战士乙　那是啊，都一天一夜啦。

李开石　大家放心，贺代表精通战略战术，柯队长那么勇敢，又熟悉这一带地形，他们一定会把敌人甩掉，安全回山的。

战士甲　老李说的一点不错，他们一定能回来的。我正等着他们一回来就把我们带上井冈山哩。这不，我连他们路上穿的草鞋都给预备好啦！

杜妈妈　对，什么时候都要看得开阔。小山缝的那面大红旗，准能用得上。

〔温其久上。

温其久　杜妈妈，你还在这儿啦，几个伤员疼得大汗珠子直掉，你还不给上上药去！

杜妈妈　我这就去。（下）

温其久　你们几个去修修工事，多流汗少流血，别老这儿坐着。（战士下）

〔温其久坐近火堆。

温其久　（咂着字眼说话）老李啊，对眼前这个局势，你有个什么打算没有？

李开石　什么打算？等党代表和老柯回来，立即行动，甩掉敌人上井冈山。

温其久　这不大现实。我是说你个人有什么打算没有？

李开石　我个人？除了部队的行动，我个人有什么打算！

温其久　别说这冠冕堂皇的话，咱们说真的。

李开石　（按着性子）这怎么是冠冕堂皇的话！你说我现在该有什么打算啊？

温其久　决定一个人沉浮升降的机会并不很多，错过去了，就再也找不回来了。你现在正是机会来敲门的时候。现在这支部队在你手里。温某人愿意披肝沥胆，为老弟借箸代筹，我建议你把部队转移一下，不要在这里坐待。

李开石　（早已看穿温的脏心烂肺，但是他现在更策略了，没有马上发作）转移，向什么方向转移？

温其久　向西北方向转移。

李开石　西北？我问你井冈山在哪一面？

温其久　（没有料到这一问，他不假思索地回答）东面。

李开石　井冈山在东面，你要咱们往西北，这是什么用意？

温其久　哎，西北、东南，一样。

李开石　不一样！西北是七十五师驻地，你是要去投奔你的国民党老上司去吗？

温其久　（回避）哎，你不要这样、这样啊，不要这样想吗！转移一下有好处。你同意不同意转移吧！先确立第一步原则。

李开石　转移？我们不等党代表和柯队长啦？

温其久　哎呀，你怎么那么死心眼哩，你以为他们还能回来呀？

李开石　不行！党代表临下山时叫我们坚守山头，雷打不动，在她回山之前，一步也不能转移。

温其久　党代表！党代表！你怎么把她的话当作金科玉律呀，一个妇道、一个炭古佬家庭出身的矿工，有什么了不起！

〔一些战士上。

李开石　不许你侮辱党代表！不错！贺代表是矿工出身，因此她才有这样坚强的革命性！

（唱）世间无如矿工惨，

成年累月不见天。

直到一九二一年，

云开雾散，红太阳照亮安源山。

贺湘同志工人夜校把书念，

牛角坡小屋握拳宣誓作党员。

大罢工义无返顾真勇敢，

反抗工贼斗志坚。

秋收暴动是骨干，

短发齐眉，英姿飒爽，参加了工农革命第二团。

攻萍乡，克醴陵，直取浏阳县，

文市风，三湾雨，脚下芦溪泥未干。

红军中提起贺湘人人称赞，

都说她能文能武、英明干练、忠心赤胆，

步步紧跟毛委员。

你对她恶意污蔑明目张胆，

这问题要提交全队讨论不能包涵！

〔战士更多人上。

温其久　弟兄们，这完全是误会。我对贺代表是非常敬佩的，她对我的帮助很大，刚才我只是说，贺代表的意见是正确的，但是我们执行起来可以灵活一点。贺代表不顾个人安危，命令部队守山不动，表现了伟大的胸怀。但是我们作为她的部下和战友，对她和队长的生命不能无动于衷。我向李开石同志建议，下山接应他们一下，这有什么错？现在，我还是要当着大家再度正式向老李建议：你自己应该带一部分人下山去！

李开石　（没有想到温其久是如此的两面三刀、翻云覆雨，气得他一时说不出话来）……你这个不要脸的东西！

温其久　哎，你怎么张嘴骂人哩！好！你不下去！我下去！弟兄们！凡是对党代表和队长还有一点阶级感情的，敢革命、不怕死的，都跟我来！

〔一些战士不明真相，跟了过去。

李开石　同志们，提高你们警惕性，擦亮你们的眼睛，认清楚了温其久是个什么人，不要相信他的花言巧语，不要上他的当。他会不怕死，他会想革命，他会有什么阶级感情，他会关心党代表和柯队长的安全吗？这都是鬼话！他刚才还跟我说，党代表和柯队长不会回来了，劝我们丢下他们不管，叫我们转移。他的目的是把部队拉走，他把柯队长鼓动下山，是个险恶的阴谋。党代表不顾个人的安危，亲自去营救柯队长，他以为他的计划一步一步的实现了。他对我进行了卑鄙的拉拢，拉拢不成，又使出这样的花招。他想把我挤兑下山，好叫这支队伍由他左右，任意指挥。此计不成，就用革命词句蛊惑军心。同志们！你们要是跟他下山，就是上了他的贼船，他会把你们全都卖了。他刚才劝我向西北方向转移。西北方是七十五师的驻军，叫我们向那边靠拢，这是什么意图，难道不是十分清楚了吗？同志们，凡是愿意跟着党走，愿意在贺代表、柯队长领导之下干革命的，都站过来！

〔受蒙蔽的战士全都站在李开石一边。

温其久　李开石，你这是无中生有，当众造谣，是对我的莫大污蔑，政治陷害，我什么时候跟你说过那样的话，有谁听见了？有谁可以证明？你编的也太神了！你稳坐高山，按兵不动，坐视两位领导处在极度的危难之中而不管，你才是包藏祸心，你巴不得他们死了，这支军队就是你的啦！（他最后使用苦肉计，企图动摇一部分人）好吧！让事实说话，让实际行动证明一个人的真伪！我愿意冒着枪林弹雨去接应贺代表和柯队长，看看我温某人是不是为朋友两肋插刀，是骡子是马拉出来遛遛！谁都没有一点热血，我温某人一个人也去！弟兄们，我向你们告别，以后，大概再也见不着了！（流泪）请你们忘记温某人平常的言语差错！再见！

李开石　你做什么戏，你上哪里去？

温其久　下山！

李开石　你的问题没有搞清楚，你不能走！

温其久　把路让开！

李开石　回去！

温其久　（拔枪）让开！

李开石　你敢！

〔战士都拔出枪来。

一哨兵　柯队长回来啦！

〔柯亮背杜小山上。

李开石　队长！

战　士　队长！

〔一战士扶杜小山下。

柯　亮　（四面看了一下）贺湘同志没有回来？

战　士　……

〔柯亮转身便走。

李开石　队长你？……

柯　亮　贺湘在，我就在。党代表不在，柯亮也不在啦！我就是一千个死，也要把贺代表找回来。同志们，我柯亮连累大家吃了不少苦，我对不起大伙。老李是共产党员，从今往后，大家万事听他的。扛上红旗，紧紧地跟上共产党，把队伍带上井冈山去！

〔柯亮押满一排子弹，向部队挥手，急速转身，欲下。

〔哨兵上。

哨　兵　党代表回来啦！

〔众迎上，贺湘上。

战　士　党代表！

贺　湘　同志们！……咱们的人都回来啦？

柯　亮　都回来啦！

贺　湘　损失不大？

李开石　损失不很大。

贺　湘　局面挽救过来了？

李开石　挽救过来了。

贺　湘　整个计划没有受影响？

罗成虎　没有。

贺　湘　这就好了。

温其久　党代表，您可回来啦！……

贺　湘　温其久，你又搞什么花样啦？

温其久　党代表你！……

贺　湘　你干的好事呀！原来我们就知道你有个人野心，你在共产党领导的人民军队内摆威风、闹地位、争军权。你反对党的绝对领导，反对军队的民主生活，破坏政治整训，抗拒毛委员的建军路线。为了达到个人目的，不惜流尽同志的鲜血。我们知道你手段阴险毒辣，品质极端恶劣。还没有想到，你有了那样具体的行动步骤，你和国民党军队挂钩，要把党的军队拖到反动的道路上去，成为你升官发财的资本。你叛变投敌，两手血腥，你是个地地道道的内奸，十足的反革命！

温其久　贺湘！你无凭无据，血口喷人！我抗议，我要上告！

贺　湘　你要凭据吗？叫张得胜！

〔张得胜上。温其久手起一枪。但是枪响处，他的枪却掉了。李开石吹散枪口的蓝烟。

贺　湘　把他的枪下掉！

〔罗成虎下温其久的枪。

张得胜　姓温的，你这一枪打得好！你叫我把你彻底地认清楚了！今天中午，他交给我一封信，叫我从后山流水沟里爬出去，往西北方向走，找到集镇把信发出去。我一看收信人的姓名好眼熟，这不是七十五师的刘团长，他的老上司吗？我就在草窝里等着，把信交给了党代表。

贺　湘　这是他亲笔写的信，提出了条件，约好了接头地点，从信上看，他们过去就有过联系。同志们！温其久蓄谋叛变，已经给部队造成损失，刚才又企图杀人灭口，消灭罪证，大家看，应该怎么处理？

张得胜　枪毙！

战　士　叛徒，反革命，就地枪决！

柯　亮　（走近温其久，一把揪住了他）你个人面兽心的东西！

（唱）你两面三刀好毒辣，

竟敢要人民的军队和党分家。

你要把大家推到万丈深坑悬崖下，

踩着同志们的鲜血你要往上爬。

也是我柯亮眼睛瞎，

养一条豺狼来看家。

我要不亲手宰了你呀……

温其久　（跪求）柯队长，饶命！……

柯　亮　走！

〔温其久狂奔下山，柯亮连发三枪击毙之。

〔杜妈妈捧着乳钵缓慢地走上。

杜妈妈　小王……不行啦！

贺　湘　（低声对罗成虎）好好掩埋。

〔罗成虎下。

〔全场寂静。

柯　亮　党代表，我柯亮身上有罪，心里有愧，我对不起共产党，你重重地处分我吧。

贺　湘　柯亮同志，你错啦。

柯　亮　我知道。

贺　湘　不！你不知道。

柯　亮　党代表，你刚到的那一天，你叫我好好使用这支枪，我不该盲动下山，造成了部队的伤亡。

杜妈妈　柯亮，你这支枪是谁的？

柯　亮　老夏的。

杜妈妈　你知道老夏是贺湘的什么人吗？

柯　亮　……？

杜妈妈　他们是夫妻。

柯　亮　啊？！

杜妈妈　老夏是牺牲在这儿的。贺湘心里有仇，眼里有恨。可是她是怎样的呢？她想的是整个阶级，她要把枪口对准一切反动派，她连提都没提过。你呢？你又是怎样的呢？你只看到杜泉山、走马坪这么一点地方，忘记了全中国革命的大事，你看得太小啊，你对得起手里这支枪吗？

柯　亮　（唱）娘的话一字字有千斤分量，

我愧对手中烈士的枪。

党代表你把它收回，叫别人带上……

贺　湘　柯亮同志，你错了，这不是老夏个人的枪。

（唱）这是阶级枪，党的枪。

（念）这支枪，来之不易呀！

中国人民流血流汗，镇日奔忙，拌桶方响，饿断肚肠，只因为江山是别人掌、自己手里没有枪。辛亥革命后，一切军阀都爱兵如命，有枪就称王。他们投靠帝国主义你争我抢，互不相让，到头来都是百姓遭殃。

年轻的中国共产党，从成立到参加北伐，还不认识枪杆子的重要性，北伐战争到了半路上，蒋介石叛变革命，向共产党猛扑过来，就在这紧急关头，党内右倾机会主义者把大权拱手相让，屈膝投降。我们手里没有枪，敌人要杀就杀，要绑就绑。四·一二、五·二一、七·一五、上海、长沙、武汉，人头滚滚，烈士的鲜血到处流淌。

南昌起义，打响了革命的第一枪。

秋收起义号角响，毛委员号召全党都来抓武装。政权出在枪杆子上，敌人是我们的兵工厂。抢枪、缴枪、夺枪，从此工人农民才有了自己的独立的武装，有了革命的枪，阶级的枪，党的枪。同样是一支枪，要看它掌握在谁的手上。温其久手里拿着枪，他混在革命队伍里，他用它来干肮脏的勾当，企图叫革命夭亡。

同样是一支枪，要看它对准什么方向。

只能由党来指挥枪，不能叫枪来指挥党！

听党的话，处处打胜仗，不听党的话，自作主张，发展下去，就会凌驾在组织之上，最后就会走到军阀的老路上，前途不堪设想。柯亮同志，手里拿着枪，可不能随便乱放啊！

（唱）你盲动下山真莽撞，

险些儿打破了部署影响着全军存亡。

你受人挑拨可以体谅，

思想上要深刻检查，不怕触动致命伤。

私自行动不曾通过党，

这样的错误不比寻常。

希望你把血的教训牢记心上……

柯　亮　（接唱）

党代表一番话语重心长。

细思量我这一错错在根本上，

我再不能掌军权、再不能接替烈士使用这支枪！

贺　湘　同志，你这才是真正的错了！

（唱）血泊里擦得双眼亮，

知错就改更刚强，

放下枪不是党的希望，

党希望你重新拿起这支枪，为人民、为阶级，更好的使用这支枪。

战　士　队长！我们希望你改正错误，继续领导我们干革命！

柯　亮　（唱）同志们的深情，党的希望，

感动得柯亮我热泪盈眶。

毛委员啊毛委员！

您的恩情比天高比海广。

我柯亮愿为您一辈子把枪扛。

走南闯北把革命的江山创。

全国不解放，到死不还乡！

党代表你分配给我任务吧！不论多么艰巨，我一定完成！

贺　湘　同志们！（取出前委指示）毛委员指示我们：“打得赢就打，打不赢就走”，“强敌跟追，用盘旋式的打圈子政策”。要我们把这一带的敌人消灭掉，把队伍带上井冈山。同志们，我们是要准备十年、二十年不回家乡。大家舍得吗？

战　士　舍得！

贺　湘　经过这一次教训，我相信大家的觉悟普遍提高了，我们就有了长期斗争的思想基础。现在大家研究一下，我们怎么能把敌人打垮。

罗成虎　我主张立即出发，向井冈山挺进。敌人一定会追上来，我们牵着他的鼻子走，然后选择有利地形，消灭他！

李开石　我主张大队由间道转移，赶到枫林坳设伏，张好了口袋等敌人来钻。为了给大队有一个休整时间，以逸待劳，歼灭敌军——

柯　亮　需要派一个小分队，引着敌人从最绕远最难走的路上，绕他几个圈子，把他们拖得筋疲力尽。

贺　湘　我同意这个方案，这样互相补充，就很完整了。现敌人围山半月，又叫我们佯攻奇袭，搞得他十分疲劳了。我们自己也相当疲劳了。在这种情况下，我们还能战胜敌人吗？

战　士　能！

贺　湘　为什么？

战　士　因为我们是毛委员的军队，有对人民的赤胆忠心！

贺　湘　对！我们就要靠这一点把他们比输打垮！

柯　亮　党代表！这个计划很好！我要求带小分队！

贺　湘　你太累了！

柯　亮　党代表！我给党造成这样大的损失，你不叫我完成这个任务，你叫我拿什么脸上井冈山，拿什么脸去见毛委员？！

李开石/罗成虎　党代表，让队长去吧，我们跟他一起去！

贺　湘　好！大家检查一下服装弹药，立即出发！

〔战士列队。

〔杜小山缚着绷带，扛着红旗，站在队列前面。

——幕落

第七场 盘旋诱敌

时间：前场后二日，下午。

地点：杜泉山主峰至枫林坳途中。

〔幕启：大雪满天，群山半白，苍松劲竹，青翠犹存。

柯　亮　（内唱）大风雪强行军飞越千嶂。

〔柯亮、杜小山、罗成虎及小分队上，亮相。

柯　亮　（接唱）

一路来专走这羊肠小道，峭壁山梁，

运动中把敌人调到我军枪口上，

战士们热情奔放气昂昂。

家乡啊，我要为天下穷人去打仗，

你的一草一木都帮我战胜豺狼。

峰崖险——

小分队战士　（作身段，接唱）叫敌人攀登难上。

柯　亮　（接唱）陡坡滑——

小分队战士　（作身段，接唱）好叫他骨碎筋伤。

柯　亮　（接唱）山涧宽——

小分队战士　（作身段，接唱）叫敌兵徘徊沮丧。

柯　亮　（接唱）荆棘深——

小分队战士　（作身段，接唱）正好是杀敌刀枪。

柯　亮　（接唱）遇困难，迎头上，同志们精神抖擞意志要坚强，坚持到底，胜利有保障，让红旗映飞雪高高飘扬！

〔胡仕坦、保安队队长、匪兵狼狈追过。

〔自卫军舞刀舞枪。

〔柯亮及小分队上，鸣枪，摇晃红旗诱敌，下。

〔胡仕坦率匪兵急追，下。

〔自卫军飞越险山。

〔自卫军气势高昂，攀登高峰。

〔同时，挨户团疲惫不堪，在胡仕坦的督战之下，踉跄过场。

——暗转

第八场　伏击歼敌

时间：接前场，拂晓。

地点：枫林坳。

〔灯亮后：天晴雪霁，远山皆白，银花玉树，大地无埃。

〔农民自卫军、赤卫队在李开石指挥下进入阵地。松树炮，步枪，梭标，各得其所。

〔柯亮出现，试了试大马刀的刀锋，背好。

〔贺湘出现，视察阵地。

贺　湘　（唱）战士的心犹如这上膛的枪弹，

保安队挨户团疲惫不堪。

这一场伏击战稳操胜算，

看红日将照遍万里关山。

〔贺湘、柯亮转至阵地后面。

〔胡仕坦率挨户团上，保安队上，疲乏狼狈，东倒西歪。

胡仕坦　怎么一个农民自卫军都看不见了？这是哪儿？

一团丁　枫林坳。

胡仕坦　准是转过了山头了，快追！

保安队长　老子不干了，这一路走得我都快散了架了！要追你一个人去！

胡仕坦　给我上！追上柯亮、贺湘，我给光洋！给烟土！

〔匪兵大多数未动，有几个挪几步，又倒下了。

〔松树炮轰，四眼铳响，鞭炮齐鸣，战鼓咚咚，遍山红旗如火。杜小山吹起冲锋号。

〔大开打。农民自卫军干净彻底地歼灭了挨户团和保安队。

尾　声

时间： 走马坪附近。

地点： 清晨。

〔走马坪干部、群众、赤卫队员来欢送子弟兵出发，锣鼓喧天。

〔贺湘、柯亮、李开石等上，与乡亲一一告别。

贺　湘　柯亮同志，党已批准你为中国共产党党员，祝贺你！（握手祝贺）

柯　亮　（非常激动）我永远忠于党。

贺　湘　罗成虎同志，你留下协助地方开展工作。

〔杜小山吹起了嘹亮的进军号。

〔农民自卫军已经归入红军队列，战士们换了军装，向乡亲们告别，整队向井冈山出发了。

〔乡亲们欢送子弟兵。

〔天幕变，井冈山。

〔新编的红军上，红旗飘飘，军容整壮。

〔天幕上映出伟大领袖毛委员的光辉形象，万丈光芒。

〔幕后歌声：井冈山道路通天下，毛泽东思想照全球。（重复三遍）

——幕落

（全剧终）

沙家浜

人物表： 郭建光——男，新四军某部连指导员

阿庆嫂——女，中国共产党党员，党的秘密工作者

沙奶奶——女，沙家浜群众积极分子

程谦明——男，中国共产党常熟县委书记

叶思中——男，新四军某部排长

班长——男，新四军某部班长

小凌——女，新四军某部卫生员

---

* 本剧根据上海人民沪剧团集体创作、文牧执笔的沪剧《芦荡火种》改编，由汪曾祺与杨毓珉、薛恩厚、肖甲合作完成，此“定本”初刊于《红旗》杂志一九七〇年第六期，署名“北京京剧团集体改编”。初收于《汪曾祺文集·戏曲剧本卷》。后《关于〈沙家浜〉》一文可参阅。

小王——男，新四军某部战士

小虎——男，新四军某部战士

新四军战士林大根、张松涛等人

沙四龙——男，沙奶奶的儿子，沙家浜基干民兵，后参加新四军

赵阿祥——男，沙家浜镇镇长

王福根——男，沙家浜基干民兵

阿福——男，沙家浜革命群众

沙家浜群众老幼男女若干人

胡传魁——男，伪“忠义救国军”司令

刁德一——男，伪“忠义救国军”参谋长

刘副官——男，伪“忠义救国军”副官

刁小三——男，刁德一的堂弟

伪“忠义救国军”士兵若干人

黑田——男，日寇大佐

邹寅生——男，日寇翻译

日寇士兵数人

第一场 接　线

〔抗日战争时期。半夜。江苏省常熟县地区，日寇设置的一条公路封锁线。

〔幕启：沙四龙由树后拨开草丛上，侦察四周，脚下一绊，翻“小毛”，警惕地张望。向幕内招手。

〔阿庆嫂上，后随赵阿祥、王福根。

阿庆嫂　（唱“西皮摇板”）

　　程书记派人来送信，

　　伤员今夜到镇中。

　　封锁线上来接应……

〔沙四龙吹苇叶为联络暗号，无反应。沙四龙欲沿公路上寻找，阿庆嫂急忙制止。

阿庆嫂　（接唱）须防巡逻的鬼子兵。

〔阿庆嫂拉着沙四龙，示意赵阿祥暂时隐蔽。王福根突然发现程谦明走来，急回身招呼阿庆嫂。

王福根　阿庆嫂，来了！

〔程谦明上。

程谦明　阿庆嫂！老赵同志！

阿庆嫂/赵阿祥　程书记！

阿庆嫂　伤员同志都来了吗?

程谦明　同志们都来了。你看，郭指导员来了。

〔郭建光上，亮相。叶思中、小虎随上。

郭建光　(向叶思中)警戒!(向程谦明)程书记!

程谦明　我来介绍一下：这是郭指导员。这是沙家浜镇长赵阿祥。这就是阿庆嫂，她是这儿的党支部书记，又是联络员，她的公开身份是春来茶馆的老板娘。她的丈夫阿庆，是我们党的交通员。

阿庆嫂/赵阿祥　郭指导员!

郭建光　赵镇长!阿庆嫂!(与二人热情地握手)

程谦明　你们安心在沙家浜养伤，如果情况有变化，我会来跟你们联系。马上通过封锁线。

郭建光　叶排长，把同志们领过来。

叶思中　是!

小　虎　指导员!鬼子的巡逻队!

郭建光　隐蔽!

〔军民迅速隐蔽。

〔一支日本帝国主义的小分队极其凶恶、狡猾地巡逻而过。

〔沙四龙从树后出，矫健敏捷地翻“单蛮子”，急向日寇下去的方向窥视。回身向阿庆嫂等招手，众上。沙四龙、赵阿祥等照顾伤员们通过封锁线。郭建光、阿庆嫂与程谦明握手告别。

——**幕闭**

第二场 转 移

〔前场十多天后。阳澄湖边，沙奶奶家门前。垂柳成行，朝霞瑰丽。

〔幕启：沙奶奶正在缝补衣裳。小凌整理绷带、药品。小王在折口袋。

小　凌　小王，来换药！

小　王　换药？我不换！

小　凌　为什么？

小　王　小凌！咱们药品这么困难，应该先尽着重伤员用，我这伤很快就会好了。

小　凌　药是不多了，可是咱们的流动医院很快就要给咱们送药来了。你的伤不算重，可也不算轻啊！

小　王　我是轻伤员！

小　凌　轻伤员？那指导员带着轻伤员帮助老乡收稻子，为什么不叫你去呀？

〔小王语塞。

小　凌　小王，来换药吧！

小　王　我就不换！

小　凌　指导员叫你换的！

〔小王无可奈何地同意换药。回身看见沙奶奶。

小王/小凌　沙奶奶！

沙奶奶　嗦！小王，你们伤病员同志，就应该听医生、护士的话，可不能由着性子来！

〔小王顺从地让小凌为他换药。

小　凌　瞧，沙奶奶都批评你了！

小　王　哼！沙奶奶特别喜欢你，所以说话就总向着你呗！

沙奶奶　你说我向着她，我就向着她！人家姑娘说话办事总占在理上，我就喜欢她嘛！

小　王　那，赶明儿让四龙跟我们走，把小凌给您留下，我们拿姑娘换您个小子！

沙奶奶　那敢情好！沙奶奶这辈子养了四个儿子，还就是缺个女儿呀！

〔沙奶奶坐。小凌搬小凳坐沙奶奶身边。

小　凌　沙奶奶，您总说您有四个儿子，怎么我们就看见四龙一个人哪？

沙奶奶　（万分感慨，阶级仇恨涌上心头）那都是过去的事，还提它干什么！

小　凌　沙奶奶，我们都想听听。

小　王　是啊，沙奶奶，您说给我们听听。

沙奶奶　（满腔仇恨，忍不住向亲人控诉一生的苦难。唱“二黄三眼”）

说来话长……

想当年家贫穷无力抚养，

四个儿有两个冻饿夭亡。

遭荒年背上了刁家的阎王账，

为抵债他三哥去把活儿扛。

（转“原板”）

刁老财（站起，更加愤慨地控诉）蛇蝎心肠忒毒狠，

他三哥，终日辛劳，遭受毒打，伤重身亡。

四龙儿脾气暴性情倔强，

闯进刁家论短长。

刁老财他说是夜入民宅，非偷即抢，

可怜他十六岁孩子也坐牢房。

新四军打下沙家浜，

我的儿出牢房他得见日光。

共产党就像天上的太阳一样！

小　凌　沙奶奶，您说得对呀！

沙奶奶　（接唱“二黄摇板”）

没有中国共产党，早已是家破人亡！

小　王　沙奶奶，有了共产党，咱们穷人就不怕他们了！

沙奶奶　是啊！

〔阿福端一碗年糕上。

阿　福　沙奶奶！

沙奶奶　阿福。

阿　福　我妈叫我给指导员送点年糕来。

沙奶奶　我也蒸了一点。

阿　福　我妈说这是对咱们军队的一点心意啊！

沙奶奶　说得对！放在这篮子里，呆会儿我炒一下给他们吃！

阿　福　小王，李大妈等着你拿口袋装稻谷，好去藏粮食！

小　王　（一直沉湎在沙奶奶的痛苦的家史里，忽然想起，要找刁老财去算账）沙奶奶，您说的那个刁老财他在哪儿？

沙奶奶　怎么，你还想着这件事哪？刁老财死了！哼，他还有个儿子，前几年听说在东洋念书，现在也不知道哪儿去了。

小　凌　沙奶奶，小王就是爱打破砂锅问到底！（向小王）小王，李大妈还等着口袋藏粮食哪！

小　王　哎！

阿　福　咱们一块儿走。（与小王同下）

〔沙奶奶提篮子，要去洗衣裳，被小凌发现。

小　凌　沙奶奶您又去洗衣裳！我去洗！

沙奶奶　嗐！指导员连夜帮我们抢收粮食，我洗两件衣裳，还不应该吗？！

小　凌　那我跟您一块儿去。

沙奶奶　好！走！（与小凌同下）

〔郭建光与叶思中乘船上。把一箩一箩的稻谷搬下船。

叶思中　指导员，当心哪！

郭建光　好，叶排长，（指稻谷）把沙奶奶的稻谷赶快藏在屋后埋在地下的缸里，坚壁起来！

叶思中　是。（将稻谷挑到沙奶奶屋后）

〔郭建光顺手拿起扫帚打扫场院。劳动之后，面对江南景色，他心情激动，思念战友，渴望尽快重新奔赴战场。

郭建光　（唱“西皮原板”）

朝霞映在阳澄湖上，
芦花放稻谷香岸柳成行。
全凭着劳动人民一双手，
画出了锦绣江南鱼米乡。
祖国的好山河寸土不让，
岂容日寇逞凶狂！
战斗负伤离战场，
养伤来在沙家浜。
半月来思念战友（转“二六”）与首长，

（转“流水”）

也不知转移在何方。

（转“快板”）

军民们准备反“扫荡”，
何日里奋臂挥刀斩豺狼？！
伤员们日夜盼望身健壮，
为的是早早回前方！

〔沙奶奶偕小凌上。

小　凌　指导员！

沙奶奶　指导员！

郭建光　沙奶奶！

小　凌　指导员，沙奶奶又给咱们洗衣裳了！

沙奶奶　这姑娘，洗两件衣裳还不应该吗！

郭建光　哈……哈……

沙奶奶　（向郭建光）同志们都回来啦？

〔小凌晾衣裳。

郭建光　回来啦。稻子全收完啦。把您的稻谷都给藏好了。

沙奶奶　好！累坏了！

郭建光　不累呀，沙奶奶！

沙奶奶　快坐这歇会儿！指导员，你看，这是阿福给你们送来的年糕。

郭建光　乡亲们待我们太好了！

〔沙四龙提了两条鱼和螃蟹、虾米上。

沙四龙　妈！我摸了两条鱼，还有螃蟹、虾米！

沙奶奶　四龙，刚干完活就下湖去了？

沙四龙　好给指导员下饭哪！

郭建光　哈……哈……

沙奶奶　好啊，拿来，我拾掇去。

郭建光　我来吧。

沙四龙　妈，您甭管了，我去拾掇。（进屋）

郭建光　沙奶奶，您坐。

〔叶思中从屋后上。

叶思中　指导员，有几个同志申请归队。（递上申请书）

郭建光　都这么性急！（看申请书）好，叶排长，我看，一部分同志伤已经好了，可以先走。

叶思中　是。

沙奶奶　走？上哪儿去？

郭建光　我们找部队去呀！

沙奶奶　找部队去？那哪儿成啊！

（唱“西皮摇板”）

同志们杀敌挂了花，

沙家浜就是你们的家。

乡亲们若有怠慢处，

说出来我就去批评他！

叶思中　沙奶奶……

〔郭建光用手一拦。

郭建光　沙奶奶叫咱们提意见。提意见……沙奶奶，我给您提个意见哪！

沙奶奶　给我提意见？（爽朗地）好哇，提吧！

郭建光　好吧！沙奶奶，您听着。

（接唱）那一天同志们把话拉，

在一起议论你沙妈妈。

沙奶奶　（认真地）说什么来着？

郭建光　（接唱）七嘴八舌不停口……

沙奶奶　哦，意见还不少哪！

郭建光　（接唱）一个个伸出拇指把你夸！

〔郭建光、叶思中、小凌同笑。

沙奶奶　我可没做什么事呀！

郭建光　沙奶奶。

（亲切地，唱“西皮流水”）

你待同志亲如一家，

精心调理真不差。

缝补浆洗不停手，

一日三餐有鱼虾。

同志们说：似这样长期来住下，

只怕是，心也宽，体也胖，路也走不动，

山也不能爬，怎能上战场把敌杀！

沙奶奶　（对叶思中等）哟！你瞧他说的！

〔郭建光、叶思中、小凌同笑。

郭建光　（接唱）待等同志们伤痊愈——

沙奶奶　（接唱）伤痊愈，（亲热地）也不准离开我家。

要你们一日三餐九碗饭，

一觉睡到日西斜，

直养得腰圆膀又扎，

一个个像座黑铁塔，

到那时，身强力壮跨战马——

郭建光 （接唱）驰骋江南把敌杀。

消灭汉奸清匪霸，

打得那日本强盗回老家。

等到那云开日出，家家都把红旗挂，

再来探望你这革命的老妈妈！

〔阿庆嫂、赵阿祥、王福根、阿福匆匆上。沙四龙闻声从屋里出来。

阿庆嫂 指导员！

郭建光 阿庆嫂。

阿庆嫂 鬼子开始“扫荡”了。进行得很快！县委指示，要同志们到芦荡里暂避一时。船和干粮，我都准备好了！

郭建光 阿庆嫂，老赵同志！你们通知民兵，带领乡亲们转移出去，把余下的粮食尽可能地赶快坚壁起来，来不及坚壁的，就带着走！

阿庆嫂/赵阿祥 好！

阿庆嫂 指导员你放心吧。就到咱们看好的地方去，到时候我去接你们。沙奶奶，叫四龙、阿福送同志们去吧？

沙奶奶　好！（进屋取年糕、锅巴）

沙四龙　船在哪儿？

阿　福　在镇西北角。

郭建光　叶排长，镇西北角集合！

叶思中　是！

〔小凌收了晾着的衣裳，与叶思中同下。

阿庆嫂　四龙啊！行船要隐蔽，千万别让任何人看见，啊！

沙四龙　哎！

〔沙奶奶提竹篮上。

沙奶奶　把这点锅巴、年糕都带上。（把篮子交给沙四龙）这芦荡无遮无盖，伤员同志们怎么受得住啊！

郭建光　沙奶奶，我们有毛主席英明领导，有红军爬雪山过草地的传统，什么也难不倒我们！

〔炮声隆隆。

阿庆嫂　指导员，你们走吧！

郭建光　阿庆嫂，赵镇长，沙奶奶，你们都要当心哪！

阿庆嫂/沙奶奶/赵阿祥　我们知道。

郭建光　阿福、四龙，咱们走吧。（与沙四龙、阿福下）

阿庆嫂　（向赵阿祥、王福根）按照郭指导员的布置马上行动！

赵阿祥　我带领着乡亲们转移出去。

王福根　我带一部分人把没有坚壁好的粮食藏起来。

阿庆嫂　要快!

赵阿祥/王福根　哎!(下)

阿庆嫂　沙奶奶，您赶快把东西收一收!我再看看同志们去!

沙奶奶　好!

〔阿庆嫂走上土坡。沙奶奶收拾茶具，走向屋里。

〔灯光转暗。炮声、枪声渐近，远处火光起。灯光渐亮。阿庆嫂、赵阿祥扶老携幼，布置群众转移。日寇枪杀群众，群众愤怒地挺身反抗。王福根勇敢地砍死一日寇，背起受伤的乡亲；沙四龙夺得一支步枪，同下。日寇翻译邹寅生上。日寇大佐黑田带日寇士兵上。

邹寅生　报告!新四军没有，新四军伤病员也没有!

黑　田　你，去找“忠义救国军”，新四军伤病员，叫他们统统的抓到!

邹寅生　是!

黑　田　开路!

——幕闭

第三场 勾　结

〔距前场三天。伪“忠义救国军”司令部。

〔幕启：刁德一与邹寅生耳语。

刁德一　我看没有什么问题，这个土匪司令在新四军和皇军中间也混不下去了，他要想吃喝玩乐，不投靠皇军是不行喽。

邹寅生　投靠皇军，我看这位胡司令还没拿定主意，现在这支队伍还是他说了算哪！

刁德一　他说了算？用不了多久就得我说了算！

邹寅生　你可真高明啊！

〔刘副官上。

刘副官　报告，司令到！

刁德一　好。

〔刘副官下。

〔胡传魁一副骄横凶狠相，上。

胡传魁　（唱“西皮散板”）

乱世英雄起四方，
有枪就是草头王。
钩挂三方来闯荡：
老蒋、鬼子、青红帮。

刁德一　我来介绍一下，这位就是新近改编的“忠义救国军”的司令，胡传魁，胡司令！司令，这位是日本皇军黑田大佐的翻译官邹寅生先生。

胡传魁　好！坐，坐，坐！

〔胡传魁大大咧咧地与邹寅生握手。

刁德一　司令，邹先生带来皇军的意见。

胡传魁　好，说吧！

邹寅生　胡司令，上回我和刁参谋长说好了的，在扫荡中，共同围剿新四军，这回没有消灭他们，皇军对于胡司令很不满意！

胡传魁　他不满意怎么着！新四军是有胳膊有腿的，皇军碰不着，那么就应当我碰着吗？跟你说，我不能拿着鸡蛋往石头上撞。这个队伍，我当家！

邹寅生　这个队伍是你当家，可是皇军要当你的家！

刁德一　司令！黑田大佐要消灭咱们这支队伍！多亏了邹先生从中帮忙啊！

胡传魁　帮忙！他也不能光用话甜和人哪，咱们这个队伍，要钱，要枪，要子弹！

刁德一　这些，倒是都给咱们准备下了。

邹寅生　咱们要是谈妥了，皇军命令你们驻防沙家浜。

刁德一　司令，这可是个鱼米之乡啊！

胡传魁　老刁，沙家浜是共产党的地方，那新四军可不好惹啊！

邹寅生　司令！皇军也不好惹啊！

刁德一　司令，有奶就是娘！背靠皇军，咱们干他一场！就看你有没有这个胆量了！

胡传魁　好！一言为定！（与邹寅生握手）

邹寅生　还有个小条件。

胡传魁　（向刁德一，不满地）他怎么这么些个条件哪！

邹寅生　新四军有一批伤病员，原来隐藏在沙家浜，皇军要求胡司令一定把他们抓到。

刁德一　这没问题，我包下了！

胡传魁　既然是一块儿打共产党嘛，这是个小意思。来人哪！

〔刘副官、刁小三上。

刘副官/刁小三　有！

胡传魁　传我的命令：今天下午，队伍开进沙家浜！

刘副官/刁小三　是！（下）

刁德一　司令，您这回是明靠蒋介石，暗投皇军，真是左右逢源，曲线救国呀！您可算得是当代的一位英雄！

胡传魁　他明也好，暗也好，还不是你刁参谋长挂的钩吗！

这回到了你的老家了，你可以重整家业，耀祖光宗。哎，就是我这强龙也压不过你这地头蛇！

邹寅生　彼此，彼此……

邹寅生／胡传魁／刁德一　哈哈哈……

——幕闭

第四场 智　斗

〔日寇在沙家浜镇“扫荡”了三天，已经过境。

〔春来茶馆。设在埠头路口。台的左右各有方桌一张，方凳两个。日寇过后，桌椅茶具均遭破坏，屋外凉棚东倒西歪。地下有一些断砖碎瓦，春来茶馆的招牌也被扔在地下。

〔幕启：阿庆嫂扶老携幼上。

阿庆嫂　您慢着点！

老大爷　阿庆嫂，谢谢你一路上照顾！

阿庆嫂　没什么，这是应当的。

老大爷　看，叫他们糟蹋成什么样了！

〔又一批群众上。

群　众　阿庆嫂！

阿庆嫂　你们回来了！

群　众　回来了。

老大爷　我们大家伙帮助收拾收拾吧！

阿庆嫂　行了，我自己来吧。

〔阿庆嫂从地下把招牌拾起，放在桌子上。众扶起翻倒的桌凳，捡走破碎的茶具、砖瓦，支起凉棚。

少　妇　阿庆嫂，我回去了。

老大爷　阿庆嫂，我们也回去了。

阿庆嫂　您慢点走啊！

老大娘　我们也回去了。

阿庆嫂　（向小姑娘）搀着你妈点！

〔群众下。

〔阿庆嫂掸净招牌上的泥土，对着观众，亮出招牌上的字样，然后挂起招牌，打开放置茶具的柜子。

阿庆嫂　（唱“西皮摇板”）

敌人“扫荡”三天整，

断壁残墙留血痕。

逃难的众邻居都回乡井，

我也该打双桨迎接亲人。

〔沙奶奶、沙四龙迎面而来。

沙奶奶/沙四龙　阿庆嫂！

沙奶奶　你回来了。

阿庆嫂　回来了。

沙四龙　鬼子走了，该把伤病员同志们接回来了！

阿庆嫂　对！四龙，咱们这就走！

沙四龙　走！

〔内喊："胡传魁的队伍快要进镇子了！"

〔群众跑上，告诉阿庆嫂："胡传魁来了！"……赶快跑下。

〔赵阿祥、王福根上。

赵阿祥　阿庆嫂，胡传魁的队伍快要进镇了！

阿庆嫂　他来了！日本鬼子前脚走，他后脚就到了，怎么这么快呀？（向王福根）你瞧见他们的队伍了吗？

王福根　瞧见了，有好几十个人哪！

阿庆嫂　好几十个人？

王福根　戴的是国民党的帽徽，旗子上写的是"忠义救国军"。

阿庆嫂　（思考）"忠义救国军"？……国民党的帽徽？

……

赵阿祥　听说刁德一也回来了。

沙奶奶　刁德一是刁老财的儿子！

阿庆嫂　（向王福根）你再看看去。

王福根　哎。（下）

阿庆嫂　胡传魁这一回来，是路过，是长住，还不清楚，伤员同志们先不能接，咱们得想办法给他们送点干粮去。

赵阿祥　我去预备炒米。

沙四龙　我去准备船。

阿庆嫂　要提高警惕呀！

赵阿祥／沙四龙　哎！

〔沙四龙扶沙奶奶下，赵阿祥随下。

〔阿庆嫂走进屋内。

〔内喊："站住！"

〔一妇女跑下。

〔内喊："站住！"刁小三追逐一挟包袱的少女上。

刁小三　站住！老子们抗日救国，给你们赶走了日本鬼子，你得慰劳慰劳！

〔刁小三抢少女包袱。

少　女　你干吗抢东西？！

刁小三　抢东西？我还要抢人呢！（扑向少女）

少　女　（急中生计，求救地喊）阿庆嫂！

〔阿庆嫂急忙从屋里出来，护住少女。

阿庆嫂　得啦，得啦，本乡本土的，何必呢！来，这边坐会儿，吃杯茶。

刁小三　干什么呀，挡横是怎么着？！……

〔刘副官上。

刘副官　刁小三，司令这就来，你在这干吗哪？

阿庆嫂　嗅，是老刘啊！

刘副官　（得意地）阿庆嫂，我现在当副官啦！

阿庆嫂　喔！当副官啦！恭喜你呀！

刘副官　老没见了，你倒好哇？

阿庆嫂　好。

刘副官　刁小三，都是自己人，你在这闹什么哪？

阿庆嫂　是啊，这位兄弟，眼生得很，没见过，在这儿跟我有点过不去呀！

刘副官　刁小三！这是阿庆嫂，救过司令的命！你在这儿胡闹，司令知道了，有你的好吗？

刁小三　我不知道啊！阿庆嫂，我刁小三有眼不识泰山，您宰相肚里能撑船，别跟我一般见识啊！

阿庆嫂　（已经察觉他们是一伙敌人，虚与周旋）没什么！一回生，两回熟嘛，我也不会倚官仗势，背地里给人小鞋穿，刘副官，您是知道的！

刘副官　哎，人家阿庆嫂是厚道人！

阿庆嫂　（向少女）回去吧。

少　女　他还抢我包袱哪！

阿庆嫂　包袱？他哪能要你的包袱啊！（向刁小三）跟她闹着玩哪，是吧？（向刘副官）啊？

刘副官　啊。（向刁小三）闹着玩，你也不挑个地方！

〔刁小三无可奈何地把包袱递给阿庆嫂。

阿庆嫂　（把包袱给少女）拿着，要谢谢！快回去吧！

〔少女下。

刘副官　刁小三，去接司令、参谋长。去吧，去吧！

刁小三　阿庆嫂，回见。

阿庆嫂　回见，呆会儿过来吃茶呀。

〔刁小三凶横地、恨恨不满地下。

刘副官　阿庆嫂，他是我们刁参谋长的堂弟，您得多包涵点呀！

阿庆嫂　这算不了什么。刘副官，您请坐，呆会儿水开了我就给您泡茶去，您是稀客，难得到我这小茶馆里来！

〔阿庆嫂欲进屋，刘副官从后叫住。

刘副官　阿庆嫂，您别张罗！我是奉命先来看看，司令一会儿就来。

阿庆嫂　司令？

刘副官　啊，就是老胡啊！

阿庆嫂　哦，老胡当司令了？

刘副官　对了！人也多了，枪也多了！跟上回大不相同，阔多喽。今非昔比，鸟枪换炮了！

阿庆嫂　哦。（下决心进行侦察）啊呀，那好哇！刘副官，一眨眼，你们走了不少的日子了。（一面擦拭桌面，一面观察刘副官）

刘副官　啊，可不是嘛。

阿庆嫂　（试探地）这回来了，可得多住些日子了？

刘副官　这回来了，就不走了！

阿庆嫂　……哦！（断定他们是长住了，就故意表示欢迎的态度）那好啊！

刘副官　要在沙家浜扎下去了，司令部就安在刁参谋长家里，已经派人收拾去了。司令说：先到茶馆里来坐坐。

〔内一阵脚步声。

刘副官　司令来了！

〔刘副官忙去迎接。阿庆嫂思考对策。

〔胡传魁、刁德一、刁小三上。四个伪军从土坡上走过。

胡传魁　嘿，阿庆嫂！

〔胡传魁脱斗篷。刘副官接住，下。

阿庆嫂　（回身迎上）听说您当了司令啦，恭喜呀！

胡传魁　你好哇？

阿庆嫂　好啊，好啊，哪阵风把您给吹回来了？

胡传魁　买卖兴隆，混得不错吧？

阿庆嫂　托您的福，还算混得下去。

胡传魁　哈哈哈……

阿庆嫂　胡司令，您这边请坐。

胡传魁　好好好，我给你介绍介绍，这是我的参谋长，姓刁，是本镇财主刁老太爷的公子，刁德一。

〔刁德一上下打量阿庆嫂。

阿庆嫂　（发觉刁德一是很阴险狡猾的敌人，就虚与周旋地）参谋长，我借贵方一块宝地，落脚谋生，参谋长树大根深，往后还求您多照应。

胡传魁　是啊，你还真得多照应着点。

刁德一　好说，好说。

〔刁德一脱斗篷。刁小三接住，下。

阿庆嫂　参谋长，您坐！

胡传魁　阿庆哪?

阿庆嫂　还提哪，跟我拌了两句嘴，就走了。

胡传魁　这个阿庆，就是脚野一点，在家里呆不住哇。上哪儿了?

阿庆嫂　有人看见他了，说是在上海跑单帮哪。说了，不混出个人样来，不回来见我。

胡传魁　对嘛！男子汉大丈夫，是要有这么点志气！

阿庆嫂　您还夸他哪！

胡传魁　阿庆嫂，我上回大难不死，才有了今天，我可得好好的谢谢你呀！

阿庆嫂　那是您本身的造化。哟，您瞧我，净顾了说话了，让您二位这么干坐着。我去泡茶去，您坐，您坐，您坐！（进屋）

刁德一　司令！这么熟识，是什么人哪?

胡传魁　你问的是她?

（唱“西皮二六”）

想当初老子的队伍才开张，

拢共才有十几个人、七八条枪。

（转“流水”）

遇皇军追得我晕头转向，

多亏了阿庆嫂，她叫我水缸里面把身藏。

她那里提壶续水，面不改色，无事一样，

〔阿庆嫂提壶拿杯，细心地听着，发现敌人看见了自己，就若无其事地从屋里走出。

胡传魁 （接唱）

骗走了东洋兵，我才躲过大难一场。（转向阿庆嫂）

似这样救命之恩终身不忘，

俺胡某讲义气终当报偿。

阿庆嫂 （有意在敌人面前掩饰自己）胡司令，这么点小事，您别净挂在嘴边上。那我也是急中生智，事过之后，您猜怎么着，我呀，还真有点后怕呀！

〔阿庆嫂一面倒茶，一面观察。

阿庆嫂 参谋长，您吃茶！（忽然想起）哟，香烟忘了，我去拿烟去。（进屋）

刁德一 （看着阿庆嫂背影）司令！我是本地人，怎么没有见过这位老板娘啊？

胡传魁 人家夫妻“八·一三”以后才来这儿开茶馆，那时候你还在日本留学，你怎么会认识她哪？！

刁德一 嗽！这个女人真不简单哪！

胡传魁 怎么，你对她还有什么怀疑吗？

刁德一 不不不！司令的恩人嘛！

胡传魁　你这个人哪！

刁德一　嘿嘿嘿……

〔阿庆嫂取香烟、火柴，提铜壶从屋内走出。

阿庆嫂　参谋长，烟不好，请抽一支呀！

〔刁德一接过阿庆嫂送上的烟。阿庆嫂欲为点烟，刁德一谢绝，自己用打火机点着。

阿庆嫂　胡司令，抽一支！

〔胡传魁接烟。阿庆嫂给胡传魁点烟。

刁德一　（望着阿庆嫂背影，唱“反西皮摇板”）

这个女人不寻常！

阿庆嫂　（接唱）刁德一有什么鬼心肠？

胡传魁　（唱“西皮摇板”）这小刁一点面子也不讲！

阿庆嫂　（接唱）这草包倒是一堵挡风的墙。

刁德一　（略一想，打开烟盒请阿庆嫂抽烟）抽烟！

〔阿庆嫂摇手拒绝。

胡传魁　人家不会，你干什么！

刁德一　（接唱）她态度不卑又不亢。

阿庆嫂　（唱“西皮流水”）他神情不阴又不阳。

胡传魁　（唱“西皮摇板”）刁德一搞的什么鬼花样？

阿庆嫂　（唱“西皮流水”）他们到底是姓蒋还是姓汪？

刁德一　（唱“西皮摇板”）我待要旁敲侧击将她访。

阿庆嫂　（接唱）我必须察言观色把他防。

〔阿庆嫂欲进屋。刁德一从她的身后叫住。

刁德一　阿庆嫂！

（唱“西皮流水”）

适才听得司令讲，

阿庆嫂真是不寻常。

我佩服你沉着机灵有胆量，

竟敢在鬼子面前耍花枪。

若无有抗日救国的好思想，

焉能够舍己救人不慌张！

阿庆嫂　（接唱）参谋长休要谬夸奖，

舍己救人不敢当。

开茶馆，盼兴旺，

江湖义气第一桩。

司令常来又常往，

我有心背靠大树好乘凉。

也是司令洪福广，

方能遇难又呈祥。

刁德一　（接唱）新四军久在沙家浜，

这棵大树有阴凉，

你与他们常来往，

想必是安排照应更周详！

阿庆嫂　（接唱）垒起七星灶，

铜壶煮三江。

摆开八仙桌，

招待十六方。

来的都是客，

全凭嘴一张。

相逢开口笑，

过后不思量。

人一走，茶就凉……

〔阿庆嫂泼去刁德一杯中残茶，刁德一一惊。

阿庆嫂　（接唱）有什么周详不周详！

胡传魁　哈哈哈……

刁德一　嘿嘿嘿……阿庆嫂真不愧是个开茶馆的，说出话来滴水不漏。佩服！佩服！

阿庆嫂　胡司令，这是什么意思呀？

胡传魁　他就是这么个人，阴阳怪气的！阿庆嫂别多心啊！

阿庆嫂　我倒没什么！（提铜壶进屋）

胡传魁　老刁啊，人家阿庆嫂救过我的命，咱们大面儿上得晾得过去，你干什么这么东一榔头西一棒子，叫我这面子往哪儿搁！你要干什么，你？

刁德一　不是啊，司令，这位阿庆嫂眼观六路，耳听八方，胆大心细，遇事不慌。咱们要在沙家浜久住，搞曲线救国，这可是用得着的人哪。就不知道她跟咱们是不是一条心！

胡传魁　阿庆嫂？自己人！

刁德一　那要问问她新四军和新四军的伤病员，她不会不知道。就怕她知道了不说。

胡传魁　要问，得我去！你去，准得碰钉子！

刁德一　那是，还是司令有面子嘛！

胡传魁　哈哈哈……

〔阿庆嫂机警从容，端着一盘瓜子从屋内走出。

阿庆嫂　胡司令，参谋长，吃点瓜子啊。

胡传魁　好……（喝茶）

阿庆嫂　……这茶吃到这会儿，刚吃出味儿来！

胡传魁　不错，吃出点味儿来了。——阿庆嫂，我跟你打听点事。

阿庆嫂　哦，凡是我知道的……

胡传魁　我问你这新四军……

阿庆嫂　新四军？有，有！

（唱“西皮摇板”）

司令何须细打听，

此地驻过许多新四军。

胡传魁　驻过新四军？

阿庆嫂　驻过。

胡传魁　有伤病员吗？

阿庆嫂　有！

（接唱“西皮流水”）

还有一些伤病员，

伤势有重又有轻。

胡传魁　他们住在哪儿？

阿庆嫂　（接唱）我们这个镇子里，

家家住过新四军。

就是我这小小的茶馆里，

也时常有人前来吃茶、灌水、涮手巾。

胡传魁　（向刁德一）怎么样？

刁德一　现在呢？

阿庆嫂　现在？

（接唱）听得一声集合令，

浩浩荡荡他们登路程！

胡传魁　伤病员也走了吗？

阿庆嫂　伤病员？

（接唱“西皮散板”）

伤病员也无踪影，

远走高飞难找寻！

刁德一　哦，都走了？！

阿庆嫂　都走了。要不日本鬼子"扫荡"了三天，把个沙家浜像篦头发似地篦了这么一遍，也没找出他们的人来！

刁德一　日本鬼子人地生疏，两眼一抹黑。这么大的沙家浜，要藏起个把人来，那还不容易吗！就拿胡司令来说吧，当初不是被你阿庆嫂在日本鬼子的眼皮底下，往水缸里这么一藏，不就给藏起来了吗！

阿庆嫂　噢，听刁参谋长这意思，新四军的伤病员是我给藏起来了。这可真是呀，听话听声，锣鼓听音。照这么看，胡司令，我当初真不该救您，倒落下话把儿了！

胡传魁　阿庆嫂，别……

阿庆嫂　不……

胡传魁　别别别……

阿庆嫂　不不不！胡司令，今天当着您的面，就请你们弟兄把我这小小的茶馆，里里外外，前前后后，都搜上一搜，省得人家疑心生暗鬼，叫我们里外不

好做人哪！（把抹布摔在桌上，掸裙，双手一搭，昂头端坐，面带怒容，反击敌人）

胡传魁　老刁，你瞧你！

刁德一　说句笑话嘛，何必当真呢！

胡传魁　哎，参谋长是开玩笑！

阿庆嫂　胡司令，这种玩笑我们可担当不起呀！（进屋）

刁德一　（看着隔湖芦荡，转身向胡传魁）司令，新四军伤病员没有走远，就在附近！

胡传魁　在哪儿呢？

刁德一　看！（指向芦苇荡里）很有可能就在对面的芦苇荡里！

胡传魁　芦苇荡？（恍然大悟）不错！来人哪！

〔刘副官、刁小三上。

胡传魁　往芦苇荡里给我搜！

刁德一　慢着！不能搜，司令，你不是这里的人，还不十分了解芦苇荡的情形。这芦苇荡无边无沿，地势复杂，咱们要是进去这么瞎碰，那简直是大海里捞针。再者说，咱们在明处，他们在暗处，那可净等着挨黑枪。咱们要向皇军交差，可不能做这赔本的买卖！

胡传魁　那依着你怎么办呢？

刁德一　我叫他们自己走出来！

胡传魁　大白天说梦话！他们会自己走出来？

刁德一　我自有办法！来呀！

刘副官/刁小三　有！

刁德一　把老百姓给我叫到春来茶馆，我要训话！

刘副官/刁小三　是！（下）

胡传魁　你叫老百姓干什么？

刁德一　我叫他们下阳澄湖捕鱼捉蟹！

胡传魁　捕鱼捉蟹，这里头有什么名堂？

刁德一　每只船上都派上咱们自己的人，叫他们换上便衣。那新四军要是看见老百姓下湖捕鱼，一定以为镇子里头没有事，就会自动走出来。到那个时候各船上一齐开火，岂不就……

胡传魁　老刁，你真行啊！哈哈哈……

〔内响起群众的声音，由远而近。刘副官、刁小三上。

刘副官/刁小三　报告！老百姓都来了！

刁德一　好，我训话。

〔内群众抗议声。

刘副官/刁小三　站好了！……嗐！站好了！

刁小三　参谋长训话！

刁德一　乡亲们！我们是“忠义救国军”，是抗日的队伍。我们来了，知道你们现在很困难，也拿不出什么东西来慰劳我们，也不怪罪你们，叫你们下阳澄湖捕鱼捉蟹，按市价收买！

〔内群众抗议声。王福根：“长官，我们不能去，要是碰见日本鬼子的汽艇，我们就没命了！”……

刁小三　别吵！

刁德一　大家不要怕，每只船上派三个弟兄保护你们！

〔内群众抗议声：“那也不去！不敢去！”……

胡传魁　他妈的！谁敢不去！不去，枪毙！

〔胡传魁、刁德一、刘副官、刁小三下。

〔阿庆嫂急忙由屋内走出。

阿庆嫂　（唱“西皮散板”）

刁德一，贼流氓，
毒如蛇蝎狠如狼，
安下了钩丝布下网，
只恐亲人难提防。
渔船若是一举桨，
顷刻之间要起祸殃。

〔内群众抗议声。

阿庆嫂　（接唱）乡亲们若是来抵抗，

定要流血把命伤。

恨不能生双翅飞进芦荡，

急得我浑身冒火无主张。

〔内刁小三叫喊："不去？不去我就要开枪了！"

阿庆嫂　开枪？

（唱"西皮流水"）

若是镇里枪声响，

枪声报警芦苇荡，

亲人们定知镇上有情况，

芦苇深处把身藏。（欠身瞭望，看到断砖、草帽，灵机一动）

要沉着，莫慌张，

风声鹤唳，引诱敌人来打枪！

〔阿庆嫂拿起墙根的断砖，上覆草帽，扔进水中，急忙躲进屋里。

〔刁小三跑上。

刁小三　有人跳水！

〔胡传魁、刘副官急上。

〔刘副官、胡传魁开枪。刁德一闻声急上。

刁德一　不许开枪……唉！不许开枪！

〔阿庆嫂走到门旁观察。

胡传魁　为什么呀?

刁德一　司令！新四军听见枪声，他们能够出来么?

胡传魁　你怎么不早说哪！刁小三!

刁小三　有!

胡传魁　把带头闹事的给我抓起几个来!

刁德一　刘副官!

刘副官　有!

刁德一　所有的船只都给我扣了，我都把他们困死!

〔胡传魁、刁德一下。刘副官、刁小三随下。

〔阿庆嫂走到门外，思考，考虑下一步的战斗。亮相。

——幕闭

第五场 坚　持

〔紧接前场，芦苇荡里。天色阴暗，大雨将至。

〔幕启：郭建光和战士们在注视着沙家浜镇的情况。一战士上。

一战士　报告，枪响以后没有什么情况。

郭建光　还要监视沙家浜的方向。

一战士　是。（下）

郭建光　同志们，先去把芦棚修理好，叫重伤员住进去。告诉叶排长，我到前边去看看。

众战士　是！

〔郭建光下。

林大根　同志们，沙家浜打枪，到底是怎么回事？

一战士　枪一响，准是有敌人，不是鬼子就是汉奸。

小　虎　那沙家浜的乡亲们又要吃苦了！

张松涛　沙家浜要是还有敌人，咱们暂时就出不去，可是现在干粮、药品都没有了，这可是大问题呀！

〔郭建光上，观察战士的情绪。

小　虎　咱们干吗上这儿来呀？那会儿还不如留在沙家浜跟敌人拚一下子哪！

众战士　对！

班　长　你们这些想法，都是蛮干。要拚，也得等待命令！指导员不是叫咱们修芦棚吗？走，先修芦棚去。

众战士　走！修芦棚去！（下）

〔郭建光目送战士下，转身，思索。

郭建光　（唱“二黄导板”）

听对岸响数枪声震芦荡……

（转“回龙”）

这几天，多情况，勤瞭望，费猜详，不由我心潮起落似长江。

（转“慢三眼”）

远望着沙家浜云遮雾障，

湖面上怎不见帆过船航？

为什么阿庆嫂她不来探望？

这征候看起来大有文章。

日、蒋、汪暗勾结早有来往，

村镇上乡亲们要遭祸殃。

（转“快三眼”）

战士们要杀敌人，冒险出荡，

你一言，我一语，慷慨激昂。

这样的心情不难体谅，

阶级仇民族恨燃烧在胸膛。

要防止焦躁的情绪蔓延滋长，

要鼓励战士，察全局，观敌情，坚守待命，

紧握手中枪。

（转“原板”）

毛主席党中央指引方向，

鼓舞着我们奋战在水乡。

要沉着冷静，坚持在芦荡，

（转“垛板”）

主动灵活，以弱胜强。

河湖港汊好战场，

大江南自有天然粮仓。

漫道是密雾浓云锁芦荡，

遮不住红太阳（叫散）万丈光芒。

〔小虎内喊：“指导员！”急上。

小　虎　小王同志昏过去了！

〔班长背小王上，叶思中、小凌、众战士们同上。

众战士　小王！小王……

郭建光　小凌，快！看看他的伤口是不是恶化了！

小　凌　指导员，刚才看过了，伤口有点恶化，不要紧。他主要是打摆子，发高烧，再加上饿的。

郭建光　给他吃过药了吗？

小　凌　奎宁没有了！

郭建光　重伤员怎么样？

小　凌　伤口都有点恶化，药也快没有了！

叶思中　指导员，药品和干粮可是个大问题！

郭建光　是啊，我们一定要想办法。

众战士　小王，小王！你好点了吗？

小　王　同志们，你们看，我这不是很好嘛！（踉跄地走了几步）

班　长　小王，你是饿了。我这有块年糕，你吃了吧。

小　王　不！

众战士　小王，你就吃了吧！

小　王　（激动地）同志们，指导员把干粮都省给重伤员吃了，指导员，你吃了吧。

郭建光　小王！（用手一挡，带着深厚的阶级友爱劝小王吃下年糕）同志们，药品和干粮都是个大问题呀，我相信地方党会千方百计地想办法，群众也会来支援我们。看来目前党和群众都有困难，不能马上来帮助我们，那我们怎么办？难道说我们这支有老红军传统的部队，就被这小小的困难吓倒了吗？

众战士　不！

班　长　我们的红军爬雪山，过草地，那样的困难都战胜了。我们也一定能坚持下去！

众战士　对！

郭建光　对！

〔汽艇声。一战士上。

一战士　报告！湖面上发现汽艇！

郭建光　哦！继续监视！

〔一战士下。

郭建光　叶排长，带两个同志到前边警戒！

叶思中　是！跟我来！

〔叶思中、张松涛、一战士下。

郭建光　你们两个人照顾重伤员！

班长/小凌　是！（下）

郭建光　同志们！

众战士　有！

郭建光　作好战斗准备！

众战士　是！

〔众注视着汽艇声音方向，汽艇声渐渐转弱。

〔叶思中、张松涛、一战士上。

叶思中　指导员，汽艇往沙家浜开去了。

郭建光　根据情况判断，鬼子是撤退了，刚才响了一阵枪，现在又发现汽艇……

叶思中　汽艇，只有日本鬼子才有啊。

郭建光　我看先派两个人过湖去侦察一下。

叶思中　对！

众战士　我去！我去！

郭建光　林大根、张松涛！你们两个人划船过去，找沙四龙或者阿福，不要去找阿庆嫂。她的处境一定有困难。了解敌情以后，顺便弄些草药。你们要小心谨慎地进去，悄悄地回来！

（唱“西皮二六”）

你二人改装划船到对岸，
镇西树下把船拴。
寻来草药医病患，
弄清敌情就回还。
同志们满怀信心将你们盼，
盼望着胜利归来的侦察员。

（转“流水”）

掌握敌情作判断，
我们就有主动权，
进退出没都灵便，
好与敌人巧周旋。
伤愈归队再请战，
回兵东进把敌歼，

战鼓惊天红旗展，

一举收复大江南。

林大根／张松涛　坚决完成任务！

郭建光　准备去吧！

林大根／张松涛　是！

〔林大根、张松涛下。

〔班长内喊："指导员！"持芦根、鸡头米跑上。小凌、一战士随上。

班　长　指导员你看，这芦根、鸡头米不是可以吃吗？

郭建光　是可以吃呀！同志们，只要我们大家动脑筋想办法，天大的困难也能够克服！毛主席教导我们：往往有这种情形，有利的情况和主动的恢复，产生于"再坚持一下"的努力之中。同志们！

（唱"西皮散板"）

困难吓不倒英雄汉，

红军的传统代代传。

毛主席的教导记心上，

坚持斗争，胜利在明天。

同志们！（纵身跃上土台）这芦苇荡就是前方，就是战场，我们要等候上级的命令，坚持到胜利！

众战士　对！我们要等待命令，不怕困难，坚持到胜利！

〔风雨骤起。

小　虎　大风雨来了！

郭建光　（英雄豪迈地鼓舞斗志，慷慨激昂地唱“唢呐西皮导板”）

要学那泰山顶上一青松！

〔电闪雷鸣。郭建光跳下土台，和战士共同与暴风雨搏斗。

众战士　（边舞边齐唱）

要学那泰山顶上一青松，
挺然屹立傲苍穹。
八千里风暴吹不倒，
九千个雷霆也难轰。
烈日喷炎晒不死，
严寒冰雪郁郁葱葱。
那青松逢灾受难，经磨历劫，
伤痕累累，瘢迹重重，
更显得枝如铁，干如铜，蓬勃旺盛，倔强峥嵘。
崇高品德人称颂，
俺十八个伤病员，要成为十八棵青松！

〔战士们顶风抗雨，巍然屹立，构成一组集体的英雄塑像。

——幕闭

第六场 授　计

〔前场次日。春来茶馆。

〔暴雨才过，阴云郁结。

〔幕启：茶馆门外空无一人，屋里时时传来打麻将洗牌的声音。

〔阿庆嫂由屋内走出。

〔一青年上。

青　年　阿庆嫂，你找我？

阿庆嫂　赵镇长和四龙他们回来了吗？

青　年　没看见哪！

阿庆嫂　四龙要是回来，叫他来一趟。

青　年　哎。（下）

〔刘副官上。

阿庆嫂　刘副官。

刘副官　阿庆嫂，刁参谋长在里头吗？

阿庆嫂　在里头看打牌哪。

刘副官　哦。

〔刘副官径自往屋里走，阿庆嫂略一思索，机警地随下。

〔刘副官、刁德一从屋内走出。

刁德一　什么事？

刘副官　邹翻译官找您。

刁德一　哦！

刘副官　皇军来电话问新四军伤病员的事。

刁德一　真逼命！咱们抓来的那些老百姓，都是一问三不知，新四军伤病员，太难找了！

刘副官　我看那个王福根……

刁德一　王福根？

刘副官　那天带头闹事的就是他！

刁德一　对！就在他身上打主意。

刘副官　您快去吧！邹翻译官马上要走，汽艇都准备好了。

刁德一　哎，你在这一带盯着，我一会就回来。

刘副官　参谋长，我还是躲着点好。这两天司令老是爱跟我发脾气，今儿手气又不好，回头再跟我来一通……

刁德一　你当司令发脾气是冲你吗？！我心里有数，有我哪！

刘副官　（谄媚地）哎，我听参谋长的！

刁德一　到里头伺候着去！

刘副官　是！

〔刁德一下，刘副官进屋。

〔阿庆嫂从屋内走出，看天望水，心情沉重。

阿庆嫂　刁德一出出进进的，胡传魁在里头打牌。我出不去，走不开。老赵和四龙给同志们送炒面，到现在还没回来。同志们在芦荡里已经是第五天了。有什么办法，能救亲人脱险哪！

（深沉地思考，唱“二黄慢三眼”）

风声紧雨意浓天低云暗，

不由人一阵阵坐立不安。

亲人们粮缺药尽消息又断，

芦荡内怎禁得浪激水淹！

（转“快三眼”）

他们是革命的宝贵财产，

十八个人和我们骨肉相连。

联络员身负着千斤重担，

程书记临行时托咐再三。

我岂能遇危难一筹莫展，
辜负了党对我培育多年。
昨夜里赵镇长与四龙去送炒面，
为什么到如今不见回还？
我本当去把亲人来见，
怎奈是，难脱身，有鹰犬，那刁德一他派了岗哨又扣船。
怎么办，怎么办，怎么办？
事到此间好为难……

〔耳旁仿佛响起《东方红》乐曲，信心倍增。

阿庆嫂 （接唱）

毛主席！
有您的教导，有群众的智慧，
我定能战胜顽敌渡难关。

〔沙奶奶、沙四龙上。

沙四龙 / 沙奶奶 阿庆嫂。

阿庆嫂 （一惊）四龙，你们回来了！炒面送到了吗？

沙四龙 没有。昨儿晚上我和镇长刚划船出去，就被敌人发现了，我们俩就跳水跑了，船也被他们给扣了。

阿庆嫂 镇长呢？

沙四龙　镇长一下水，就发了摆子，再加上感冒，正在发高烧，起不来床，他叫我先来向你报告一下。

沙奶奶　阿庆嫂，你看该怎么办？

阿庆嫂　还是得想办法弄条船，给同志们送点干粮去！

沙四龙　要不今儿晚上，我去搞它一条……

阿庆嫂　（听见脚步声，急忙制止沙四龙的话。从脚步声中判定来的是刘副官）刘副官来了，叫四龙装病，跟他借条船，就说送四龙到城里看病。

〔沙四龙伏桌上装病。刘副官从屋内走出。

阿庆嫂　刘副官。

刘副官　阿庆嫂。（看见沙四龙）唷，这是谁呀？

阿庆嫂　沙奶奶的儿子。

刘副官　在这儿干什么哪？

阿庆嫂　病了。

沙奶奶　刘副官，这孩子病了，想跟您借条船，带孩子到城里看看病去。

刘副官　借船？那哪儿行啊！

沙奶奶　阿庆嫂，您给求个人情吧！

阿庆嫂　是啊，刘副官，您瞧这孩子病成这样，咱们这儿又没有大夫，您就行个方便吧！

刘副官　阿庆嫂，不是我驳您的面子，我可作不了这个主。船，有的是，就在那边，一条也不能动，这是刁参谋长的命令。阿庆嫂，您可少管这路闲事，免得招惹是非。

阿庆嫂　唉，这孩子病得怪可怜的！

〔内串铃声。一伪军喊："站住！干什么的？"

〔内程谦明答："我是看病的大夫！"

〔阿庆嫂、沙奶奶喜出望外，然而不形于色。

沙奶奶　哦！大夫来了！

阿庆嫂　这就好了！该着这孩子的病好。（向内）可别叫大夫走哇。（向刘副官）刘副官，就让那位大夫给孩子看看吧！

刘副官　不行！

沙奶奶　刘副官，既然您不肯借船，就请大夫给孩子看看病吧。

刘副官　不行！

阿庆嫂　是啊，刘副官，既然那位大夫来了，还真的让他走吗？就给孩子看看吧！

刘副官　阿庆嫂，您是知道的，我在刁参谋长面前不好交代。参谋长说了，这个地方不准闲人来！

阿庆嫂　嗨！这有什么大不了的事。别说参谋长啦，就是胡司令，这点面子也是肯给的！

刘副官　那好哇，司令在里头哪，您去跟他说说去。

阿庆嫂　这么点小事，就别去惊动他了。

刘副官　可是我作不了这个主啊！

〔胡传魁从屋内走出。

胡传魁　什么事啊？

刘副官　司令！来了个大夫。阿庆嫂说，要让那位大夫给这孩子看看病。

胡传魁　看病？

阿庆嫂　噢，是这么回事：这孩子有病，正赶上那位大夫打这儿路过，我就多了一句嘴，说让那位大夫给孩子看看。刘副官说，胡司令这点面子是肯给的，就怕刁参谋长知道了，要让司令为难。他这么一说，吓得我也不敢求您了！

胡传魁　（向刘副官）刁参谋长放个屁也是香的？拿着鸡毛当令箭！

阿庆嫂　其实呀，也没刘副官什么事。刘副官还说，司令心眼好，为人厚道。我是怕真要是刁参谋长较起真儿来，我觉得怪对不住司令的。那么，就叫那位大夫……

胡传魁　看！

刘副官　是！（向内）嗨！请大夫过来！

阿庆嫂　我替孩子谢谢司令了！

沙奶奶　谢谢司令。

〔程谦明上。

阿庆嫂/沙奶奶　大夫！

程谦明　你们好啊？

阿庆嫂/沙奶奶　好。

沙奶奶　大夫，请过来诊脉吧！

程谦明　好好好。

〔程谦明与胡传魁相遇，胡传魁打量程谦明。程谦明态度十分安详。

阿庆嫂　（有意分散胡传魁的注意力）胡司令，这会儿手气怎么样啊？

胡传魁　背透了，四圈没开和，出来蹓蹓。

阿庆嫂　您这一蹓跶，手气就来了，呆会儿坐下，我管保您连和三把满贯！

胡传魁　好，借你的吉言，和了满贯我请客！

阿庆嫂　那您这客算请定了，快进去吧，都等着您扳庄哪！

胡传魁　哦，哈哈哈……（进屋）

刘副官　（向程谦明）你是哪来的？

程谦明　（沉着地）常熟城里，三代祖传世医。

刘副官　有“良民证”吗？

程谦明　有。

刘副官　拿来看看。

〔程谦明取“良民证”交刘副官。

〔阿庆嫂取过两杯茶。

阿庆嫂　刘副官，你们这两天真够辛苦的，沿湖一带派了岗，扣了船，不许老百姓下湖捕鱼，究竟出了什么事了？

刘副官　没什么，没什么，听说芦荡里有新四军……

阿庆嫂　新四军？那怎么不派兵去搜啊？

刘副官　参谋长说了，芦苇荡那么大，上哪儿搜去！不谈这个，不谈这个。（回头向程谦明）快瞧病，快瞧病。

阿庆嫂　大夫，这孩子的病……

程谦明　病家不用开口，便知病情根源。说得对，吃我的药。说得不对，分文不取。

刘副官　嗨嗨嗨，你先别吹，今儿个我倒要看看你有多大本事！

程谦明　这个病是中焦阻塞，呼吸不畅啊。

刘副官　等等。（向沙奶奶）他说得对吗？

沙奶奶　是啊，刚才还说胸口堵得慌哪！

刘副官　哦，他还有两下子！

程谦明　看看舌苔。（看沙四龙舌苔）胃有虚火，饮食不周。

沙奶奶　缺食啊！

程谦明　肝郁不舒，就容易急躁。

沙奶奶　是啊，着急着哪！

刘副官　嗨！头疼脑热的，着什么急呀！

程谦明　不要紧，我开个方子，吃上一剂药，就会好的！

〔刘副官注视程谦明，阿庆嫂、沙奶奶很着急。阿庆嫂想了想，走进屋内。

程谦明　（唱"西皮二六"）

病情不重休惦念，

心静自然少忧烦。

家中有人勤照看……

〔阿庆嫂从屋内走出。

阿庆嫂　刘副官，看什么哪？

刘副官　我对医道很有兴趣。（向程谦明）快开方！

程谦明　好了！

（接唱）草药一剂保平安。

刘副官　拿来！（取过药方）

程谦明　见笑，见笑。

〔一伪军由屋内走出。

伪　军　刘副官，司令叫。（下）

刘副官　哎。（把药方放回桌上）阿庆嫂，替我盯着点，我这就来。

阿庆嫂　哎。

〔刘副官进屋。阿庆嫂急命沙四龙、沙奶奶注意敌人的动静。程谦明与阿庆嫂小声交谈。

阿庆嫂　有不少乡亲被捕。

程谦明　哦！据我们得到的情报，胡传魁已经是死心塌地地投靠日寇了。

阿庆嫂　那该怎么办？

程谦明　一定要拔掉这个钉子！我们的主力部队马上要过来了。

阿庆嫂　好。

程谦明　你了解一下敌人的兵力部署情况，过两天我派人来取情报。

阿庆嫂　伤病员同志们怎么办？

程谦明　立刻转移红石村！

阿庆嫂　是！

〔沙四龙咳嗽。刘副官从屋内走出。

刘副官　阿庆嫂，司令赢钱了，说你让他请客，叫我买东西去。

阿庆嫂　那好哇。

刘副官　（向程谦明）哎，你怎么还没有走啊？

程谦明　（收拾药箱）这就走。药要早吃，可不能过了今天晚上。

刘副官　快走，快走。

程谦明　这就走，这就走。

沙奶奶　大夫，天阴下雨，小心路滑！

阿庆嫂　是啊，坑坑洼洼的，要多加小心！

程谦明　不怕，你们照顾病人要紧哪！

刘副官　快走！

〔程谦明下。刘副官随下。

阿庆嫂　县委指示，要同志们转移红石村，现在还得想办法弄条船哪。

沙四龙　我倒有个主意。

沙奶奶　你有什么主意？

沙四龙　我溜下水去，砍断缆绳，推出一条船，不撑篙不使桨，船上没人，动静不大。只要推出半里路，大湖之中，烟雾弥漫，就更看不清了。到现在只能这么办了。

沙奶奶　阿庆嫂，他有一身好水性，让他去吧。

阿庆嫂　事到如今，也只好按他的办法去做了。四龙，你顺着那条小道找个僻静地方下水，可千万要小心哪！

沙四龙　阿庆嫂！

（唱“西皮快板”）

　　四龙自幼识水性，
　　敢在滔天浪里行。
　　飞越湖水把亲人接应——

妈！阿庆嫂！

　　你们放宽心！

〔沙四龙、沙奶奶下。阿福上。

阿　福　阿庆嫂！

阿庆嫂　（一惊，回身）阿福，有事吗？

阿　福　昨儿晚上指导员派林大根、张松涛到我家里来过。

阿庆嫂　他们干什么来了？

阿　福　了解了胡传魁的情况，弄了点草药就走了。

阿庆嫂　你没给他们弄点干粮？

阿　福　弄了，他们都带走了。

阿庆嫂　好，你先回去吧！

阿　福　哎。（下）

〔阿庆嫂瞭望湖面。

阿庆嫂　（唱“西皮散板”）

看小船破雾穿云渐无踪影，

同志们定能转移红石村。

〔阿庆嫂进屋，刘副官上。

刘副官　阿庆嫂，东西买来了。（追进屋）

〔刁德一、刁小三上。刘副官又从屋里走出。

刘副官　参谋长，邹翻译官哪？

刁德一　走了。刘副官，司令要结婚了。

刘副官　结婚？女家是谁呀？

刁德一　邹翻译官的妹妹。

刘副官　不用说，是参谋长的大媒喽。

刁德一　嗨，派你一桩美差，到常熟城里办点嫁妆。

刘副官　（万分感激）是！多谢参谋长！

〔刁德一若有所思，走向湖边高坡，用望远镜望湖面。

刁德一　（急叫）唳！这水面上仿佛是有条船！

刘副官　（大惊）船？刮了一天大风，恐怕是把缆绳刮断了，空船漂出来了。

刁德一　不对！空船断缆是顺风顺水而来，怎么会逆风逆水而去哪？船底下一定是有人！

刘副官　有人？

刁德一　来！给我追这条船！

刘副官　是！

——幕闭

第七场 斥　敌

〔前场后不久。刁德一家的厅堂。

〔幕启：内刘副官、刁小三行刑声："快说，快说，说！"

〔胡传魁烦躁地喝着酒，刁德一敞领挽袖，神色凶狠而狼狈，手提皮鞭，踉跄而上。

刁德一　（念）新四军平安转移出芦荡，

胡传魁　（念）这皇军督催逼命可怎么搪！

〔内行刑拷问声。

刁德一　（念）抓来了一些穷百姓，拷问他们谁是共产党，

胡传魁　（念）问了半天，也没问出个名堂！有一个招口供的没有？

〔内刘副官、刁小三答："没有。"

胡传魁　我说老刁啊，咱们不会枪毙他几个？

刁德一　我正琢磨着拿谁开刀呢。来呀，把王福根给我带上来！

〔内刘副官、刁小三答："是！"

〔刘副官、刁小三架王福根上。

胡传魁　说！新四军的伤病员哪儿去了？

刁德一　只要你说出来这镇上谁是共产党，马上就放了你。

〔王福根怒指胡传魁、刁德一。二人惊恐后退。

王福根　你们这些骑在人民头上的汉奸！走狗！

胡传魁　来呀！当着那些个穷百姓把他枪毙了！

王福根　汉奸！走狗！打倒日本帝国主义！打倒汉奸、走狗！……

〔王福根被押下。

〔内王福根高呼口号："中国共产党万岁！""毛主席万岁！"

〔排枪声。

〔内刘副官、刁小三嚎叫："你们瞧见没有？不说就像他这个样子——枪毙你们！快说！说！"

刁德一　刁小三，把那个新四军的家属刘老头枪毙！

〔内刁小三嚎叫："刘老头出来！"

〔内高呼："打倒汉奸卖国贼！"群众愤怒高呼口

号。

〔排枪声。

胡传魁　来人哪！

〔刁小三上。

胡传魁　把那沙老太婆拉出去一块枪毙！

刁德一　慢着！把她给关起来！

刁小三　是！（下）

刁德一　司令！就是这沙老太婆不能毙！皇军点着名要她的口供，不要她的老命。留着她为的是追问出在幕后活动的共产党！

胡传魁　共产党！只怕是共产党坐在咱们对面，咱们也认不出来！

刁德一　司令，有一个人很值得怀疑。

胡传魁　谁？

刁德一　那天，刘副官冒冒失失地打了阵枪，在哪儿？扣下的船丢了一只，又在哪儿？都离春来茶馆不远！

胡传魁　你是说……

刁德一　阿庆嫂！

胡传魁　……

刁德一　太可疑了！

胡传魁　怎么？抓起她来？

刁德一　哪里哪里！司令的恩人哪能抓呀！司令不是派人请她去了吗？

胡传魁　我是请她帮着我办喜事的。

刁德一　等她来了，咱们问问她。

胡传魁　问问？怎么问？——“你是共产党吗？”

刁德一　哪能这么问！（耳语）怎么样？

胡传魁　好，依着你！来人！

〔一伪军上。

胡传魁　阿庆嫂来了，马上报告！

一伪军　是！（下）

〔胡传魁、刁德一下。

〔一伪军内报：“阿庆嫂到！”

〔阿庆嫂上，观察周围环境。

阿庆嫂　（唱“西皮散板”）

新四军反“扫荡”回兵东进，

沙家浜即将要重见光明。

胡传魁投敌寇把乡亲们蹂躏，

（转“流水”）

这一笔血债要记清。

奉指示探敌情十有九稳，

唯有这司令部尚未查清，

借题目入虎穴观察动静……

〔胡传魁、刁德一更衣整容上。

胡传魁　阿庆嫂！

阿庆嫂　胡司令！参谋长！

（接唱“散板”）

恭喜司令要成亲！

胡传魁　你全知道了？

刁德一　真是消息灵通！

阿庆嫂　满镇上都知道了，刘副官通知各家各户“自愿”送礼了。

刁德一　好，坐，泡茶！

〔一伪军送茶上，即下。

阿庆嫂　胡司令！听说新娘子长得很漂亮啊？

胡传魁　哦！你也听说过？

阿庆嫂　听说过！常熟城里有名的美人嘛。人品出众，才貌超群，真是百里挑一呀！

胡传魁　哈哈哈……阿庆嫂你可真会说话。我今天找你就为请你帮助我办喜事的，到了那天你可得多帮忙啊！

阿庆嫂　没什么，理当的。到了日子我一早就来，什么烧个茶递个水的，我都行啊……

胡传魁　不！不！那些个粗活儿，哪能叫你干哪。你就等花轿一进门，给我张罗张罗，免得出错。

阿庆嫂　行啊，行啊，花轿一进门，您就把新娘子交给我啦，我让她该应酬的都应酬到了，亲戚朋友决挑不了眼去，胡司令您尽管放心。

胡传魁　那好极了，他们家的老亲多，还爱挑个眼，有你当提调，那我就放心了。

阿庆嫂　新房在哪儿啊？

胡传魁　就在后院。明天东西置办齐了，我一定派人去请你。

阿庆嫂　好，我一定来！

胡传魁　早点来！

刁德一　（以烟筒击案，厉声而问）那个沙老太婆招了没有？

〔内刘副官、刁小三答："没招！"

刁德一　把她带上来！

阿庆嫂　胡司令，您这儿有事，我在这儿不方便，我走啦。

〔阿庆嫂转身欲下，刁德一拦住。

刁德一　阿庆嫂，我们办我们的事，你坐你的！

胡传魁　既然是参谋长留你，那你再坐坐！

阿庆嫂　好吧，（向胡传魁）那我就再坐坐。

〔阿庆嫂略一思索，胸有成竹，沉着地走向桌边，端然稳坐。

刁德一　把她带上来！

沙奶奶　（内唱“西皮导板”）

　　　　且喜亲人已脱险……

〔沙奶奶上。

〔阿庆嫂、刁德一、胡传魁以不同的心情，不同的表情看着沙奶奶。

〔刘副官、刁小三上。

沙奶奶　（唱“西皮散板”）

　　　　粉身碎骨也心甘。

　　　　挺身来把仇人见——（见阿庆嫂坐在一边，心中一惊）

　　　　阿庆嫂为何在堂前？（略一思索，有所解悟）

　　　　只怕是敌人他来试探，

　　　　我必须保护她，把天大的事儿一身担！

胡传魁　沙老太婆，你到底招是不招？

沙奶奶　你要我招什么？

胡传魁　芦苇荡里的新四军是不是你儿子送走的？

沙奶奶　不知道！

胡传魁　那么你儿子哪儿去了？

沙奶奶　不知道！

胡传魁　你跟你儿子干的这些事，谁的主谋？谁的指使？

沙奶奶　我不知道！

胡传魁　他妈的，一问三不知，今天叫你尝尝我的厉害！

〔胡传魁举鞭欲打沙奶奶。刁德一制止。

刁德一　司令，何必着急哪！坐，坐。嘿嘿嘿……沙老太，你受委屈了。好，坐坐坐，听我跟你说！

（唱"西皮摇板"）

沙老太休得要想不开，
听我把话说明白：
你不出乡里年纪迈，
岂能够出谋划策巧安排？
定是有人来指派，
她在幕后你登台。
到如今你受苦受刑难忍耐，
她袖手旁观稳坐在钓鱼台。
只要你说出她的名和姓，
刁德一我保你从此不缺米和柴！
怎么样，想明白了没有？

〔沙奶奶昂首不理。

刁德一　阿庆嫂，你劝她几句！

阿庆嫂　我？

刁德一　啊，你跟她是街坊，劝她几句嘛！（向胡传魁）啊？

胡传魁　对，阿庆嫂，你过去劝她几句。

阿庆嫂　好吧。既是刁参谋长这么看得起我，那我就试试看。不过这老太太的脾气，我是知道的，恐怕也是要碰钉子的。（垂手走过去，边走边想主意。走到沙奶奶身边，双手往胸前一搭）沙奶奶，参谋长说，你儿子给新四军送船，是真的吗？

〔沙奶奶怒视三人。

阿庆嫂　沙奶奶，你就这么一个儿子，真舍得让他走吗？

沙奶奶　孩子大了，要走哪条路，由他自己挑！

胡传魁　你说，新四军对你有什么好啊？

沙奶奶　好！我说！我说！

（痛斥敌人，唱“二黄原板”）

“八·一三”，日寇在上海打了仗，
江南国土遭沦亡，
尸骨成堆鲜血淌，
满目焦土遍地火光。

新四军共产党来把敌抗，

历尽艰辛，东进江南，深入敌后，解放集镇与村庄。

红旗举处歌声朗，

百姓们才见天日光。

你们号称“忠义救国军”，

为什么见日寇不发一枪？

我问你救的是哪一国？

为什么不救中国助东洋？

为什么专门袭击共产党？

你忠在哪里？义在何方？

你们是汉奸走狗卖国贼，

少廉无耻，丧尽天良！

胡传魁　住口！

刘副官/刁小三　胡说！

沙奶奶　（接唱）

你有理，敢当着百姓们讲，

纵然把我千刀万剐也无妨！

沙家浜总有一天会解放，

且看你们这些走狗汉奸（叫散）好下场！

胡传魁　拉出去，枪毙！

刘副官/刁小三　走！

〔刁德一急忙暗示刁小三：不能执行。刁小三领会。

〔沙奶奶昂首走下。刘副官、刁小三随下。

阿庆嫂　胡司令！

刁德一　慢动手！阿庆嫂有话说！

阿庆嫂　（款款地站起身来，若无其事地）……我该走啦。

〔刁德一、胡传魁垂头丧气。

阿庆嫂　您这是公事，我们可不敢随便插嘴呀！

胡传魁　不，不，今天要听听你的主意！

刁德一　是啊，司令要枪毙沙老太太，你跟她是街坊，能够见死不救吗？

阿庆嫂　沙奶奶会有人救的。

胡传魁　谁啊？

阿庆嫂　她儿子四龙给新四军送船，他就不救他的妈妈吗？再说新四军也一定会救沙奶奶的！

胡传魁　我马上枪毙了她，看他们救谁！

阿庆嫂　是啊，您要是枪毙了她，谁也就不来了。没人来救沙奶奶，您可谁也就逮不着了！

胡传魁　哦！你说是要放长线钓大鱼，叫他们上钩？

刁德一　照你这么说，还是不毙沙奶奶的好哇？

阿庆嫂　枪把子在您手里，主意您自己拿，我不过是替司令着想啊！

胡传魁　对对对！

刁德一　好啊，阿庆嫂真是自己人。这么办，我们打算马上放了沙老太太，请你把她送回去，你看好不好？

阿庆嫂　参谋长这么信得过我，我一定照办。

刁德一　那好，来啊！把沙老太婆放了！

〔内刘副官："是。走！"

〔沙奶奶上。刘副官随上。

沙奶奶　要杀就杀，不用捣鬼！

胡传魁　老太婆，放你回去，别不识抬举！

刁德一　沙老太，没有你的事了。阿庆嫂，送她回去吧。

阿庆嫂　沙奶奶，走吧！

〔沙奶奶下。阿庆嫂随下。

刁德一　（向刘副官）盯着她们，看她们说些什么！

刘副官　是！（下）

胡传魁　老刁，你这里头变的是什么戏法呀？

刁德一　只要她们一热火，就证明是一起的，马上抓回来，一块审问！

〔内刘副官喊："报告！"急上。

刘副官　报告！参谋长，打起来了！

刁德一　谁跟谁打起来了？

刘副官　沙老太婆跟阿庆嫂打起来了。

胡传魁　把沙老太婆给我抓回关起来！

刘副官　是！（下）

〔阿庆嫂上，头发略微散乱，一只鞋子被踏落。

阿庆嫂　哎呀！哎呀！好厉害的老太婆呀！出了门就跟我打起来啦。嘴里“汉奸”、“走狗”一个劲地骂。喏，衣裳也撕破了，（坐）牙也打出血来了！看哪！（提上被踏落的鞋子）

胡传魁　老刁，别自作聪明了，这你明白了吧？阿庆嫂，打得不要紧吧？那么你帮我办喜事……

阿庆嫂　喜事尽管办！哼，瞎了眼的，她倒想算计我，那老太婆哪是我的对手，早就被我打得落花流水了！

刁德一　阿庆嫂，你多心了吧？

阿庆嫂　哼！我要是多心哪，就不在多心人面前管闲事了！

〔阿庆嫂以手绢掸鞋，昂首而坐。胡传魁瞪着刁德一，刁德一垂头丧气。

——幕闭

第八场 奔　袭

〔前场三日后，黎明之前。野外。

〔幕启：沙四龙、叶思中上，侦察，下。

郭建光　（内唱“西皮导板”）

月照征途风送爽……

〔郭建光上，抚枪亮相，英气勃勃，目光四射，巡视周围，转身招手，侧身亮相。突击排战士随上。

郭建光　（唱“西皮原板”）

穿过了山和水、沉睡的村庄。

支队撒下包围网，

要消灭日寇、汉奸匪帮。

组成了突击排兼程前往，

（转“快板”）

飞兵奇袭沙家浜。

将尖刀直插进敌人心脏，

打他一个冷不防。

管叫他全线溃乱迷方向，

好一似汤浇蚁穴，（叫散）火燎蜂房！

〔沙四龙、叶思中上。

叶思中　敌人的巡逻队！

小　虎　干掉他！

郭建光　（制止小虎，下令）隐蔽！

〔众隐蔽。

〔伪军巡逻队走过。

〔沙四龙、叶思中立起，巡视后，招手。郭建光等从土坡后“虎跳”跃出。

郭建光　叶排长，沙四龙！

沙四龙/叶思中　有！

郭建光　你们看！（“跨腿”，“踢腿”，侧身亮相）前面就是沙家浜，命你二人继续侦察！

沙四龙/叶思中　是！（下）

郭建光　前进！

〔突击排战士整装。

郭建光　（唱“西皮快板”）

说什么封锁线安哨布岗，

我看他只不过纸壁蒿墙。

眼见得沙家浜遥遥（叫散）在望，

此一去捣敌巢擒贼擒王！

〔郭建光走“扫堂腿”、“旋子”，与众战士组成前进塑像。

——幕闭

第九场 突　破

〔紧接前场，刁德一家后院墙外。

〔幕启：一伪军在站岗。

伪　军　司令结婚，请来皇军，叫我们加岗。唉！倒了霉了！

〔叶思中等上，将伪军擒获，拉下。

〔郭建光、阿庆嫂同上，后随突击排战士、民兵。

阿庆嫂　指导员，翻过了这道墙，就是刁德一的后院！

(唱“西皮快板”)

敌兵部署无更变，
送去的情报图一目了然。
主力都在东西面，
前门只有一个班。
民兵割断电话线，
两翼不能来支援。
院里正在摆喜宴，
他们猜拳行令闹翻天。
你们越墙直插到当院，
定能够将群丑（叫散）一鼓聚歼！

郭建光　沙四龙！

（唱“西皮散板”）

你带领火力组绕到前院，

消灭敌人的警卫班！

〔沙四龙带二战士下。

郭建光　（接唱，向阿庆嫂）

你迎接主力部队到镇边……

〔阿庆嫂带民兵下。

〔郭建光上墙，瞭望，回身招手，翻下。

〔众战士越墙。

——幕闭

第十场　聚　歼

〔紧接前场。

〔刁德一家院内。

〔幕启：黑田、胡传魁、刁德一上。二日寇士兵随上。邹寅生迎面上。

邹寅生　汽艇准备好了。

黑　田　电话不通，情况不好，小心！

〔炮声。

黑　田　哪里打炮？

胡传魁　不知道！

〔一伪军上。

一伪军　报告，新四军打到后院了！

黑　田　顶住！顶住！（仓皇逃下）

〔开打，突击排消灭日伪军。郭建光弹无虚发，连毙敌众，最后把黑田踩在脚下，亮相。

〔突击排战士押俘虏过场。

〔程谦明率主力部队战士上。

〔阿庆嫂、赵阿祥率民兵上。

〔郭建光上，与程谦明、阿庆嫂等握手。

〔战士押黑田、邹寅生、胡传魁、刁德一上。

〔沙四龙扶沙奶奶上。

〔沙家浜群众和被救出狱的乡亲们上。

〔乡亲们看见胡传魁、刁德一等，怒不可遏，举铐欲打，郭建光拦阻。

郭建光　乡亲们！我们要把这些民族败类，交给抗日民主政府审判！

阿庆嫂　对！我们一定要公审他们。

胡传魁　你是……？

阿庆嫂　我是中国共产党党员！你们这些日本帝国主义

者！民族败类！

郭建光　把他们押下去！

〔胡传魁、刁德一、黑田、邹寅生颓丧地低头，被押下。

〔郭建光、阿庆嫂等与沙奶奶会见。沙家浜镇的人民在毛主席和中国共产党的领导下，清除敌伪，重见光明。

——幕闭

（剧终）

一 匹 布

人物： 张古董　沈赛花　李天龙　驴　夫
王老户　李　宝　四合老店　二差役
四衙役　书　吏　驴夫官　检场人甲、乙

〔检场人甲、乙上。

甲　戏台开戏亮晶晶，

乙　戏散台空黑冬冬。

甲　台下坐人人看我，

乙　看戏无非人看人。

甲　请了！

＊本剧以作者改定的油印本编入，初收于北师大版《汪曾祺全集》第七卷。

乙　请了！您干什么去？

甲　我去看看。

乙　看什么？

甲　看看《一匹布》。

乙　一匹布有什么看头！

甲　是一出戏！

乙　那我跟您一块去。

甲　您不能白去！

乙　我买票！

甲　您得干点什么。

乙　要我干什么？

甲　您得上台。

乙　我愿意靠边站。

甲　您呀，这里既有你的事，又是没事人。

乙　我不明白。

甲　叫你去除旧布新，承前启后。

乙　哦，叫咱俩检场？

甲　对喽。

乙　走！

〔检场人甲、乙下。

张古董　（内声）啊哈！（上）

（数板）城墙——

城墙本是四方圈，

城圈里头有人烟。

人人都有一张嘴，

见天要吃多少盐？

有多少小铺带卖零揪的蒜？

有多少面铺面冲南？

多少人三伏炎天不出汗，

多少人寒冬数九汗不干。

东辣西酸都尝遍，

算来还数银子甜！

（念诗）有什么别有病，

没什么别没钱。

一钱逼死英雄汉，

常言开口告人难。

在下张古董，放债为生。本钱不大，耳杓里炒芝麻——小鼓捣油儿。是我插圈弄套，蒙了个媳妇。这两天罗锅儿上山，有点钱紧，我打发媳妇回娘家去啦，心想减点儿挑费吧。咳，没想到，昨儿晚上又回来啦。哎，我想起来啦，昨儿她打娘家回来的时候，胳肢窝里挟着一卷布。有咧，我把她叫出来，变着法儿把布诓到我手，变卖俩钱儿吃饭。就是这个主意！——我说家里的，家里的，街坊大婶儿，安人，贱内！哪儿去啦？

〔沈赛花上。

沈赛花　大叔，您好哇！

张古董　又“大叔”了，又！

沈赛花　我小时候就叫您大叔，叫惯了。

张古董　从前是从前，现在是现在。如今你嫁给我啦，再叫大叔，叫人家听见了，不雅！

沈赛花　又得儿“不雅”咧，真格的，把我们叫出来，有什么事呀？

张古董　家里的，我昨儿晚上做了一个梦。你帮我圆解圆解。

沈赛花　你说吧。

张古董　昨儿晚上，我睡到半夜，就听见克叉一声！

沈赛花　怎么啦？

张古董　房梁折啦！

沈赛花　哦，你睡到半夜三更，听见克叉一声，房梁折啦？

张古董　哎！

沈赛花　这好圆解。这一梦应在你们家米坛子里没米啦。

张古董　房梁折了，碍得着米坛子的米什么事儿？

沈赛花　你不知道吗，世上三梁相连哪。

张古董　哪“三梁”相连？

沈赛花　房梁、地梁、口粮。

张古董　这就叫三梁相连。

沈赛花　哎。

张古董　梦见房梁折了，米坛子里就没有米了？它要是梦见房椽子折了呢？

沈赛花　那不是人做的梦。

张古董　不是人做的梦？

沈赛花　那是燕卜虎做的梦。

张古董　燕卜虎做的梦？

沈赛花　燕卜虎睡觉，倒挂在房檐底下，它最怕克叉一声——

张古董　怎么啦？

沈赛花　房椽子折啦！

张古董　哎呀，我媳妇学问太大了，连燕卜虎做的梦她都知道！

沈赛花　你别在这儿打牙涮嘴的了，咱们今儿怎么吃饭哪？

张古董　吃饭？

沈赛花　啊。

张古董　吃饭……哪……！

（唱）听说一声要吃饭，

心中恼恨老古盘。

沈赛花　慢着慢着，什么叫“老古盘”哪？

张古董　老古盘就是老盘古。

沈赛花　盘古就是盘古，怎么能叫古盘哪？

张古董　叫盘古就不押韵了。

（接唱）你开天辟地不要紧，

为什么兴下了把饭餐？

老鹰鹞子南来雁，

饥餐渴饮不费难，

荒年饿不死瞎家雀，

为什么人在世愁的是一日三？

沈赛花　慢着慢着，什么叫“一日三”哪？

张古董　“一日三”就是“一日三餐”。

沈赛花　有这么说话的么？

张古董　多一个字不就不好唱了吗！

沈赛花　你且别埋怨老古盘，还得商量商量怎么对付这一日三。

张古董　对！孔子曰：“人是铁，　饭是钢，一顿不吃饿得慌。”

沈赛花　孔夫子几儿说过这个话？

张古董　那是他在陈蔡绝粮的时候。

沈赛花　你别饿着肚子打哈哈了，咱们家米坛子里真是一颗米都没有啦。

张古董　家里的，你不是要吃饭吗？那容易，我跟你打听点事。

沈赛花　什么事啊？

张古董　昨儿你打娘家回来的时候，我瞧你胳肢窝里挟着一卷白花花的，那是什么？

沈赛花　那是得儿布。

张古董　是布啊！

沈赛花　布怎么着？

张古董　不怎么着。

沈赛花　布怎么着？

张古董　我不怎么着哇！

沈赛花　你瞧，又得儿不怎么着啦？！……

张古董　她不理我这碴儿啊！——家里的，你不是没有吃饭吗？

沈赛花　嗯，没吃饭哪！

张古董　我这也饿着哪，你看怎么办？

沈赛花　把你那放出去的钱收两笔回来。

张古董　都没到期哪。

沈赛花　你那箱子里不还留着十两银子哪吗？

张古董　别提那个！

沈赛花　怎么啦？

张古董　那是我们传家的镇宅的宝物，动不得！动一动，猫咬狗，羊上树，瓦片子乱飞，盐坛子都会叫唤！

沈赛花　那好吧，咱们就守着烙饼挨饿！

张古董　别介。咱们商量商量，你先把这个布借给我，等我缓开了这一步儿，再还给你，你瞧怎么样？

沈赛花　闹了半天，你是贼上了我这匹布啦！那可不行，这是我妈给我做裤子汗褟儿的，我不能给你。

张古董　你真不借？

沈赛花　嗯，不借。

张古董　我有拿手。

沈赛花　你还有什么拿手？

张古董　我会控倒饱儿。

沈赛花　什么叫“控倒饱儿”啦？

张古董　控出我的陈食来，三年都不饿。

沈赛花　你控控我瞧瞧。

〔张古董控介。

沈赛花　饱啦？

张古董　嗯，饱啦！

沈赛花　好受吗？

张古董　不大得滋味儿！

沈赛花　哎哟，快起来吧！

张古董　哎。

沈赛花　等着！（下）

张古董　我那十两银子，你就塌塌儿地在箱子里呆着吧！

〔沈赛花取布上。

沈赛花　拿去吧。

张古董　是当啰还是卖啰？

沈赛花　现在是用钱的时候，干脆，连根儿烂得了。

张古董　对，还能多卖俩钱儿。

沈赛花　卖了钱，别胡糟蹋，买点米，买点面，买一斤盐，打四两香油，买点煤球，买点劈柴。

张古董　哎，哎。

沈赛花　别忘了……

张古董　什么呀？

沈赛花　给我带一块豌豆黄来。

张古董　我还给你买块山楂糕哪！

沈赛花　早点回来。

张古董　晚不了。

沈赛花　我饿呀！（下）

〔检场人甲、乙上。

甲　只因一匹布，

乙　变成两家人，

甲　你想三年都不饿，

乙　小子！我只怕你要四季不逢春！

〔检场人甲、乙下。

张古董　恶？我瞧你长得就不善！怎么卖呀，吆唤吆唤。我就吆喝“好热布！——”哪有刚出锅的布呀！我吆唤：“布来！——哎，布来！”

〔内声：“买布的！”

张古董　哎！

〔内声：“什么色儿的呀？”

张古董　白的。

〔内声：“不行，我要红的。”

张古董　红的？

〔内声：“哎。”

张古董　没有。

〔内声：“没有不要啰。”

张古董　不要不要吧。——哎，布来！

〔内声："哎，卖布的！"

张古董　哎。

〔内声："什么色儿的呀？"

张古董　白的。

〔内声："正好。"

张古董　有门！

〔内声："打正当间儿，给我撕块包脚布。"

张古董　啊！打中间撕块包脚布？

〔内声："啊。"

张古董　我不那么卖。

〔内声："那不要啦。"

张古董　你爱要不要！——哎，布来！

〔内声："（女声）卖布的！"

张古董　是个堂客，这是正经买主！——哎，布来啦！

〔内声："啊，不来啦？"

张古董　布来啦！

〔内声："不来，不来就得儿罢啦！"

张古董　你听哎，她叫卖布的，我说"布来啦"，她说："不来，不来就得儿罢啦！"咳，想我张古董，好不命苦也！

（唱）天亮鸡鸣叫三遍，

人生有命不一般。

抬头便是朱洪武，

低头便是沈万三。

我好比石上栽花根基浅，

我好比小河见底水常干。

有朝一日时运转，

一锹挖出银矿山。

到那时我轻易不出大门坎，

再不要沿街卖布两腿酸！

李天龙　（内）走哇！

〔李天龙上，与张古董相碰，立即返回。

张古董　有的，“河漂子”啊——哎，回来，回来，回来！

〔李天龙复回。

张古董　这不是把弟李天龙吗？

李天龙　正是小弟。

张古董　你怎么混成了这个样儿啦？想当初，挺大的院子，五间大北房，四白落地，水磨的青砖，天棚鱼缸石榴树，花猫肥狗胖丫头，笼子里养着凤头的老鸹——

李天龙　乃是八哥。

张古董　对，八哥。架子上拴着蝲蝲蛄——

李天龙　乃是鹦鹉。

张古董　对，鹦鹉。你是秋后的螃蟹——

李天龙　此话怎讲？

张古董　你是大夹（家）呀，常言说船破有底，底破还有三千钉，你怎么卖了零碎绸子啦？

李天龙　唉，再休提起。只因我家中着了一把天火，烧得片瓦无存，故而落得这般光景。

张古董　噢，失了火啦。——我这儿有一块布，你要不要？

李天龙　我无有银钱。（欲下）

张古董　嗯，失了火啦。回见吧。孔子曰“毋友不如己者”，他如今晚儿混得还不如我哪，别理他！——不，他是孔夫子的门生，说不定有朝一日，鱼跳龙门，将来还要见面。——回来，回来，回来！

李天龙　何事啊？

张古董　今逢大比之年，你何不进京赶考哪？

李天龙　无有银钱，焉能进京赶考啊！

张古董　你丈人王老户是个大财主，跟他借去呀。

李天龙　张大哥有所不知，我那贤妻，未曾过门，得病身亡。是我岳父言道，等我娶妻之后，把那陪送女儿的簪环首饰、四季衣服，银子二百两，把还于我。娶妻之后，认为亲戚；娶妻之前，如同路人一般。

张古董　那你何不续娶一房呢？

李天龙　无有银钱赶考，哪有银钱娶妻呀？

张古董　可也是呀！

（唱）“良辰美景奈何天，便赏心乐事谁家院……”

哎哎哎，兄弟，你不会借一个吗？

李天龙　借什么呀？

张古董　（用小生韵白）借一个妻子。

李天龙　哎，世上只有借银子借钱的，哪有借妻的呀！

张古董　有借有还，那怕什么的。比方说有人把妻子借给你，你应该怎么谢候人家哪？

李天龙　倘若有人将妻子暂借给我？

张古董　唔。

李天龙　应该怎样谢候于他？

张古董　啊！

李天龙　哎呀，无有这个例呀。

张古董　什么叫无有这个例，什么例还不都是人兴出来的。这么着，我给你出个主意，簪环首饰、四季衣服，都是那女子的；二百两银子，平分一半。

李天龙　簪环首饰、四季衣服，俱是那女子的；二百两银子，平分一半。

张古董　怎么样，这个价钱公道不公道？

李天龙　倒也公道。

张古董　这话是真的？

李天龙　真的呀！

张古董　兄弟，这边人多，别叫他们撬了行市，跟哥哥家里说去。

（唱）分财借妻开先例，

李天龙　（唱）姑妄言之妄听之。

〔检场人甲、乙上。

甲　无利不早起，

乙　有奶便是娘。

甲　开设租妻铺，

乙　字号缺德堂。

〔检场人甲、乙下。

〔圆场。

张古董　到了。来来来，兄弟，进来进来。你这儿坐坐，我叫你嫂子去啊。——家里的，家里的！

〔沈赛花上。

沈赛花　哎，布卖了吗？

张古董　没有卖。

沈赛花　呦，那咱们吃什么？

张古董　有比卖布更要紧的事儿。

沈赛花　什么事啊？

张古董　来人啦！

沈赛花　谁来啦？是收房捐的吗？

张古董　瞎打岔！把弟李天龙来啦！

沈赛花　他来啦？

张古董　哎。

沈赛花　哎呀，我可不见人家！

张古董　啊？

沈赛花　想当初，我们都在南街住，常在一块玩儿。有一回玩跳房子，说好了，谁赢了，弹三下脑崩儿。头一盘，我赢了，他乖乖地把脑门子送上来。我使足了劲儿，崩，崩，崩，弹了他三崩。第二盘，我输了，他要弹我，我撒鸭子就跑了。到如今，我还欠他三崩哪，我不见他。

张古董　唉，那都是小时候的事。

沈赛花　唔！小时候的事记一辈子。

张古董　你还是见见他。

沈赛花　好，见见他。他那小模样儿怪好玩的。——那么我见他该怎么着呢?

张古董　问个好儿。

沈赛花　噢，问个好儿，那我会。兄弟在哪儿哪，兄弟在哪儿哪？——哟，十来多年不见，你长成大人啦!

李天龙　啊，大嫂!

沈赛花　兄弟请坐吧。

张古董　你坐这儿。家里的，这儿坐。房子窄小，我上炕。(坐桌子上)

沈赛花　兄弟，你好哇?

李天龙　我好，嫂嫂可好?

沈赛花　我好。

李天龙　噢，好!

〔静场。

张古董　兄弟，你在这儿坐着，我给你泡点茶去呀!(哨沈)

沈赛花　兄弟，嫂子跟你告个便儿。

李天龙　请便。

沈赛花　(问张古董)什么事儿啊?

张古董　我说你怎么改成“怯”木匠，就——一锯(句)呀!

沈赛花　我问啦。

张古董　他们家还有人哪！

沈赛花　还有谁呀？

张古董　他爹、他妈……

沈赛花　哦。

张古董　我说兄弟，我们家没有茶叶啦，我打发人买去啦，等会儿啊！

李天龙　噢噢噢。

沈赛花　兄弟，老爷子好哇？

李天龙　唉，亡故了。

沈赛花　噢，上塘沽啦。

李天龙　亡故就是死了。

沈赛花　噢，死啦！——老太太好哇？

李天龙　下世去了。

沈赛花　噢，卖菜去啦。

张古董　什么卖菜去啦。

李天龙　就是死了。

沈赛花　死啦，咳！

李天龙　唉！

沈赛花　可惜了儿的。

张古董　可惜了儿的。

李天龙　可惜了儿的。

〔又静场。

张古董　兄弟，我瞧瞧茶叶买来了没有！（哨沈）

沈赛花　兄弟，嫂嫂告个便儿。

李天龙　请便。

张古董　他们家还有人哪！

沈赛花　还有谁？

张古董　还有他媳妇。

沈赛花　呦，他怎么这么年轻轻的，就娶媳妇哇！

张古董　你管得着吗！——哎，兄弟，茶叶买回来啦，我叫人挑水、笼火去啦，等会儿啊！

沈赛花　兄弟！

李天龙　嫂嫂！

沈赛花　弟妹好吗？

李天龙　唉，没有过门也死了！

沈赛花　呦，吃什么硬东西噎死人啦？

李天龙　没有过门就死了！

张古董　死啦。

沈赛花　死啦？兄弟，不是嫂子我说呀，你这命好苦哇！

李天龙　唉，苦哇！

沈赛花　苦哇！

李天龙　苦哇！

〔又静场。

张古董　兄弟，我瞧火上来了没有啊！等等儿！（哨沈）

沈赛花　哎哟，我买了块肉，别叫猫叼了去！对不起，坐一会儿啊！就来！这有本黄历，你瞧着解闷。——我说你怎么啦，一趟一趟干吗呀！

张古董　你怎么又不言语啦？

沈赛花　还言语哪，问了三，死了对儿半！

张古董　再问下去，就露出发财的苗头啦！

沈赛花　什么发财的苗头呀？

张古董　你问他，今当大比之年，何不进京赶考哪？

沈赛花　说得是啊。

张古董　他就说啦，没有银钱，也是枉然。

沈赛花　对啦，没有钱也去不了哇！——我看这么办，把你箱子里的十两银子借给他！

张古董　别提这个，提这个犯讳！——你说啊，你丈人王老户是大财主，跟他借去呀。

沈赛花　是啊，他怎么不借去哪？

张古董　他就说啦，岳父言道，娶妻之后，簪环首饰、四季衣服、银子二百两；现在不能给他。

沈赛花　噢噢噢。

张古董　你就说啦——

沈赛花　啊。

张古董　你何不娶一个哪?

沈赛花　是啊。

张古董　他说啦——

沈赛花　嗯。

张古董　没有钱赶考，哪有钱娶妻啊!

沈赛花　是啊，没有蛋孵不出小鸡；没有鸡又下不了鸡蛋。不娶妻不能有钱，没有钱又不能娶妻。这可是个难事儿。

张古董　是啰。要不说你有学问哪!——哎，你就说呀——

沈赛花　我说什么，我没得说的!

张古董　你就说呀，兄弟，你何不借一个哪!

沈赛花　借什么?

张古董　借妻。

沈赛花　得了吧!世上有借银子借钱的，哪有借媳妇的!

张古董　你不懂，你不懂!你在家里，不知道外面的事。如今时兴借媳妇，王家借给李家，李家借给赵家，嗬，借来借去，热闹着哪!——哎，你就问他，比方那么说，有人把媳妇借给你，你应该怎么谢候人家哪。他就说啦——

沈赛花　啊？

张古董　簪环首饰、四季衣服，都是那妇人的，银子二百两，平分一半。

沈赛花　这还有行市呀？这是官价吗？

张古董　官价，官价。同行公议，老少无欺。家里的，这可是好事儿！

沈赛花　好事儿？

张古董　这是百年不遇！

沈赛花　百年不遇？

张古董　肥猪拱门！

沈赛花　肥猪拱门？

张古董　打着灯笼都没地方找去！

沈赛花　嗯，没地方找去！

张古董　这个，家里的！

沈赛花　啊？

张古董　家里的，那个什么……

沈赛花　嗯，什么呀？

张古董　要不然，你陪兄弟去一趟吧！

沈赛花　你说什么？这是人话吗？你财迷心窍，想钱想疯啦！愣把媳妇借给人，你也不怕人家笑话！

张古董　笑话什么！咱们这是将本求利！

沈赛花　哦，我是你的“本”哪！你真是个放高利贷的，什么都敢往外借。——要不，干脆，叫他把二百两银子都给你，我跟他走！

张古董　哎！这个主意不坏！——不行！我不能连老本也搭进去。下回再有人借，我拿什么借给他呀！砂锅捣蒜，我可不干这一槌子的买卖。

沈赛花　啊！你借一回不算，以后还打算把我往出借呀？我成了茶汤壶啦，谁出俩钱，就能租用两天呀！（哭）爹呀！妈呀！你们怎么把我嫁给这么个人哪！他不是人！他是一根钱串子！……

张古董　别哭别哭，我这也是为了大家好。

沈赛花　你还会为别人哪？

张古董　头一个，为你。你有了簪环首饰、四季衣服，就不要再跟你妈要布做裤子汗褟儿啦。

沈赛花　嗯。

张古董　第二个，为把弟。他有了一百两银子，就能把光景过好，不至于再这么受穷。

沈赛花　不至于再这么受穷啦？

张古董　对。你们不是自小在一块儿玩过，撒尿和泥，放屁崩坑，抓子儿，抽嘎嘎，多有意思呀。再说，你还该着人家的哪！

沈赛花　我该他什么啦？

张古董　你还该着人家三崩哪！

沈赛花　我该他三崩，就该这么还他呀！

张古董　得啦得啦，你还是去一趟吧。

沈赛花　我说不出嘴来。

张古董　不要紧的。圆活脸儿一抹，长活脸儿，说你的！

沈赛花　不行！我脸皮没那么厚。

张古董　我帮着你，我帮着你，去……

沈赛花　不能去呀，哪儿有……（被张古董推进门）兄弟坐着！

李天龙　嫂嫂请坐。

张古董　我说兄弟，茶叶也买来啦，水也挑来啦，火也上来啦，我坐上水，没想到，俩猫打架，把茶壶碰倒啦，水也洒了，火也灭啦。干脆你甭喝了。

李天龙　小弟不渴。

张古董　那正好。请坐请坐。你嫂子有话跟你说。

李天龙　嫂嫂请讲。

沈赛花　今当大比之年，你怎么不进京赶考去哪？

张古董　是啊。

李天龙　无有银钱，焉能进京赶考哇！

沈赛花　就该问你丈人王老户去借。

李天龙　我岳父言道，等我娶妻之后，簪环首饰、四季衣服、银子二百两。如今他不能把我呀！

沈赛花　那你何不娶一个哪？

张古董　是啊。

李天龙　无有银钱赶考，哪有银钱娶妻啊！

沈赛花　可也是啊！

张古董　可不是吗！

沈赛花　兄弟，那你何不借一个哪？

张古董　对呀！

李天龙　世上有借银子借钱的，哪有借妻子的呀！

沈赛花　（对张古董）没有不是！

张古董　有，有，有！

沈赛花　我说，我，我说兄弟，比方那么说，要是有见钱眼开、财迷心窍、死不要脸的那么一个混蛋小子……

张古董　（连打喷嚏）阿嚏！阿嚏！阿嚏！

沈赛花　他真要把媳妇借给你……

李天龙　若有人将妻子借与我，簪环首饰、四季衣服……

张古董　家里的！

李天龙　俱是那妇人的。银子二百两，平分一半。

张古董　（得意地）嘿！

沈赛花　兄弟！

李天龙　嫂嫂！

沈赛花　我说兄弟！

李天龙　嫂嫂！

张古董　你说你说，没有错儿！有话你就说，怕什么的！自己人儿，说吧！

沈赛花　兄弟！

李天龙　嫂嫂！

沈赛花　要不价……

张古董　说，说，说吧！

沈赛花　没法儿说！

张古董　说，说呀！

沈赛花　兄弟！

李天龙　嫂嫂！

沈赛花　要不价……

李天龙　怎么？

沈赛花　要不价……要不价嫂子我跟你去一趟得啦！

张古董　哎，兄弟！

李天龙　啊？！

张古董　交朋友你可长住了眼睛，照哥哥这样的交。我可把媳妇都交给你了！

李天龙　使得的么？

张古董　使得的，使得的！

李天龙　如此多谢张大哥！

张古董　这没什么，没什么！咱们是通家之好嘛！这叫互通有无。今儿哥哥借给你，等你有了，没准儿哥哥还许跟你借哪，这有什么！——可有一件，咱们可是别过夜。

李天龙　那是自然。

沈赛花　你给我们雇车去呀！

张古董　雇车去！

沈赛花　我到里面收拾收拾。兄弟，你也回家换件衣服，出南街不是有棵绒花树吗？小时候咱们常在那儿玩，你到那儿等我。（下）

李天龙　哦，是是是。（下）

张古董　雇车？雇车得多少钱哪！我上趟驴市吧。（圆场）哎嘿嘿嘿，这都是谁的驴啊？

〔内声："我的驴！我的驴！……"

驴　夫　（内）得咧得咧，你们都驮了好几趟啦，饭别一个人吃啊！（边说边上）谁雇驴啊？

张古董　我。

〔驴夫转身就走。

张古董　回来回来回来，你怎么走啦？

驴　夫　我不雇给你。

张古董　怎么啦？

驴　夫　就凭你那个长相，骑我的驴？我都替我那驴觉得怪委屈！

张古董　不是我骑！

驴　夫　是谁？

张古董　我媳妇。

驴　夫　你媳妇好看吗？

张古董　挺好看的！

驴　夫　那还凑合。你雇几匹？

张古董　两匹。

驴　夫　不行！

张古董　怎么啦？

驴　夫　就一匹。

张古董　一匹凑合啦。

驴　夫　凑合啦？我拉驴去。（欲下）

张古董　回来回来，你知道雇哪儿啊，就拉驴去！

驴　夫　对，你雇哪儿啊？

张古董　我雇城里头，鼓楼前头，鼓楼后头，一去八里，回来四里。

驴　夫　我明白了。

张古董　你明白什么?

驴　夫　不就是一去八里，回来四里吗?知道!你媳妇有几件新衣裳，去的时候要在大街上摆露摆露，这是一去八里;回来的时候，天黑啦，抄小道就奔家来啦，这就是回来四里。

张古董　嘿，你还真明白。

驴　夫　什么话呢，俺们是干什么的呢，你们那点心眼还能吃不透吗!我拉驴去。(欲走)

张古董　回来回来，你忙什么，你说个价儿啊!

驴　夫　说价干什么!你瞧着给!

张古董　(伸三指作“七”手势)这个钱!

驴　夫　干脆，你把这两个指头也伸开，干脆，五个钱。

张古董　五个钱儿?

驴　夫　哎。

张古董　你拉驴去!

驴　夫　拉驴去啰!(下)

张古董　这小子，认手指头!

〔驴夫打驴上。

驴　夫　打打，咧咧!

张古董　嗨，嗨，你这驴怎么短个耳朵啊?

驴　夫　不是，昨儿我姥姥生日，给打卤吃啦。

张古董　驴耳朵打卤？

驴　夫　另一个味儿！再说，驴长着耳朵也没有什么用处，你看能凑合不？不行拉吹！

张古董　行行行！给你钱，一个、俩、三、四、五个，得！

驴　夫　待会儿回来的时候，你把驴交给小铺里就行了。我赶驴是兼差，为的是弄两个外找，买猪头肉吃。我没功夫等你，少陪了！正是：

人间少见双黄蛋，

世上偏多独耳驴。（下）

张古董　这小子！（拉驴圆场）家里的，驴雇来啦！

〔沈赛花上。

沈赛花　呦，就一匹呀？

张古董　叫兄弟辛苦两步吧。上驴！

〔沈赛花上驴。

沈赛花　嘚儿！

张古董　嘚儿！

沈赛花　喔！

张古董　喔！

沈赛花　呦！

张古董　啊？

沈赛花　它怎么不走哇？

张古董　你不走它就走啦！

沈赛花　还得我走啊！

张古董　多新鲜哪！

沈赛花　我走啦！

张古董　早点回来，晚了就关城门了。

沈赛花　我知道！

张古董　千万可别过夜呀！

沈赛花　瞧你这啰嗦劲儿！嘚儿！（下）

张古董　（唱）一心只想分一半，

　　　　　　但盼红日晚下山。（下）

　　　　〔沈赛花上。

沈赛花　出得街来，好天气也！

　　　　（唱）每日油盐酱醋茶，

　　　　　　十年重看马缨花。

　　　　天龙兄弟，快来呀！

李天龙　（内）来也！

　　　　〔李天龙上。

沈赛花　（唱）我和你从小一处常玩耍，

李天龙　（唱）大树底下过家家。

你与我梳过孩儿发；

沈赛花　（唱）你与我插过满头花。

转眼之间都长大，

我十九来你十八。

李天龙　（唱）光阴似水东流下，

沈赛花　（唱）往事如同隔年的花。

天龙漫把驴儿打，

由它小步踏平沙。

〔跑驴舞蹈。

沈赛花　（唱）这些年可有人灯前和你闲说话？

李天龙　（唱）我和影子算一家。

沈赛花　（唱）三餐谁把厨来下？

李天龙　（唱）残粥剩饭韭菜花。

沈赛花　（唱）谁与你浆洗补鞋袜？

李天龙　（唱）多亏街坊老大妈。

沈赛花　（唱）这一回有了钱莫要泼撒，

寻一个可心人立业成家。

天龙漫把驴儿打，

且看西天出晚霞。

〔跑驴舞蹈。

沈赛花　（唱）我和你做夫妻一时半霎，

在人前切莫要羞羞答答。

亲扶持俏称呼莫要露假……

到了你丈人家，你我怎样称呼？

李天龙　我称呼你嫂嫂。

沈赛花　那就砸啦！

（唱）我的小名儿叫赛花！

咱们演习演习，别到时候露了马脚。叫我！叫我！

李天龙　嫂——啊，赛花！

沈赛花　哎！——天龙！

（唱）天龙漫把驴儿打，

到今晚赋分飞各奔天涯。

〔跑驴圆场下。

〔检场人甲、乙上。

甲　丈人留婿理应该，

乙　留住你就走不开。

甲　窗前一棵马缨树，

乙　暗香细细入帘来。

〔检场人甲、乙下。

〔王老户嗽上。

王老户　（唱）娇女下世早，

宝镜日生尘。

〔沈赛花、李天龙上。

李天龙　到了。嫂嫂下驴。门上有人么？

王老户　（念）花径常不扫，

何人叩柴门？

是哪一个？

李天龙　啊，岳父！

王老户　噢，贤婿到了！进内叙话。（进门）啊，贤婿，这是何人？

李天龙　是你新女儿。（向沈）见过你家爹爹！

沈赛花　（行礼）爹，您好哇！

王老户　罢了罢了。老汉有言在先，等你续娶之后，簪环首饰、四季衣服，纹银二百两。银两在此，你们拿去吧。后堂摆酒。

李天龙　多谢岳父，我们要告辞了。

沈赛花　谢谢您哪，天不早啦，我们要走啦。

王老户　嗨，来了就要住下！家院，打扫客房！（下）

〔李宝上。

李　宝　呦，哪来的驴粪哪！——呦，姐夫来啦，这是谁呀？

李天龙　这是你新姐姐！

李　宝　噢，姐姐，姐姐！

沈赛花　兄弟你好哇！

李　宝　你们这要上哪儿呀？

李天龙/沈赛花　要回去了。

李　宝　别回去呀，老不来啦，住下吧！

沈赛花　哎，不行不行，可不能住下！

李　宝　住下吧，住下吧！我们家没臭虫！

沈赛花　不行，不行，我们得回去！

李　宝　我不让你们走！不让你们走！

〔李宝拉住李天龙、沈赛花不放。

沈赛花　哎哟，这可怎么好哇！

〔李宝拉李天龙、沈赛花下。

〔张古董上。

〔内声："忘八啦！忘八啦！"

张古董　哪儿有黄瓜呀。（出门，瞧介）天可不早啦，怎么还不回来呀！不行，我得找他们去哟。

（小锣水底鱼，念）

心似猫抓，去到老王家，

行至此处，城头噪暮鸦。

〔李天龙、沈赛花双上，坐睡介。

〔四合老店上。

四合老店　哎呀老兄呀，四合老店在哪嘎里呀？（拉张古董）哎，老兄呀，四合老店在哪嘎里呀？

张古董　哎，哎，你撒手，你撒手！

四合老店　哎，老兄，我跟你打听四合老店在哪嘎里呀？

张古董　你撒手吧！

〔内声："关城门喽！"

四合老店　嘟！嘟！我又一个嘟！

张古董　哪来这么三嘟呀！

四合老店　我和你打听四合老店在哪嘎里，你这样拉住我，扯住我，不叫我过去，你看一看，这一边的城门关了，喏，那一边的城门也关了！

张古董　啊！

四合老店　把我关在这城门洞内，进又进不去，出又出不来，岂不成了瓮中之物！你叫我在哪嘎里困觉啊？

张古董　你还"躄掠"什么呀？你就在这里睡！

四合老店　不行！

张古董　怎么啦？

四合老店　没有我的闪缎被窝褥子，象牙床，我是不能睡的。

张古董　就冲你这个长相，还闪缎被窝褥子哪！

四合老店　我的长相噻，蛮好的呀！

张古董　你睡不睡？

四合老店　我不睡！

张古董　你不睡？

四合老店　我不睡！

张古董　我不管你，我睡！

四合老店　啊哈！我也着了！（卧倒）

〔起初更。

李天龙　（唱）身无彩凤双飞翼，

只因她是旁人妻。

张古董　哎呀，心中有事呀，睡不着。我媳妇跟我把弟李天龙到他丈人王老户那儿，人家是大财主啊，不用说，烧黄二酒，高摆的果碟子……

四合老店　（站起）喂呀，我在哪块吃过他的烧黄二酒，高摆的果碟子呀！（向张古董）起来，起来，起来！

张古董　怎么啦，怎么啦，怎么啦？

四合老店　我在哪嘎里吃过你的烧黄二酒，高摆的果碟子呀？

张古董　这是我心里的话。

四合老店　胡说！

张古董　怎么啦？

四合老店　心里的话，就不该说出来！

张古董　我说出来怎么啦？

四合老店　我不睡了！

张古董　你睡觉！

四合老店　不睡了！

张古董　你睡觉！

四合老店　不睡了！

张古董　不睡我打你！

四合老店　啊，我困了，着了！（卧倒）

张古董　这小子。

〔起二更。

沈赛花　（唱）有心为他忧柴米，

恨不相逢未嫁时。

张古董　我是越睡越睡不着！想我媳妇那个年纪儿，我把弟这个岁数儿，他们两个不用说呀，干柴烈火一蹭儿就着哇！

四合老店　（跳起）喂呀，着了火了，着了火了啊！干柴烈火一蹭儿就着，哦呀，着了火了，着了火了，救火啊！

张古董　我说你怎么回事？

四合老店　哦呀，干柴烈火一蹭儿就着哇！

张古董　那是我心里的话。

四合老店　混账！

张古董　怎么啦？

四合老店　心里的话，就不该说出来！

张古董　我说出来怎么着？你睡觉！

四合老店　我不睡了！

张古董　你不睡？呸！我还是打你！

四合老店　哎呀，着了！（卧倒）

张古董　这小子！

〔起三更。

沈赛花　嗨，这是怎么话说的！当初来的时候，说好了不过夜。如今过了夜了，我就是跳到黄河里也洗不清啊！

张古董　可不是嘛！这事儿，跳进黄河里也洗不清啰！

四合老店　喂呀，黄河发了水了！噢呦，黄河发水来啦！噢呦，好大水啊，噢哗！噢哗！

张古董　我不理你！

四合老店　我也着了！

〔起四更。

沈赛花　天龙，天龙，你醒醒！

李天龙　何事呀？

沈赛花　咱们来的时候，原说好了不过夜，如今过了夜了，张古董要是找上门来，这可怎么办哪？

李天龙　这便如何是好哇！

沈赛花　事到如今，你也不用着急。他来了，闹翻了，大不了我跟他一刀两断。都有我哪！我喜欢你！天不早了，咱们先到老爷子屋里瞧瞧去。

李天龙　哎呀，惭愧！

沈赛花　瞧你那书呆子劲儿！走！（拉李天龙手下）

〔起五更。

〔二差役上。

二差役　开城啰！

张古董　哎唷嘿！天都亮了！（看四合老店）有的，搅了我一宵，他倒着啦啊！——起来，起来！

四合老店　哦哈！天亮了哇！

张古董　对啦，你昨儿个不是打听四合老店吗？

四合老店　是四合老店哪！

张古董　你瞧见没有，那儿就是，上面还有个招牌。

四合老店　那就是四合老店哪？

张古董　对啦！

四合老店　谢谢你，我不去了。（下）

张古董　嘿，他不去了！（向差役）哎，跟您打听打听，昨儿有个小媳妇骑驴，后头跟着个小伙儿打这儿过去吗？

二差役　瞧见啦！

差役甲　嘿，这小两口儿！

张古董　……

差役乙　摆一块儿，一对面人似的！

张古董　……

差役甲　看他们一眼，叫人心里都痛快！

差役乙　真是天有眼睛，配得那么合适！

差役甲　看他们那个劲儿，肩靠着肩，手挨着手；看那眼神儿，又是疼，又是爱，还又有那么一点不好意思，准是三朝未满！

张古董　你得了吧！那女的是我媳妇！

二差役　你媳妇？！

〔二差役端详张古董。

差役甲　不像！

差役乙　你要有这么个媳妇，那人活着还有个什么意思！

张古董　是真的！

差役甲　真是你媳妇？

差役乙　哈哈哈哈！

二差役　你呀，忘八啦！（下）

张古董　坏啦，这一说，这是真啦！不行，找他们去！

（小锣水底鱼，念）

七窍生烟，

捡起一块砖，

打他一顿，

还要去见官！

（圆场）到啦！有胳臂有腿的，给我滚出一个来！

〔李宝上。

李　宝　谁这么说话？没胳臂没腿的，这不成了“板不倒儿”吗？干什么的？

张古董　你姓什么？

李　宝　太爷姓李。

张古董　有姓王的没有？

李　宝　有啊。

张古董　给我叫出来！

李　宝　有请爹爹！

〔王老户上。

王老户　何事？

李　宝　外面有个长得“呵”寒碜的那么一个小老头儿要

看您。

王老户　我家并无这样的亲眷呀！

张古董　不管他是谁，出来我就给他一砖头！（见王老户，立即将砖头藏起）嘿，老爷子，您倒好哇？

王老户　何事啊？

张古董　这个……昨儿您的续女儿来啦？

王老户　来了。

张古董　您留他们住下了？

王老户　住下了！

张古董　您这儿地方是大的，不用说，俩院子？

王老户　一个院子。

张古董　噢，您这儿房子是多的，不用说，两间屋子？

王老户　嗯，一间屋子。

张古董　两张床？

王老户　一张床！

张古董　您啊，把他们叫出来得啦！就说姓张的找她！

王老户　女儿快来！

〔沈赛花、李天龙上。

王老户　姓张的找你。

沈赛花　（对李天龙）甭着急，我瞧瞧去！

张古董　不管他是谁，出来就是一砖头！

沈赛花　呦，这不是张老大吗？

张古董　有的，一宵的功夫，我改了张老大啦！

沈赛花　你上这儿干什么来啦？

张古董　我……借水桶来啦！

李　宝　水桶？我给你取去！（下）

李天龙　啊，张兄！

张古董　帮凶啊，用不着，就我一个！你呀，接砖头吧！打官司去！打官司去！（推搡李天龙下）

沈赛花　老爷子，你劝着点！劝着点！（下）

王老户　这边没羞，那边没臊，当中还挂着个皮老道！（吹胡子下）

〔检场人甲、乙上。

甲　假做真时真亦假，

乙　无为有处有还无。

甲　我即是你你是我，

乙　世间难得是糊涂。

〔检场人甲、乙下。

〔驴夫官上，后随书吏、四衙役。

驴夫官　（念诗）

马谡不养油葫芦，

卢仝下棋八个车。

和尚怕见张果老，

诸葛先生字子瑜。

书　吏　啊，主公，你讲说些什么，怎么我一些儿不懂啊？

驴夫官　不懂？回去捉摸捉摸，说白了就没有意思了。——今逢二五八日，放告之期，——来呀！

众衙役　有！

驴夫官　放告牌抬出去！

众衙役　是。

驴夫官　抬出去赶紧抬进来，别惹事！

〔张古董、李天龙、沈赛花、王老户、李宝上。

张古董　冤枉！

衙役甲　干什么的？

张古董　喊冤的！

衙役甲　等着！——老爷，有人喊冤！

驴夫官　惹事不是！升堂！

〔驴夫官升座。

驴夫官　将原告、被告带上堂来！

〔李天龙等上堂。

李天龙　参见老父母！

驴夫官　怎么着，这里头还有李相公哪？

李天龙　牵连在内。

驴夫官　土地祠待茶。

李天龙　多谢老父母。（下）

张古董　他土地祠待茶，我这儿跪着？我也奉承奉承他！（韵白）啊，烤白薯！

驴夫官　好说，油葫芦！——跪下！

众衙役　跪下！

驴夫官　（问王老户）叫什么？

王老户　小人王老户。

驴夫官　王老虎？你吃人不？

王老户　门户之户。

驴夫官　啊，我认得你！你们有一匹粉嘴画眉踢雪乌——

王老户　乃是一头叫——

驴夫官　你别说啦，咱俩明白就行啦！土地祠待茶。（问李宝）小孩儿，你是谁？

李　宝　太爷李宝！

驴夫官　这么点儿小孩儿称太爷？

书　吏　人小辈大。

驴夫官　人小辈大？

书　吏　他是王老户的儿子。

驴夫官　嘟！王老户的儿子怎么姓李？

李　宝　乃是姓娘舅之姓。

驴夫官　姓娘舅之姓？

李　宝　我们这里的乡风。

驴夫官　哪有这样的乡风！你别蒙我！

李　宝　蒙你是小舅子！

驴夫官　土地祠待茶！

〔李宝下。

驴夫官　还有个堂客？你姓什么？

沈赛花　姓沈。

驴夫官　叫什么？

沈赛花　沈赛花。

驴夫官　巧来！我也姓沈，我叫沈赛瓜。土地祠待茶，有事我再请你。

〔沈赛花下。

张古董　原告跪着，被告土地祠待茶，这叫什么官司？

驴夫官　嘟！低头！

〔锣鼓声。

驴夫官　这是怎么啦？

书　吏　监墙塌了。

驴夫官　那可坏了！

张古董　（起来蹓跶）什么这么乱七八糟的！

驴夫官　监墙塌了，走了犯人，你担不担哪？

张古董　我担待得着吗？

驴夫官　还是的！跪下！

〔驴夫官溜下。

众衙役　朝上回话！

书　吏　从实招来！

张古董　是是是。小人张古董，放债为生，娶妻沈赛花。皆因我把媳妇借给把弟李天龙……

书　吏　（拍惊堂木）说实话！

张古董　借的时候，言明不过夜……

书　吏　一派胡言，掌嘴！

张古董　哈哈！好你个四合老店，昨儿搅了我一宵，今儿跑这儿来啦！（站起，欲走）

〔驴夫官上。

驴夫官　嘿嘿嘿，你上哪儿去？

张古董　你上哪儿去啦？

驴夫官　我察看监墙去了！跪下跪下！

众衙役　跪下跪下！

张古董　哎哎哎，跪下。

驴夫官　回话！

张古董　小人张古董……

驴夫官　往下讲！

张古董　放债为生，娶妻沈赛花……

驴夫官　大点声！

张古董　（大声）小人张古董，放债为生，娶妻沈赛花……

〔驴夫官自怀中取出小酒壶，喝起酒来。

驴夫官　（唱）朔风吼，
彤云厚，
雪花儿大如斗，
疏林顿失鸟和兽。
你胖得流油，
闲得难受。
这时候，
不在家中嚼崩豆，
没来由，
跑到霸陵桥上穷蹓。
酸不溜丢，
独叹梅花瘦。
你那里自命风流，
累得俺浑身汗酸臭。
两脚的随着四脚的走，
这也算草生一秋？

谁生就？

谁造就？

断送一生唯有，

羊头肉，

猪头肉！

张古董　小人张古董，放债为生，娶妻沈赛花……

驴夫官　得得得，净倒粪！不就是那么点事儿吗？你姓张，对不对？你叫张古董，对不对？你插圈弄套，蒙了个媳妇，对不对？你不会做诗，也不懂画画，你这人一点意思都没有，对不对？你有个把弟，你商量着把媳妇借给他，讲的是不过夜，如今过了夜了，你说是这档子事不是？我早就把判词写得了。（对衙役）叫他们都上来！

众衙役　都上来！

〔李天龙、沈赛花、王老户、李宝上。

驴夫官　一干人等，听我下断：

（念）名为古董，三代破铜烂铁；

贪爱银钱，十足财迷脑瓜。

丈夫全无诗意，势难宜室宜家；

老婆不是铜壶，岂可借来借去？

老夫少妻，鲜花插于牛粪！

青梅竹马，淑女幸会才郎。
马缨花下，重温旧梦，
丈人家中，弄假成真。
生米已成熟饭，何能还君全璧？
媳妇改称弟妹，不妨仍是通家。
张老大异想天开，
荒唐透顶，
本应重责，
以儆效尤。
念其鸡飞蛋打，免予徒流枷号，
罚出白布纹银，为其夫人添箱！

张古董，本县的判词你听明白了没有？

张古董　我又像明白，又像不明白。

驴夫官　简短截说，就是我把你媳妇断给李相公啦！

李天龙　多谢老父母！

沈赛花　老爷真是清官！

驴夫官　（对张古董）你哪，借妻骗财，伤风败俗，都像你这样，把媳妇借来借去，满街都是合同夫妻，那成何体统！本该把你枷号充军，念你鸡飞蛋打，也就不予深究了。你不是还有十两银子、一匹白布吗？都拿出来，陪送你媳妇出阁。退堂！

〔众退，张古董不走。

驴夫官　张古董，你怎么还不走哇？

张古董　我告你！

驴夫官　小子，你等着！

张古董　等啊！

驴夫官　等我换了便服，别说我倚官仗势。

张古董　换什么我也不含糊你！什么事儿啊，胡里胡涂，把我媳妇断给人家啦！媳妇嫁人，我还得办陪送，这是什么事儿啦？什么叫“全无诗意”啊！你问问台下那么多男人，就都那么有诗意呀？缺乏诗意怎么着啦！缺乏诗意就该把媳妇给别人？这是什么王法啊！非上告他不可！

〔驴夫官脱去官服，恢复驴夫模样。

驴　夫　好，张古董，小子，把我驴拉哪去啦？我正找你，走走走！

张古董　啊？！

〔驴夫拉张古董下。

（剧终）

附：

代《一匹布》说明书

伏酱秋油老陈醋，
世间哪有借媳妇。
真是满纸荒唐言，
何人编成《一匹布》？

沈家有女名赛花，
窗前一棵马缨树。
嫁夫市侩张古董，
似水年华暗中度。

古董把弟李天龙，
订婚未娶妻亡故。
家中一火荡无存，
昔日繁华今寒素。
天龙岳丈有钱财，
城内知名王老户。
老户曾有言在先，
两家仍可为翁婿。
一旦天龙再娶妻，

奉还妆奁如其数。
陪嫁银子二百两，
原封不动暂存库。
天龙无力再娶妻，
三餐不饱空肠肚。
此事古董得闻知，
想出一条发财路。
愿将媳妇借天龙，
登堂拜谒王老户。
陪嫁银子对半分，
公平交易两不误。
言明当晚赶来回，
岂料丈人留客住。
生米熟饭假成真，
白布下缸成色布。

呜呼奉劝世间人，
夫人不是摇钱树。

一 捧 雪

前 言

这个戏只是小改。主要的三场戏:《搜杯》、《蓟州堂》、《法场》，基本上没有动。我认为改旧戏，不管是大改还是小改，对原来精彩的唱念表演，最好尽量保留。否则就不是改编，而是创作。如果原剧并无精彩的唱念表演，也就不值得去改。

我所做的只有三件事。一是把原来《蓟州堂》莫成想起的心事，在前面写成明场。二是在《蓟州堂》与《法场》之间加了一场唱工戏:《长休饭、永别酒》(《五杯酒》)，

---

* 初刊于《新剧本》一九八六年第五期，初收于《汪曾祺文集·戏曲剧本卷》，其前言初收于《晚翠文谈》。

对莫成的奴才心理作更深的揭示。三是加了一个副末，这个副末不但念，也唱。

许多旧戏对于今人的意义，除了审美作用外，主要是它有深刻的认识作用。莫成的时代已经一去不复返，但是他的奴性，他的伦理道德观念，是我们民族心理的一个病灶。病灶，有时还会活动的。原剧是可以引起我们对历史的反思的。我们可以由此想及一个问题：人的价值。为了减弱感情色彩，促使观众思索，所以加了一个副末。

一九八六年七月二十五日记于密云水库

副末开场

〔副末上。

副　末（念）

尊卑贵贱几千年，

青史斑斑血未干。

人命轻于一捧雪，

奴才不值半文钱！

今日搬演的这本戏，名唤《一捧雪》。讲的是一个奴仆，跟随主人进京为官。这主人只因一只玉杯，惹下杀身大祸。这奴仆为救主人的性命，甘愿替主人一死。人替人死，哪有此理？仆报主恩，却是真情。正是：

莫怀古求官爱宝，
严世藩仗势横行。
汤裱褙忘恩负义，
小莫成救主捐生。（下）

第一场 老夫人手捧一杯酒

〔汤勤嗽上。

汤　勤 （念）欲上青天揽明月，
不到黄河不死心。

小生汤勤，旧在钱塘江畔，卖字画为生。那一日天降大雪，身上饥寒，倒卧在风雪之中，多蒙莫大老爷搭救。那莫大老爷见我的字乃是真草隶篆，画乃是水墨丹青。莫大老爷就有了怜才之意，将我收留府中，以为一名门客。莫大老爷去年点中翰林，今年又官拜太常寺正卿，今日就要进京赴任。莫大老爷有心将我携带到京，荐与权豪门第，图一个进身之阶，我看莫老爷倒是个忠厚长者。但是自古道：忠厚乃无用之别名。似此无用之人，他竟自高官厚禄。他有一玉杯，名唤“一捧雪”，晶莹夺目，剔透玲珑，真乃稀世之宝。他新近又纳了一房美妾，名叫雪艳，闻听人言雪娘子生得是花容玉貌，冰雪精神。可惜不曾见过。那莫大老爷朝玩一捧雪，夜赏雪娘子，真乃是快活神仙！想我汤勤，精明强干，反不如他。正所谓“庸人多厚福”。老天呀老天！你也太不公道了！

〔内莫豪声：“你往哪儿跑！我要打你！”

汤　勤　后面何事喧嚷？

〔莫豪执鞭追文禄上。

莫　豪　我要打你！你让我打！

文　禄　你干吗打我？

汤　勤　啊！大相公，追赶文禄，为了何事呀？

莫　豪　我要打他，他不让我打！

文　禄　无缘无故的，你干吗要打我？

莫　豪　我就要打你，就要打你！

文　禄　我不让你打！不让你打！

汤　勤　嗯！他是一主，你是一奴，打你两下，有何不可！如若不然，告诉你爹爹莫成，定要将你重责！

文　禄　你打吧！

莫　豪　打死你！打死你！

〔文禄哭下，莫豪追下。

汤　勤　唉！要享福中福，须做人上人！后面官靴声响，环佩丁东，大老爷、二夫人来了，我且回避一旁。（下）

〔莫怀古、雪艳上。

莫怀古　（唱）蒙圣恩授官职太常正卿。

雪　艳　（唱）愿老爷此一去平步青云。

莫怀古　掌家！掌家！莫成这个奴才，哪里去了！

莫　成　（内白）来了！来了！（上）

莫怀古　你做什么去了？

莫　成　堂前传轿，江边雇船，收拾古玩字画，检点箱笼行李。

莫怀古　“一捧雪”现在哪里？

莫　成　现在太夫人手中。

莫怀古　哦哦哦！

〔内声：“老夫人出堂！”

〔一丫环手捧“一捧雪”，一丫环执金酒壶引莫太夫人上。

太夫人　（引）世代簪缨，愿我儿，光耀门庭。

〔太夫人入座。

莫怀古　参见母亲！

雪　艳　参见太夫人！

太夫人　怀古儿过来！

莫怀古　母亲！

太夫人　怀古，我儿，我莫家乃是书香门第，从不曾附势趋炎。你此番职授太常寺，乃是严世藩的保荐。严家莫家虽是世交，但那严家父子势倾当朝，名声甚坏。江南一带，口碑载道。言道：但将冷眼观螃蟹，看你横行到几时。你到得京师，少不得要到他家谢官，不可得罪于他。但也不可过于亲近，要持一个不亲不疏，若即若离。这“一捧雪”乃是莫家先人传下之宝，不可在茶余酒后，夸耀于人，免招不虞之祸，儿要记下了！

莫怀古　孩儿记下了。

太夫人　丫环，看“一捧雪”过来！！

〔丫环呈玉杯。

太夫人　看酒！

〔丫环斟酒。

太夫人　莫成呀！掌家！此番跟随你家老爷进京求名，劝你家老爷，酒要少饮，事要正办。你家老爷，若能平安回来，漫说我在钱塘，就是莫氏堂上，去世的先人，也要感恩非浅，老身亲自用这家传玉杯，与你敬酒，你要满饮了这一杯！

莫　成　折煞奴才！

（唱）接过了太夫人一杯酒，

奴才有话禀从头。

但愿得我老爷功成名就，

无灾无难到公侯。

倘若是有什么吉凶休咎，

我甘愿拼一死与他分忧。

将身儿跪尘埃发誓赌咒，

我若是有二心天地不留！（沥酒于地）

太夫人　掌家言重了，舟船可曾齐备？

莫　成　俱已齐备。

太夫人　天色不早，即刻登程。

莫怀古　（唱）辞别母亲奔京师。

太夫人　（唱）但愿你入门还似出门时。

莫怀古　母亲多多保重。

太夫人　我儿一路小心！

〔文禄上。

文　禄　（对莫成）爹。您早点回来，我可盼着您呢！

莫　成　好好伺候大相公！

文　禄　他老打我！

莫　成　去！

〔各下。

〔副末上。

副　末　（唱）老夫人手捧一杯酒，

小莫成手捧一片心。

离却了钱塘江风波万顷。

又向那燕京城十丈红尘。（下）

第二场　钱塘江上船

〔船夫上。汤勤上。

汤　勤　老爷临行之时，还要带领掌家，去往几家拜客，命我先到江边，照顾二夫人上船。今日有幸，能见到雪娘子的娇容，我倒要从头到脚，仔仔细细地观看一回。来此已是钱塘江岸。远远望见二夫人车辆来也。

〔雪艳乘车上，下车，车夫下，船夫搭扶手，雪艳上船欲跌，汤勤急扶。

汤　勤　好险哪！这还了得！吓了我一身大汗。（背白）哎呀！如此美人，真真叫人销魂！如若不能弄到手中，真是枉活一世了也！

〔莫怀古骑马，莫成背包袱上，汤勤迎接，众上船。

莫怀古　开船！

〔同下。

第三场　海岱门相面

〔赛希夷上。

赛希夷　（念）常将冷眼观世态，

要凭巧语动人心。

在下赛希夷，在这海岱门里摆设相面卦摊。想我们这相面的，也不容易。一要善观气色，二要洞达人情，三要模棱两可，四要危言耸听。你越是说得神乎其神，他才觉得五心不定。天时不早，怎么还没有人来找我看相呀?

莫怀古　(内)

莫成带路!

〔莫怀古、莫成、汤勤上。

莫怀古　(唱)拜客回家心烦闷,

果然京洛多风尘。

安步当车观市井——

〔赛希夷咳嗽。

莫怀古　(接唱)那旁有个卖卜人。

“赛希夷”、“赛希夷”哦!卖卜人好大的口气。今日闲暇无事,不妨让他相上一相。啊先生,请与我相上一相。

赛希夷　您哪?甭相了!相准了,我是蒙您。

莫怀古　哦?

赛希夷　我认得您。

莫怀古　怎么,你认得我?

赛希夷　您不是新任太常寺正卿莫怀古莫大老爷吗?

莫怀古　你怎么知道啊?

赛希夷　您就在花市西口居住,每天车中马上,时常从我这卦摊前面经过,我要是相中您是位达官贵人,我不是蒙事吗?

莫怀古　这个相士，倒还老实。啊先生，我的身份官职，你已知晓。就烦你将我的来日前程相上一相。

赛希夷　这倒使得。老爷请上一步。观大人天庭饱满，地阁方圆，鼻梁端正，主为人忠厚。

莫怀古　唔。

赛希夷　眉心过平，主于心不大仔细。您哪，有点大大咧咧的。

莫怀古　哦呵呵，不错不错。

赛希夷　啊呀，不好！

莫怀古　怎么了？

赛希夷　印堂之上，隐带煞纹，只恐一二年内，必有大祸！

莫怀古　必有大祸？

赛希夷　宦海风波，难以预料！君子问祸不问福，我是直言无隐，莫大老爷切勿见怪！

莫怀古　焉能见怪。（沉吟）宦海风波，难以预料……啊先生，请与此人相上一相。

赛希夷　此位是……

莫怀古　我的掌家，名唤莫成。

赛希夷　请上一步！咦！此人的相貌与莫大老爷一般无二，简直像是孪生兄弟——一对双胞儿！

莫怀古　相貌相同，因何一贵一贱？

赛希夷　这可保不齐！（对莫成）莫掌家呀！莫大哥，你的好贵相！可惜你有你家老爷之相，无有你家老爷之福。你家老爷日后若有杀身大祸，要应在你的身上。

莫　成　我家老爷怎么会有杀身大祸呀？

赛希夷　天机不可泄露！

莫　成　好不闷煞人也！

汤　勤　掌家过来！待我也来仔细观瞧观瞧。咦，莫掌家，你果然长得与大老爷一模一样！倘若你穿起老爷的衣服，外人一定错认你是老爷了。外人错认还不要紧，倘若那雪娘子在花前月下，把你错当了老爷，那可就……

莫　成　你这是什么讲话！

汤　勤　开个玩笑，莫要当真！

莫　成　什么东西！

莫怀古　（唱）听先生一番话心烦意乱，

只要是谨言行料可平安。

先生，相金在此。

赛希夷　多谢了！

〔莫怀古等下。

赛希夷　看他主仆已去。我这也是信口开河，瞎说八道。不过他主仆二人，长得一模一样，倒真是稀奇少有。得来，天时不早，我不免收起卦摊，回家吃炸酱面去啰！（下）

〔莫成复上。

莫　成　相面的先生，赛希夷先生！方才相面的先生言道，我家老爷日后会有什么杀身大祸，本当问个明白，他他他已经走远了！莫成呀莫成，你如何长得与老爷一模一样呀？

（唱）奴才应有奴才相，

岂可主仆一般同！

但愿得荣华富贵归老爷，

灾祸全归小莫成！（下）

〔副末上。

副　末　（念）看相全凭江湖诀，

相士人人口似铁。

若无有主仆相似这一节，

唱不成这出《一捧雪》。（下）

第四场 荐汤勤

〔中军上。

中　军　（念）奉了严爷命，

　　　　　　下书求贤才。

来此已是太常寺。门上有人么？

〔莫成上。

莫　成　何事？

中　军　太子少保兵部左侍郎严爷有书信一封，接下了。

莫　成　（接书）后面待茶！

中　军　不用了！（下）

莫　成　有请老爷！

〔莫怀古上。

莫怀古　何事？

莫　成　太子少保兵部左侍郎有书信一封。

莫怀古　（看书）原来如此。莫成，有请汤先生。

莫　成　有请汤先生！（下）

〔汤勤上。

汤　勤　（念）寄人篱下终非计，

　　　　　　待价而沽到几时？

参见大老爷！

莫怀古　恭喜汤先生！贺喜汤先生！

汤　勤　小生何喜之有啊？

莫怀古　今有严少保下来书信。意欲延聘才人，与他料理书画古董。你若前去，必可胜任，你岂不是有了出头之日了？

汤　勤　小生愿跟随大老爷左右，以图报效。

莫怀古　哎，严少保乃当朝宠臣，手眼通天。你到了那里，还可谋个一官半职，如同平地登高，比在下官这里强胜百倍。我这太常寺乃是清水衙门，无可贪恋。不可失此机会！

汤　勤　容小生思忖思忖！

莫怀古　你且想来。

汤　勤　（背躬）严家父子，炙手可热，势倾当朝，到了那里，升官发财，不在话下。只是我心中忘不了雪——

莫怀古　（拍汤勤肩）“雪”什么？

汤　勤　这个——忘不了大老爷雪中相救的大恩哪！

莫怀古　汤先生倒是个有良心的人！

汤　勤　圣人云：受恩慎勿忘呀！

莫怀古　些许小事，何足挂齿。待我修书。

汤　勤　几乎露了马脚！好险哪！（磨墨）

莫怀古　（修书，唱）

上写怀古多拜上，

拜上了少保严侍郎。

遵嘱荐才孚雅望，

此人名勤本姓汤。

能书能画精鉴赏，

调丝弄竹也在行。

弹棋能将三子让，

插花换水善焚香。

若得此人为臂膀，

书斋客座添风光。

此书由你亲送往，（递书与汤勤）

你快卷诗书理行装！

汤　勤　（唱）多谢老爷美意广，

荐举之恩永不忘。（下）

莫怀古　（唱）荐汤勤了却我心事一桩，

到后堂与雪艳小酌芸窗。

莫　成　（暗上）老爷离家之时，太夫人嘱咐，要老爷酒要少饮，事要正办……

莫怀古　你又来扫兴！（二人下）

〔副末上。

副　末　（唱或念）一张巧嘴两张脸，
十个清客九个浑。
世上哪有“一捧雪”，
人间不乏狗汤勤。（下）

第五场　搜　杯

〔严世蕃持玉杯半醉上。四龙套、四校尉随上。

严世蕃　（念）父子掌朝纲，
人称大严相，小严相。
富贵不可寒酸相，
我便是讲求风雅的贾平章。
雨过琴书润，
风来翰墨香。
阶前国色开魏紫，
案上名碑拓硬黄。
新得玉杯“一捧雪”，
且试佳酿“玉堂春”！
宝杯、名酒！哈哈哈哈……（颓然就坐）
〔汤勤上。

汤　勤　参见少保。

严世藩　汤勤！这几日你往哪里去了？

汤　勤　小子莫府谢官去了。

严世藩　看将起来，你倒是个有良心的。

汤　勤　小子本来就有良心，眼前有一个人，他却无有良心！

严世藩　哪一个无有良心？

汤　勤　就是那莫大老爷他无有良心！

严世藩　我与那莫仁兄交好甚厚。是你言道，他家藏宝杯"一捧雪"，前者，我在酒筵席前问起此杯，过了数日，他就将"一捧雪"献于老夫，他怎么无有良心？

汤　勤　请问老大人，那莫大老爷献于老大人的那只玉杯是真的，还是假的？

严世藩　自然是真的，哪有假的道理？

汤　勤　分明是假，怎说是真？

严世藩　怎见得？

汤　勤　那日小子过府谢官，观见真杯现在他府。

严世藩　老夫不信！

汤　勤　大人不信，过府搜杯！

严世藩　搜得杯出？——

汤　勤　莫爷之罪。

严世藩　搜杯不出？——

汤　勤　小子情愿领罪。

严世藩　好！校尉们！

四校尉　有！

严世藩　顺轿过府搜杯去者！

四校尉　啊！

严世藩　（唱）小汤勤说的话斩钉截铁，

　　　　　　太常寺去搜“一捧雪”。

〔四龙套、四校尉引严世藩急下，汤勤下。

〔莫怀古、雪艳上。

莫怀古　（唱）海岱门相一面心神不定，

雪　艳　（唱）向严府献假杯终是祸根。

〔莫成上。

莫　成　启禀老爷，严爷过府。

莫怀古　知道了。

〔同下。

〔四龙套、四校尉引严世藩急上。

严世藩　（唱）来在莫府下了轿，

　　　　　　会一会当年的旧故交。

〔莫成上。

莫　成　有请老爷！

〔莫怀古上。

莫怀古　何事？

莫　成　严爷已到府门！

莫怀古　知道了！

（唱）听说严爷到胆战心惊，

整整衣冠忙相迎。

莫不是为谢官有失恭敬？

严世藩　你做的是嘉靖皇上的官，谢我何来？

莫怀古　（接唱）大人发怒为何情？

大人怒气不息，所为何来？

严世藩　就为你来！

莫怀古　为我何来？

严世藩　我且问你："一捧雪"献与不献，但凭于你，为何拿假杯哄我？

莫怀古　玉杯只有一只，献与大人，并无第二。

严世藩　你待怎讲？

莫怀古　并无第二。

严世藩　住了！

〔莫成暗下。

严世藩　（唱）听一言来怒气生，

骂声怀古太欺情。

我两家并非是寻常百姓，

世代来往有交情。

我保你身入翰林院，

我保你太常寺职授正卿。

一只假杯不打紧，

老夫的名声不好听！

人来与爷忙搜定……

〔四龙套、四校尉搜杯。

〔莫成暗上，闯前门不能出，下。

四龙套/四校尉　搜杯不出。

严世藩　（接唱）削土三尺再搜寻！

四龙套/四校尉　啊！

〔四龙套、四校尉削土搜杯。

〔莫成暗上，闯后门，逃下。

四龙套/四校尉　搜杯无有！

严世藩　起过了！

（唱）搜杯不出难为情，

失却当年的座上宾。

〔雪艳上。

〔严世藩看雪艳。

严世藩　仁兄，身后何人？

莫怀古　贱妾雪艳。

严世藩　请来见礼！

莫怀古　见过严大人！

雪　艳　参见大人！

严世藩　仁嫂！（审视雪艳浑身上下）

莫怀古　回避了！

〔雪艳下。

〔严世藩作手势表示雪艳身上并无杯。

严世藩　莫仁兄，真杯也好，假杯也好，拿将出来，待小弟一观，不要你的，也就是了！

莫怀古　方才言过，玉杯只有一只，献与大人，并无第二。

严世藩　有人亲眼得见！

莫怀古　何人亲眼得见？

严世藩　汤勤亲眼得见！

莫怀古　汤勤？哦呵是了！那日汤勤过府谢官，酒席筵前，是我得罪于他，因此他在大人台前搬弄是非，有道是小人之言，不可深信呀！

严世藩　住口！

（唱）听罢言来怒气生，

老夫怎能信小人。

朝里朝外访一访，

严家父子眼内不沾半点尘！

人来与爷把轿顺——

莫怀古　送大人！

严世藩　（接唱）三日内定灭尔的满门！

〔四龙套、四校尉引严世藩下。

〔雪艳上。

莫怀古　严老下轿，莫成这个奴才哪里去了？

雪　艳　不知去向。

莫怀古　两厢唤来。莫成！掌家！

雪　艳　莫成，掌家！

莫　成　（内）走啊！

〔莫成上。

莫　成　老爷受惊了！

莫怀古　我受的什么惊。我受的什么惊哪？家中出了这样大事，你到哪里去了？我打死你这个奴才！

〔莫怀古欲打莫成，雪艳拦阻。

莫　成　纵然打死小人，可容小人讲个明白？

莫怀古　你且讲来！

莫　成　小人见严爷下轿之时，气色不正，就知为“一捧雪”而来，小人去到上房，扭开箱锁，揣了“一捧雪”前门而逃，有严府家丁拦阻。小人打从后门而走，有严府家丁拦阻，小人只得从犬洞而逃，站在高坡之上，见严爷走远，小人才得回来。老爷不问青红皂白，开口就骂，举手就打，想我们为奴才的，也就难了啊！

莫怀古　哼！有了“一捧雪”还则罢了，如若不然——夫人不要拦阻，待我打死这个奴才！

莫　成　小人打不起了！

雪　艳　待妾身向前。啊莫成，你家老爷打你，你可知为了何事？

莫　成　小人不知。

雪　艳　就为的是那“一捧雪”。

莫　成　这“一捧雪”么——（四望）有有有！这不是“一捧雪”么？（献杯）

雪　艳　老爷，“一捧雪”在此。

莫怀古　呵！

（唱）一见玉杯果是真，
好个聪明小莫成，
走上前来掌家叫。
错打你几下莫记在心。

莫　成　啊老爷，严爷上轿之时，可曾讲些什么？

莫怀古　讲了两句淡话。

莫　成　哪两句淡话？

莫怀古　三日之内，要灭尔的满门。

莫　成　灭老爷的满门！——哎呀，老爷呀，这岂是一句平常的淡话，那严世藩可是说得出做得到的呀！

莫怀古　哎呀！

（唱）掌家一言来提醒，

吓得我三魂少二魂。

走上前来掌家叫，

想一良策去逃生。

莫　成　老爷意欲弃官逃走？哎呀，老爷呀，逃不得。老爷若是不走，严府的玉杯就是真杯，老爷若是逃走，严府的玉杯分明就是假杯了。走不得！

莫怀古　我心中害怕。

莫　成　定要逃走？

莫怀古　定要逃走！

莫　成　但不知逃向哪里？

莫怀古　往钱塘而逃！

莫　成　且慢！哪一个不知老爷是钱塘人氏？钱塘去不得！

莫怀古　往哪里而逃？

莫　成　那日跟随老爷进京求官，路过海岱门，见得一位穿红袍的官长，他叫什么戚——

莫怀古　戚继光？

莫　成　正是！戚大人现在哪里为官？

莫怀古　蓟州总镇。

莫　成　往蓟州而逃。

莫怀古　吩咐外厢，顺轿、备马！

莫　成　事到如今，用不得轿马，只好步行了吧！

雪　艳　（哭）喂呀！

莫怀古　夫人，下官连累你了！

〔雪艳哭下。

莫怀古　莫成，你老爷进京，未到一月，就有这身荣耀，叫我如何割舍？

莫　成　老爷，不为这身荣耀，还到不了这样的下场。事到如今，舍不得也要舍！

莫怀古　罢！

〔同下。

〔四龙套、四校尉引严世蕃上，汤勤上，迎接。

严世蕃　来！将汤勤绑了！

汤　勤　慢来慢来，留头讲话！

严世蕃　你且讲来！

汤　勤　启禀大人：若是真杯，他必定拿稳做官；若是假杯，他必定弃官逃走！

严世藩　且听一报。

〔旗牌上。

旗　牌　启禀大人：莫怀古弃官逃走。

严世藩　知道了。

〔旗牌下。

汤　勤　啊大人，如何呀？

严世藩　啊呀莫仁兄呀莫仁兄！真杯也罢，假杯也罢，你不该弃官逃走。你这一走，旁人知道，岂不要说我严世藩气小量窄，不能容人了！

汤　勤　（背白）他倒假惺惺起来了！啊老大人，莫怀古一走，这真的“一捧雪”也就飞了！

严世藩　依你之见？

汤　勤　大人必须行文，命驿马沿途追赶，无论文武大小衙门，拿获者，须要问他个罪名，才能追回“一捧雪”。

严世藩　看文房伺候！

汤　勤　小子磨墨。

严世藩　（修书、念）“太子少保兵部左侍郎，票行阃外事：为犯官一名莫怀古——”

汤　勤　“拐带皇家印信，有欺君辱国之罪……”

严世藩　（接写）“拐带皇家印信，弃官逃走，有欺君辱国之罪。命马上二校尉沿途追赶，无论文武大小衙门，拿获者——”

汤　勤　“斩头解京”！

严世藩　“斩头解京”？莫怀古哪有这样的罪过？

汤　勤　他拐带皇家印信，就是一项死罪，有道是无毒不丈夫！这是他自作自受，哪个狗娘养的害他不成？

严世藩　好！“斩头解京”。

汤　勤　（复念公文）“太子少保兵部左侍郎，票行阃外事：为犯官一名莫怀古拐带皇家印信，弃官逃走，有欺君辱国之罪。无论文武大小衙门，拿获者，斩头解京。”好好好！

严世藩　来，传马上校尉走上！

龙　套　马上校尉走上！

〔张龙、郭仪上。

张龙/郭仪　参见大人！

严世藩　这有公文一角，沿途追赶莫怀古，不得有误！

张龙/郭仪　但不知往何处追赶？

严世藩　往钱塘追赶。

汤　勤　哪一个不知莫怀古是钱塘人氏，他不会逃往钱塘。

严世蕃　依你之见？

汤　勤　莫怀古有一好友，名叫戚继光。现任蓟州总兵，往蓟州追赶！

张龙/郭仪　喳！（欲下）

汤　勤　回来！你二人可认得莫怀古？

张龙/郭仪　这，认不清。

汤　勤　（取出莫怀古的画像）这里有画像一幅，带在身旁，按图捉拿，万无一失！

张龙/郭仪　喳！（欲下）

严世蕃　回来！莫怀古事小，“一捧雪”事大！

张龙/郭仪　喳！（欲下）

汤　勤　二位，“一捧雪”事小，雪娘子事大呀！

张龙/郭仪　哼！

严世蕃　汤勤！

汤　勤　大人！

严世蕃　你是个好人，还是坏人？

汤　勤　小子是个好人哪！

严世蕃　好人！莫怀古身旁有你这样的好人，他就死定了！但愿老夫一朝时乖运败之时，你不要照方儿抓药，对待老夫呀！

汤　勤　小子不敢。

严世蕃　正是：心中惦记“一捧雪”，

汤　勤　但愿人头早解京！

严世蕃　好一个“早解京”！汤勤，你是个狗娘养的！！

汤　勤　老大人！

〔同下。

〔副末上。

副　末　（唱）闲官冷署太常寺，

小饮花前也自由。

尘海风波人不测，

蓟门烟树走荒丘。（下）

第六场　蓟州堂

〔四龙套引张龙、郭仪上。

张龙/郭仪　俺 张龙。
郭仪。

张　龙　请了！

郭　仪　请了！

张　龙　奉了严爷之命，追赶莫怀古。前面不远，已是蓟州，就此马上加鞭！

郭　仪　请！

〔同下。

莫怀古　（内）趱行者！

〔莫怀古、雪艳、莫成上。

雪　艳　喂呀！（哭）

莫怀古　夫人为何不走？

雪　艳　两足疼痛，难以行走。

莫怀古　夫人两足疼痛，难以行走，如何是好？

莫　成　啊老爷，此处离蓟州不远，待小人进得城去，雇两乘小轿，迎接老爷、夫人进城。（欲下）

莫怀古　莫成转来！

莫　成　老爷何事？

莫怀古　你要小心了。

莫　成　大家小心了！（下）

莫怀古　夫人，莫掌家前去雇轿，待下官搀扶于你，步行几步，在柳林躲藏。

〔四龙套引张龙、郭仪上。

张　龙　啊！他们在前面走，我二人后面赶，来到此地，为何不见？

郭　仪　想必在柳林里面躲藏，你我冒叫一声。

张龙/郭仪　里面可有莫怀古、莫大老爷?

雪　艳　啊老爷，外面有人唤你。

莫怀古　有人唤我?

雪　艳　不可出去!

莫怀古　不妨事!哪一位?

张龙/郭仪　(取出画像对照，同)你是莫怀古，锁了!

〔四龙套锁莫怀古、雪艳，拉下。

〔四龙套、张龙、郭仪锁莫怀古、雪艳上。叫城、劈栅子、击堂鼓。

〔四龙套、二旗牌引戚继光急上。

戚继光　(念)辕门鼓角声高，

想必公文来到。

张龙/郭仪　请了!

戚继光　请了!

张龙/郭仪　上司公文，大人请看。(呈公文)

戚继光　当堂拆封。(看公文，大吃一惊)人犯可曾带齐?

张龙/郭仪　带齐了。

戚继光　带上堂来!

张龙/郭仪　带莫怀古、雪艳上堂!

〔四龙套带莫怀古、雪艳上堂。

雪　艳　喂呀！（哭）

莫怀古　夫人不必害怕，来此戚贤弟的衙门，料无妨碍。

〔莫怀古、雪艳进大堂。

莫怀古　上面敢是戚——

戚继光　嗯！本镇点名，哪怕你不“齐”？听点！犯官莫怀古，女犯无名。带下去！

〔莫怀古、雪艳出堂。

莫怀古　哎呀夫人哪！事到如今，连戚贤弟也不认你我了！

雪　艳　这都是你交的好朋友！

〔四龙套押莫怀古、雪艳下。

张龙/郭仪　大人，人犯拿获，就该立即斩首，我等也好回京复命！

戚继光　这！……深夜处决，多有不便，暂押监中，明日五更天明，斩首解京。只是此事重大，必须两家担待！

张龙/郭仪　何为两家担待？

戚继光　头门以里，仪门以外，有一军牢小房，里面有灯，外面有锁。将你等四人，锁在一起，等候五更天明，看着绑、看着斩，人头打入木桶，回复严爷。

张龙/郭仪　好便好，只是我们二人太辛苦了！

戚继光　自有你二人的下场！

张龙/郭仪　看他与我们的下场！

戚继光　来！

旗　牌　有。

戚继光　准备酒饭，款待二位差官！

旗　牌　是，随我来！

戚继光　转来！

〔旗牌回。

戚继光　要丰盛一些！（暗示多备酒）

旗　牌　明白了。

郭　仪　这还差不多！

张　龙　吃饱了，喝足了，睡他娘的一觉，明日五鼓天明，带了人头，回府交差哟！

郭　仪　走哇！

张　龙　走哇！

〔张龙、郭仪下。

戚继光　唔呼呀！想我那莫仁兄，不知为了何事，冒犯了严府，身遭不幸。我想莫仁兄有一掌家，名叫莫成，忠心耿耿，颇能办事，为何不跟随前来？哦呵是了，想必是中途失散，校尉拿人，他不敢向前。本当派人四下寻找，怎奈衙中无人认得，况且此事需要机密，不可走漏风声，只得本镇亲走一遭。来！掌灯！

〔旗牌掌灯，引戚继光上街。

戚继光 （唱）莫仁兄分明来投奔，
始末根由我未辨清，
人来掌灯大街进，
大街小巷找莫成。

〔同下。

〔起初更，更夫上。

更　夫 （念）为人莫打更，
黑夜到天明。
多少恩和怨，
都在暗中行。

我，蓟州堂更夫便是。只因今夜拿到一名犯官莫怀古，五更天明，就要开刀问斩。奉了大人之命，巡更守夜，就此走走。

莫　成 （内）走哇！（上）

更　夫 拿住啦，拿住啦！

莫　成 拿住什么？

更　夫　拿住犯夜的啦。

莫　成　我是乡下人哪!

更　夫　乡下人不犯夜，难道城里人犯夜吗?

莫　成　我是交钱粮的。

更　夫　交钱粮的？到文官衙门去呀，上我们武官衙门干什么呀?

莫　成　此地什么衙户?

更　夫　乃是戚大人的衙户。

莫　成　原来如此!

〔幕内喊声。

莫　成　为何这样喧哗?

更　夫　你不知道，我告诉你，只因拿住一名犯官莫怀古，五更天明，就要问斩啦!

莫　成　唉，老爷呀!（哭）

更　夫　你哭什么呀?

莫　成　不是哟，那莫大老爷为官清正，如今身遭此不幸，怎不教我悲叹哪!（泣）

更　夫　我把你好有一比!

莫　成　比作何来?

更　夫　看兵书落泪——替古人担忧嘛！这么办，你先到我房里去，等到天明，你再去交钱粮。你随我来！

莫　成　是是是。

更　夫　老头子，你替我打更，我先睡一觉，你在那边儿，我在这边儿。

莫　成　是是是。

〔更夫睡。

〔起二更，旗牌引戚继光上。

戚继光　（唱）听谯楼打罢了二更时分，

八台官倒做了巡更之人。

莫　成　老爷呀！（哭）

戚继光　（唱）啼哭之人是哪个？

莫　成　小人莫——

戚继光　噤声！

〔戚继光拉莫成下，旗牌随下。

〔幕内："打更的！打更的！吃大碗面喽！"

更　夫　来啦！来啦！（下）

〔旗牌、戚继光、莫成上。

戚继光　（唱）来在二堂问分明。

莫　成　参见大人！

戚继光　罢了。你家老爷来了。

莫　成　可容我主仆一见？

戚继光　下面伺候。

莫　成　谢大人！唉老爷呀！（哭，下）

戚继光　来！

旗　牌　有！

戚继光　看看严府校尉可曾睡着？

旗　牌　（下，又上）睡着了！

戚继光　悄悄揭开封锁，有请莫大老爷！

旗　牌　遵命。（下）

〔旗牌引莫怀古、雪艳上。

雪　艳　喂呀！（哭）

莫怀古　（唱）夫人且把悲声忍，

休要惊动严府人。

战战兢兢把二堂进——

戚继光　（唱）有弟在此心莫惊。

〔戚继光搀莫怀古、雪艳。松刑。

戚继光　莫仁兄，你掌家莫成来了。

莫怀古　在哪里？

戚继光　有请莫掌家。

〔莫成上。

戚继光　你家老爷来了。

莫　成　老爷在哪里？老爷受惊了！

莫怀古　你这奴才，办得好事！

莫　成　事到如今，埋怨小人，也是枉然了。

戚继光　是呀！埋怨他，也是枉然了。但不知莫仁兄为了何事，冒犯了严府？

莫怀古　就为了那“一捧雪”。

戚继光　“一捧雪”乃是一桩小事，为何有紧急公文到来！

莫怀古　来得好快呀！可容我一看？

戚继光　那是自然。旗牌，掌灯！

〔旗牌掌灯。

戚继光　仁兄请看！（递公文）

莫怀古　（念）“太子少保兵部左侍郎，票行阃外事：为犯官一名莫怀古拐带皇家印信，弃官逃走，有欺君辱国之罪。命马上二校尉沿途追赶，无论文武大小衙门，拿获者——”

〔戚继光抢去公文。

莫怀古　为何不叫我看了？

戚继光　恐仁兄看了害怕。

莫怀古　看完了，也好做一准备。

莫　成　是呀，看完了也好做一准备。

〔戚继光递公文与莫怀古。

莫怀古　（接念）“拿获者，斩头解京。”哎呀！（晕倒）

莫成/雪艳　老爷醒来！

莫怀古　（唱）听说斩头要解京，

天旋地转汗淋淋。

回头再把贤弟问，

有何良策救愚兄？

戚继光　事到如今，有什么良策。倒不如小弟开了牢门，放你逃走！

莫　成　大人，走得的么？

戚继光　走得的！

莫　成　走得的。好，走啊！

戚继光/莫怀古　走啊！

莫　成　走不得呀，走不得！

戚继光　怎么走不得？

莫　成　哎哎呀大人哪！我家老爷，只为弃官逃走，才惹下这场杀身大祸。如今又要逃走，岂不连累了戚大人么？

莫怀古/雪艳/戚继光　哎呀！

旗　牌　大人，倒不如动点人马反了吧！

莫　成　大人，反得的么？

戚继光/旗牌　反得的！

莫怀古 / 莫成　反哪!

莫　成　反不得呀，反不得!

戚继光　怎么反不得?

莫　成　请问大人：蓟州堂上有多少人马?

戚继光　三千人马，五百守城军。

莫　成　哎呀大人哪! 这三千人马，五百守城军，漫说交锋打仗，就是垫马蹄，也是不够啊!

莫怀古 / 戚继光 / 雪艳　哎呀!

戚继光　唉!

(唱) 叫你反来你不反，

叫你逃来你不行。

但等五更天明亮，

我监法场你受刑。

戚继光　仁兄!

莫怀古　贤弟!

雪　艳　老爷!

莫怀古　夫人! (同哭)

莫　成　老爷! 夫人! 大人哪!

(唱) 一家人只哭得如酒醉……

老爷! 夫人! 大人哪!

雪　艳　喂呀!

莫　成　（接唱）那一厢哭坏了雪艳夫人。

戚大人，八台的官救不了家主爷的命，

家主——爷的命，老爷呀！

蓟州堂，急坏了小莫成。

且住！曾记去年，跟随我家老爷进京时节，太夫人手捧一杯酒，叫道一声莫成呀掌家！此番跟随你家老爷进京求名，劝你家老爷，酒要少饮，事要正办。你家老爷若能平安回来，漫说我在钱塘，就是莫氏堂上去世的先人，也要感恩非浅！今日我家老爷在蓟州堂惹下杀身大祸，难道叫我看水翻船，袖手旁观？这！这！这！……哎呀且住！想来想去，我倒又想起一桩心事来了！前数月，跟随我家老爷过府拜客，打从海岱门经过，遇见一个相命的先生，与我家老爷相了一相。然后，又与我觑了一觑。叫道一声莫掌家呀，莫大哥，你的好贵相！可惜你有你家老爷之相，无有你家老爷之福。你家老爷有一桩杀身大祸，要应在你的身上。那时他说的无心，我听的有意。事到如今，莫非就应在今夜蓟州堂上？也罢，想我这为奴的，何日才能出头？倒不如替老爷一死，也落得个青史名标，这万古流芳。我就是这个主意！我就是这个主意哟！

（唱）走上前来忙跪定，

大人开了天地恩！（向戚继光跪）

戚继光　莫掌家，跪在我的面前则甚？

莫　成　我家老爷有了救了！

戚继光　仁兄醒来！

莫怀古　贤弟何事？

戚继光　你有了救了。

莫怀古　救在哪里？

戚继光　莫掌家言道你有了救了。

莫怀古　莫成，救在哪里？

莫　成　事到如今，还有什么救应，倒不如小人替老爷一死。

莫怀古　哪有人替人死的道理！有这两句话，也就够了！

莫　成　说什么无有人替人死的道理，小人有辈古人，说与大人、老爷、夫人一听。

戚继光/莫怀古/雪　艳　慢慢的讲来！

莫　成　昔日，杨生好养犬，酒醉睡卧在荒山。有那不知事的牧童，他就放火烧荒。那火看看烧到杨生的身旁，那犬见主有难，就翻身跳下涧去，滚湿毛衣，舍身救主。来回数十趟，它就累、累死在荒山。想乌鸦有反哺之义，羊有跪乳之恩，马有渡江之力，犬有救主之心，畜牲尚且如此，难道小人不如禽兽乎？老爷不叫小人替死，我就碰——（欲碰壁）

戚继光　不必如此！

莫怀古　掌家呀！

（唱）莫成请上我拜定，

拜你重生再造的恩！

莫　成　折杀奴才！

（唱）我今一死无遗恨，

小人有话要禀明。

莫怀古　你且讲来。

莫　成　小人有一子，名唤文禄，在钱塘服侍大相公。大相公性情不好，开口就骂，举手就打。可怜我那文禄孩儿，三岁亡母，小人今日替老爷一死，算来他刚刚七岁，可算七岁丧父。望求老爷另眼看待我那文禄孩儿。小人纵死九泉，也是感恩非浅！

莫怀古　哎呀莫成啊！日后我若错待你的孩儿，叫我天诛地灭！

莫　成　谢老爷！

（唱）水流千遭归大海，

原物交回旧主人。

（交“一捧雪”与莫怀古）

莫怀古　（唱）玉杯本是起祸根，

为你伤了小莫成。

恨不得将杯来摔碎！

〔莫怀古欲摔杯，戚继光、雪艳挡阻。

戚继光　（唱）摔杯犹如欺先人。

将杯寄在弟衙内。——

雪　艳　喂呀！

莫怀古　贤弟请上，受愚兄一拜！

戚继光　施礼为何？

莫怀古　将贱妾雪艳寄在贤弟衙内，不要当将仁嫂看待，全当使女丫环。

戚继光　还是仁嫂看待！

〔起四更。

莫　成　（唱）忽听谯楼打四更，

哎呀大人哪！谯楼鼓打四更，看看快到五鼓天明，难道蓟州堂上有两个莫怀古不成！

戚继光/莫怀古/雪艳　这！

戚继光　仁兄，小弟有一好友，在古北口为官，待弟修书

一封，仁兄去到那里躲避躲避。（修书）

莫怀古　（接书唱）多谢贤弟施恻隐。

愿担干系救残生。

叫声夫人且走近。

下官言来你是听。

五鼓天明法场进。

你要对莫成叫夫君。

雪　艳　记下了！

莫　成　小人不敢！

莫怀古　（唱）辞别贤弟足踏镫——（欲下）

莫　成　老爷慢走！

莫怀古　（唱）莫非起下追悔的心？

莫　成　小人哪有追悔之意！老爷此番前去，酒要少饮，事要正办。当交的朋友交上几个，切莫要再交汤勤那样的狗男女。若再惹下祸事，要想找这第二个莫成，今生只怕难得的了！

莫怀古　话倒是两句好话，可惜讲迟了！

戚继光　却还不迟。上马去吧！

戚继光　仁兄！兄长！仁兄啊！

莫怀古　贤弟！我妻！掌家呀！

雪　艳　老爷！我夫！夫啊！

莫　成　老爷！夫人！老爷呀！

〔莫怀古下，雪艳哭下。

戚继光　莫成，五鼓天明，法场之上，一不要胡言，二不要乱语。本镇的前程、老爷的性命……

莫　成　大人！五鼓天明，法场之上，一不胡言，二不乱语，只求与小人一个快！

戚继光　那个自然。

莫　成　谢大人。

〔戚继光下。

〔莫成下。

〔副末上。

副　末　（念）尊卑贵贱几千年，
青史斑斑血未干。
人命轻于一捧雪，
奴才不值半文钱。（下）

第七场　长休饭、永别酒

〔莫成上，神情恍惚。

〔狱卒携酒一瓶，饭一碗上。

莫　成　这是什么？

狱　卒　这是酒、饭。

莫　成　不用！

狱　卒　不用？

莫　成　五鼓天明，我就要斩头了，还用的什么酒饭哪！

狱　卒　这是规矩。这叫长休饭、永别酒。

莫　成　哦！“长休饭、永别酒？”——我平生从不饮酒！

狱　卒　这回您喝一回吧！喝了这一回，再没有第二回啦！

莫　成　哦！喝了这一回，再无有第二回了？放下！

狱　卒　您痛痛快快地喝吧！（下）

〔莫成倒酒。

莫　成　（举杯，唱）

我平生滴酒不沾唇，

今日倒要痛饮几巡。

（饮酒，接唱）

一杯酒下咽喉心中烦闷，

想起了大老爷待我的恩情。

你平日坐高堂一呼百应，

离却了小莫成寸步难行。

到如今只身向边境，

风霜雨雪可安宁？老爷呀！

（斟酒，饮，接唱）

二杯酒下咽喉心回原郡，

想起了钱塘的太夫人。

离家时太夫人曾把酒敬，

嘱咐我好好照看旧主人。

不料想他今日身遭不幸，

我有何面目去见那莫氏堂上三代的先灵？

老夫人哪！

（酌酒，饮，接唱）

三杯酒下咽喉实难平静，

想起了文禄小娇生。

你今日盼、明日盼。

盼来盼去，把为父盼到了枉死城。

可怜你，三岁亡母、七岁丧父、孤苦伶仃，

有谁照应？

你不该投生在奴才的家门，我的儿啊！

（酌酒，又饮，接唱）

四杯酒下咽喉心中不忿，

无过犯为什么惨遭非刑？

常言道蝼蚁还惜命，

我真是枉到人间走一程。

（接唱）

我今日替主一死乃是大幸，

我不哭，我还要大笑三声，

大笑三声！！

哎呀，想我莫成，为奴一世，今日替我家主人一死，乃是一桩喜事，必须要大笑三声！哈哈！哈哈！啊哈哈哈……

哈哈哈……

哈哈哈……

〔莫成手执酒壶，倒酒，一饮而尽，步履踉跄，下。

〔副末上。

副　末　（唱）五杯酒下咽喉他昏迷不醒，

转眼间到五更犬吠鸡鸣。

这是他平生首次把酒饮，

也是他最后一次手握酒瓶。

临死前他还要三声大笑，

笑声凄厉不可闻，不可闻。（下）

第八场 法　场

〔四龙套引戚继光上。

戚继光　（念）黄沙漫漫古法场，

　　　　　　碧血淋淋杀人桩。

　　　　本镇，戚继光。奉了严大人之命，监斩莫怀古。

　　　　刀斧手！

刀斧手　（内）有！

戚继光　将莫怀古绑上来！

刀斧手　（内）啊！

〔二刀斧手绑莫成上。雪艳、张龙、郭仪随上。

〔一禁卒背桶上。

戚继光　二位公差看得真？

张龙/郭仪　看得真。

戚继光　见得明？

张龙/郭仪　见得明。

戚继光　将莫怀古绑好了！

刀斧手　啊！

〔刀斧手与莫成插招子。

莫　成　天哪，天！想我莫——

戚继光　刀斧手，将莫怀古绑好了！

刀斧手　啊！

莫　成　想我莫——

雪　艳　哎呀老爷呀，事到如今，你那心中要放明白些！

莫　成　想我莫莫莫莫……怀古，死的好难瞑目也！

戚继光　斩！

刀斧手　啊！

〔刀斧手推莫成下。斩讫，捧装了人头的木桶上。

戚继光　二位上差，这是你们的下场。（回文）

本镇叩回严大人的金安！

张龙 / 郭仪　谢大人！

戚继光　众将官！回衙去者！

众　啊！

〔同下。

〔副末上。

副　末　（念）繁弦急管一时停，

此时无声胜有声。

唱罢悲歌《一捧雪》，

北邙山上草青青。（下）

（全剧终）

大 劈 棺

人物： 观音

小鬼（八人）

扇坟少妇

庄周

田氏

春云

棺材匠

伙计（即小鬼）

二百五

一百八

---

*初刊于《人民文学》一九八九年第八期，初收于《汪曾祺文集·戏曲剧本卷》。

楚王孙

女鬼（领舞者为扇坟少妇）

场次： 第一场 扇　坟

第二场 撕　扇

第三场 幻　化

第四场 吊　孝

第五场 怀　春

第六场 成　亲

第七场 劈　棺

第八场 尾　声

第一场 扇　坟

〔小鬼上，舞蹈。

〔观音上。

观　音　（唱）开辟鸿濛，万物滋生，

或为圣贤，或为蝼蚁。

受气成形，

偶然而已。

你是谁？谁是你？

人应该认识自己。（小鬼合唱）

霎时间九烈三贞，
霎时间七情六欲。
暮楚朝秦，
人各有志。
你是谁？谁是你？
人应该认识自己。（小鬼合唱）

蝴蝶梦为庄生，
庄生梦为蝴蝶。
是梦是真，
疑非疑是。
你是谁？谁是你？
人应该认识自己。（小鬼合唱）

〔观音、小鬼下。

〔扇坟少妇上。

少　妇　丈夫，你撇得我好苦也！

（唱）实指望少年夫妻，
终生作伴，
谁知你一病奄奄，

半路里把我闪。
你叫我靠谁吃饭，
怎办得柴米油盐开门七件？
况且我正青春，一朵鲜花才绽，
怎耐得枕只衾寒孤孤单单。
冷淡，
难堪。
我待要反穿罗裙，一步向前，
怎奈丈夫有遗言，
若要改嫁，
须待他坟土干。
这新坟湿土，
几时才能干。
因此上，手执聚头折扇，
来把坟扇。

〔少妇扇坟。

〔庄周上。

庄　周　（唱）闲步荒郊，
白杨何萧萧，
见累累荒坟侵古道，
不由人万念俱消。

什么是大，什么是小？

什么是寿，什么是夭？

任凭你生前花花哨哨，热热闹闹，

到头来都听蛐蛐叫。

休烦恼，

且踏遍连天衰草。

正行间，

见一个妇人，一身重孝，

手拿着纸扇儿扇坟，

甚是蹊跷。

看那旁有一妇人，身穿重孝，手拿纸扇扇坟，不知是何原故，不免问个明白。

喊，小娘子，你在这里做什么？

〔少妇不应。

庄　周　是个哑巴？再去问来。喊，小娘子，你在这里做什么？

少　妇　扇坟。

庄　周　扇坟？我倒从来没有见过这样的事情。这坟里是你的什么人？

少　妇　是我丈夫。

庄　周　丈夫？你为何扇坟？

少　妇　只因我们夫妻，恩恩爱爱，实指望一杆子扎到底。没想到他得了急病，死了。是他临死留下遗言，说得等他坟土干了，我才能改嫁。这新坟湿土，多会才能干哪？故此，我用扇子扇它。

庄　周　你要改嫁，等不及了？

少　妇　耽误一天是一天！

庄　周　我说小娘子，你也太死心眼了。你丈夫已经死了，死了就什么也不知道了，他知道坟土干没干？你要嫁，就嫁得了，管他坟土干不干。

少　妇　那不行，我答应过他，说话得算话。

庄　周　这一妇人，又似有情，又似无义，两头占着理儿！也罢，看你的手腕，如此娇弱，一扇子才多大点风？我来帮你扇扇，你看如何？

少　妇　如此有劳了！

〔庄周接扇。

〔小鬼上。

〔庄周、少妇、小鬼舞蹈扇坟。

小　鬼　扇！扇！扇！

干！干！干！

〔坟干，小鬼下。

庄　周　干了！

少　妇　先生，你是个好人！这把扇子送给你吧！

庄　周　送给我了？

少　妇　送给你的夫人吧。没准她用得着。再见！

庄　周　慢些走。

少　妇　我可等不及了！（急下）

庄　周　（看扇）哦，扇子上还写着四句诗。

（念）“夫妻本是同林鸟，
莫笑奴家扇新坟。
先生要解其中意，
回家试问眼前人。”

满纸荒唐！（下）

第二场 撕　扇

〔田氏执斧上。

〔簪花，照镜，顾影自怜。扔花，摔镜。

田　氏　（唱）唉！
闷闷悠悠，
无尽无休，
没兴嫁庄周。

我：田氏。嫁与庄周为妻。这位老先生啊！

（接唱）性情倃，

脾气拗。

楚威王聘他为官，

他不就，

他说是不愿作牺牛，披文绣，

甘愿在泥沟里沤。

这年头，不做官，吃什么？

（接唱）多亏了亲戚故旧，

不时的馈送些粮糗。

老先生啊！

（接唱）不吃肉，不饮酒，

不吃五荤葱蒜韭，

直饿得面黄肌瘦，

有什么力气枕上绸缪。

坑杀人也庄子休！

他整天到处闲遛，百事不管，就连挑水劈柴，也都推给了我，唉！

（接唱）这一柄铁斧头纯钢淬就，

一片寒光冷飕飕。

也不砍红桃绿柳，

只劈这青松绿槐乌柏。

〔斧刃伤手。

哎呀!

（接唱）不留神，

伤了纤纤手，

红溅青衫袖。

田氏呀!

（接唱）原来你也是一个人，

有血有肉!

这是我命该如此!

（接唱）嫁鸡随鸡，

嫁狗随狗，

嫁一块石头抱着走!

这也是人生一世，

草生一秋!

休！休!

明日黄花蝶也愁!

〔鼓乐声。轿夫——即小鬼抬花轿过场。

轿　夫　（唱）一顶花轿红嘟嘟，

丹凤朝阳缀流苏。

抬过多少黄花女，

抬过多少二婚的小寡妇。

一顶花轿红嘟嘟，
大姑娘上轿都要哭。
昨日犹是娘边女，
待晓窗前拜舅姑。

一顶花轿红嘟嘟，
大姑娘上轿都要哭。
姑娘姑娘哭什么？
不知道他那东西有多粗。

〔田氏倚门而望，若有所思。

庄　周　（内）走啊！

（上唱）在荒郊遇见了扇坟少妇，
　　扇子上哑谜儿恍恍惚惚。

〔入门。

田　氏　先生回来了？

庄　周　回来了。我口渴，给我打杯茶来。

田　氏　春云！

春　云　（内应）来啦！（上）

我叫春云，是个书童。伺候先生，抄写《南华经》。方生方死，方死方生。抄得我手指头发硬，腿肚子转筋。肚子饿了，想吃点心。师娘唤我何事？是不是下山买两个烧饼？

田　氏　给先生打杯茶来。

春　云　是啰。

〔下，捧茶上。下。

庄　周　一日夫妻百日恩，
一朝恩尽似春水。
喜乐挽歌纷纷乱，
世间难测是人心。
唉！

田　氏　先生闲逛回来，为何发此感慨？

庄　周　你看看这个。（递扇）

田　氏　是一把白纸折扇。现在不是扇扇子的时候。这把扇子是怎么到你手里的？

庄　周　是一个小寡妇送给我的。

田　氏　小寡妇？瞧你这岁数，还能和小寡妇搭咯上了？看你面黄肌瘦，两腮无肉，原来是老不正经！

庄　周　不是啊！

田　氏　不是？那你说！

庄　周　是我今日，闲步荒郊，见荒坟累累，正在感叹，忽然看到一桩蹊跷的事儿……

田　氏　什么蹊跷事儿？

庄　周　见一个少妇，在那里扇坟。

田　氏　扇坟？你该问问她是怎么回事。

庄　周　是我问道：你在这里做什么？——扇坟！——为什么扇坟？她说是，坟里是她的丈夫，死了还不到半拉月。他们小夫妻相亲相爱，不想他身得暴病，——

田　氏　死啦？

庄　周　死了。他临终之前，留下几句遗言，说他的媳妇，年轻轻的，不能守寡。

田　氏　说的也是。

庄　周　但念在夫妻一场，得等他坟土干了，才能改嫁。

田　氏　那为什么？

庄　周　你问我，我问谁？这新坟湿土，几时才能干？

田　氏　又赶上这些日子都是连阴天。

庄　周　因此上，她用这把小扇儿天天来扇。

田　氏　这个小娘们，可真有你的！你看她扇啦，后来呢？

庄　周　我看她手腕娇弱，没有力气，就帮她扇了几扇。

田　氏　多管闲事！

庄　周　我帮她扇了几扇，干了！

田　氏　坟土就干了？你有这么大能耐。

庄　周　有两下子。那小寡妇欢欢喜喜，改嫁去了。临行之时，把这把扇子送给了我。

田　氏　干吗送你一把扇子？

庄　周　是送给你的。

田　氏　送给我？是什么意思？我看看，有字。

夫妻本是同林鸟，
莫笑奴家扇新坟。
先生要解其中意，
回家试问眼前人。

这四句诗分明是讥刺于我！什么伤风败俗的东西，我不要！（扔扇）

庄　周　别扔呀！没准你用得着。

田　氏　你这是什么话！

庄　周　我已经这么大的岁数，老嫌春寒秋后热，没有多长的日子。我死之后，你还能不改嫁吗？你要是等不及，就用这把扇子把我的坟土扇干。

田　氏　庄先生！庄子你！
你说话好没来由！
我这些年侍奉箕帚，

淡饭粗茶免怨尤。

你活着，我也只是孤眠独守，

你死后，

倒耐不得花月春秋？

说什么少妇扇坟，

全是你胡诌！

你从哪里弄来柄破扇儿，

来把我怄！（撕扇）

庄　周　我死后你不嫁人？

田　氏　梦里也有三分志气！

庄　周　你敢发誓？

田　氏　倘若我别抱衾裯，死后白骨无人收！

庄　周　好，好，好！哎呀！（忽然昏厥）

田　氏　先生！先生！——春云快来！

〔春云急上。

田　氏　先生不好了！

春　云　这是怎么话儿说的，说不行就不行了。

〔田氏、春云扶庄周下。

第三场 幻　化

〔棺材匠上。

棺材匠　人人都盼我的买卖不兴旺，

——为什么？

不才是个棺材匠，

棺材匠，眼睛亮，

看见行人就打量。

谁多高，谁多胖，

心里都有一本账，

什么壳子什么瓤，

装上保险不游荡。

不是我的眼睛和人不一样，

只怕是临时现做不赶趟。

〔春云上。

春　云　掌柜的！

棺材匠　买什么？

春　云　上你这儿还能买什么！买棺材。

棺材匠　谁死啦？

春　云　庄先生。

棺材匠　哟，他可从来没有死过呀！我这儿可没有给他预备合适的。庄先生个子高，我这儿的现货都短了点儿。

春　云　凑合吧，叫他蜷着点腿儿。

棺材匠　那行！你挑吧。

春　云　这口吧。你这棺材是凉的还是热的？

棺材匠　凉的热的？

春　云　我们师娘让我买什么都要热的。包子、花卷、烧饼、油条，都得是刚出锅的，热的。

棺材匠　那你摸摸看。

春　云　（探手入棺）唔，有点温和气儿。掌柜的，哪儿有卖童男童女的？

棺材匠　纸人？我这儿就有哇。

春　云　我瞧瞧。

〔伙计扛童男童女上。

春　云　这么大个呀？行咪！多少钱？

棺材匠　童男三百钱，童女二百钱。

春　云　打个折扣。童男二百五，童女一百八。我闹套烧饼麻花吃。

棺材匠　好，依你！

春　云　（数钱）二百五，一百八。

棺材匠　下回光顾。

春　云　你这是怎么说话！——二百五、一百八，四百三，合着这棺材没要钱！走，伙计们，抬棺材！

〔伙计——即小鬼上。

春　云　闲人闪开，刚出锅的热棺木来啦！

伙　计　（唱）薤上露，何易晞，

人命不知朝与夕。

才见日头出东海，

转眼又见日平西。

噫戏，

噫戏！

薤上露，何易晞？

树老焦梢叶儿稀。

为人全仗三寸气，

终归还成一块泥。

噫戏，

噫戏！

薤上露，何易晞，

死别何必太凄凄。

倘若老人都不死，

要吃多少高粱饴？

噫戏，

噫戏！

春　云　到了到了！哥儿几个，帮帮忙，把庄先生盛殓起来。

〔抬出庄周尸身，装殓。

伙　计　停在哪儿？

春　云　就停在南华堂。待我把灵堂布置布置。劳驾，搭把手，把二百五、一百八放在椅子上。

〔放下孝幔。

春　云　这是你们的酒钱。

伙　计　我们要给庄先生祭奠祭奠。

春　云　祭奠祭奠？好！祭奠祭奠。

伙　计　（点香烛；跪拜，念）

庄先生呀庄先生，

你是一个古怪人。

同大小，齐死生，

整天鼓捣南华经。

你说话，人不懂，

人说话，你不听。

今日撒手归天去，

人死骨重真不轻。

你死之后要清净，

悄悄躺着别出声。

别诈尸，别还魂，

不要装神弄鬼吓唬人！

〔一百八直晃悠。

春　云　哟，一百八怎么站不住呀？哪位劲儿大，帮我把她搭到后面去，我给她修理修理。

〔伙计搭一百八下。复上。

伙　计　我们走啦。

春　云　慢走。

伙　计　再有用着我们的时候，言语一声。

春　云　不不不，用不着，用不着！

〔伙计、春云下。

〔庄周自孝幔后走出。

庄　周　（唱）棺材里打了一盹，

忘不了少妇扇坟。

我是一个幻影，

她是一个真人，

道德五千言，

南华一卷经，

谈无说有，

都是鬼吹灯！

可笑田氏，被我言语所激，发下重誓。是我一时任性，装做假死。本欲试探于她，一场游戏而已。棺材里躺了半日，才知道这是我的不是。如今只好假戏真做，把戏演到底。

待我变做楚王孙，

前来拜望师父。

怎奈缺少一个童儿，

好好好，点他二百五。

二百五！

睁眼！（二百五睁眼）

转眼珠！（二百五转眼珠）

点头！（二百五点头）

摇头！（二百五摇头）

伸左胳臂！（二百五伸左胳臂）

伸右胳臂！（二百五伸右胳臂）

说话！（二百五张嘴无声）

哦，你没有舌头

（空中飞鸟鸣声）

待我摘取飞鸟舌头，与你安上。

（摘鸟舌，植入二百五的口中）

二百五　（说话）啊！啊！啊！

〔二百五跳下椅子。

二百五　师父，你把我点化成人，哪厢使用？

庄　周　为师要幻化成为楚王孙，要你化成一个童儿。

二百五　您变得了吗？

庄　周　一变二变，王孙出现。

〔庄周化为楚王孙。

二百五　真行！

庄　周　二百五！带马！

二百五　马来啦！

〔庄周跨马下。

二百五　喊，师父，您慢着点，我这衣服是纸的，风一吹就撕个大口子！

第四场　吊　孝

〔田氏上。向庄周灵牌跪拜。

田　氏　先生啊！

（唱）我和你虽不是比翼鸳鸯，

总还是夫妻一场。

镇常是少言无语过一晌，

可毕竟有一个活人在身旁。

看惯了你那满面风霜的旧模样，

听惯了你的咳嗽声，脚步响。

到如今你撒手归泉壤，

我成了折脚雁，失意的孤孀。

这几间老屋显得那么空荡荡，

不动的炉香，

难落的太阳，

这日子怎么那么长！

〔春云暗上。

〔扇坟少妇上。

少　妇　脱却孝服换红裙，

前来拜谢庄先生。

里面有人么？

田　氏　春云，外面有人。

春　云　有人？谁？这时候来凑热闹！（出门）是个娘们，不认识。你找谁？

少　妇　我找庄先生。

春　云　找他什么事？

少　妇　前几天，他帮我扇干了前夫的坟土，特来向他道谢。

春　云　你就是在荒郊野外扇坟的小寡妇？那你现在——（打量少妇的装束）

少　妇　已经改嫁了。

春　云　这么快！我告诉你，庄先生亡故了。

少　妇　已故了？

春　云　死了。

少　妇　那你给师娘回一声，说我要到庄先生灵前祭奠。

春　云　那你等着。（入门）回禀师娘，外面是一位女客。

田　氏　女客？——不见。

春　云　就是那个扇坟的小寡妇。

田　氏　扇坟的小寡妇？

春　云　她要到师父灵前祭奠。

田　氏　容她一祭。——我倒要看看这小寡妇什么模样！有请！

春　云　有请！

〔少妇进门，跪拜。

少　妇　（唱）庄先生呀庄先生，

多谢你帮我扇坟。

我如今已经改素服，

换红裙。

我那前夫的继任，

模样好，性格儿温存。

特来告慰，您那在天之灵。

您死后有知，请您多保佑，

保佑我从二而终，不再扇坟。

春　云　我只听说“从一而终”，没听说过“从二而终”，你可真是新鲜！

少　妇　（与田氏见礼）见过师娘。

田　氏　不敢。（背躬）好一位标致的小媳妇，难怪她要扇坟。

春　云　标致的小媳妇，就难怪扇坟；那难看的小媳妇就扇不得？

田　氏　那当然。

春　云　这是什么王法！

少　妇　请问师娘，师父几时安葬？

春　云　须待过了尽七。

少　妇　七七四十九天？

春　云　六七开吊、尽七发丧，这是规矩！

少　妇　太长了！

春　云　都跟你似的，等不了半拉月！

少　妇　师娘，我送你一样东西。

田　氏　什么？

少　妇　这个。

田　氏　扇子？

少　妇　您许用得着。

田　氏　（怒唱）你，你，你，太无礼！

　　　　　　　怎敢上门，把我嘲戏！

　　　　　　　我本是玉壶冰，清到底。

少　妇　未必！

田　氏　（接唱）怎似你萝卜快了不洗泥！

少　妇　樱桃桑椹，货卖当时。

田　氏　恼一恼，我就撕——

春　云　撕！撕！撕！

少　妇　（念）我是好意。

田　氏　（念）放在那里。

春　云　坏了。

少　妇　告辞。

田　氏　无须！

〔少妇下。春云下。

〔田氏展扇，独舞。

〔田氏颓然伏椅。

〔春云上。

春　云　唔！（盹睡）

〔楚王孙、二百五上。

楚王孙　（唱）滔滔世上人，

形质皆无定。

谁都有个身外身，

影中影。

既化作楚王孙，

便当有些风流行径。

但把定脚跟，

休迷本性。

来此已是。前去问灵，这里可是庄先生府上。

二百五　里面有人吗？这里是不是庄先生府上？

春　云　明知故问！是哪一位？（出门，见二百五）唔？这人好面熟，怎么像是二百五呀？（盯着二百五看，“推磨”）

〔二百五进屋，仍旧站在椅子上。

春　云　（看二百五）唔？（复出门）这位公子，您有什么事？

楚王孙　我乃楚国王孙，仰慕庄先生的道德文章，曾与庄先生有约，愿来拜他为师，朝夕问道。

春　云　庄先生死啦。

楚王孙　哦，庄先生仙去了！

春　云　他先去了，您跟着来吧。

楚王孙　前去对师母言讲，说我与庄先生有师生之谊，要去灵前祭奠。

〔春云进门，二百五乘机出门，仍随楚王孙身后。

春　云　（看空椅）唔，怎么又没啦？回禀师娘，外面有楚国王孙，说是和先生有师生之谊，要到灵前祭奠。

田　氏　我居丧服孝，不见远客，请他自己到南华堂祭奠。（下）

春　云　公子，我们师娘居丧服孝，不见远客，请你自己去南华堂。随我来。

〔楚王孙至南华堂。

楚王孙　先生，学生远道而来，未能见先生一面，真是终生之憾也。

〔二百五燃香烛，楚王孙跪拜。

二百五　蜡烛一对，
薄酒三杯，
蝴蝶死，
纸钱灰，

抚棺恸哭——无泪。

叩头的是你，

受头的也是你，

一出一进，

两不吃亏。

楚王孙 （对二百五）回禀一声，我要面见师娘。

二百五 （对春云）回禀一声，公子要面见师娘。

春 云 回禀师娘，楚王孙要面见你，见是不见？

田 氏 （在孝帏后）我重孝在身，不见生人，何况是男女有别。

春 云 （对二百五）师娘重孝在身，不见生人，何况男女有别。

二百五 （对楚王孙）师娘说，重孝在身，男女有别，不见。

楚王孙 我与庄先生有师生之谊，自古通家之好，妻妾不避，我还有一事，要面请师娘。

二百五 通家之好，妻妾不避。

春 云 通家之好，妻妾不避。

二百五 公子还有一事。

春 云 公子还有一事。

二百五 要面请师娘。

春　云　要面请师娘。——这等麻烦！你自己去说，不就完了！

田　氏　春云，展起孝帷。

春　云　是啦。

〔田氏走出孝帷。

楚王孙　拜见师娘。

田　氏　不敢。

〔二人注视良久。

田　氏　好一个俊俏的楚王孙。

楚王孙　好一个守孝的未亡人！

春　云　嗨嗨嗨，看两眼就够了！哪有这么死乞白咧的！

田　氏　（羞）请问王孙，有什么事要跟我说的？

楚王孙　先师死后，可曾留下什么典籍？

田　氏　有《南华经》数卷。

楚王孙　《南华经》，乃是绝世奇文！啊师娘，学生愿借尊府空屋一间，暂住三月，也好揣摩诵读《南华经》，不知道能应允否？

田　氏　就请住在庄先生书斋之中。

春　云　三个月？三年也成！

田　氏　春云，打扫书斋，好让王孙安歇。

春　云　是啰。

田　氏　要茶要水，只管言语。

楚王孙　多谢师娘。

田　氏　早晚天凉，多加一件衣裳。

楚王孙　学生自会小心。

田　氏　昼夜攻书，不要过于辛苦。

楚王孙　知道了。

春　云　没完了！请吧！

〔田氏下，楚王孙继下。春云、二百五下。

第五场 怀　春

〔月移花影。

〔田氏上。

田　氏　（唱）夜深人静，

花香月影。

山村无更鼓，

起看三星。

要睡何能睡稳，

信步闲庭。

庄　周　（内唱）夜深人静，

花香月影。
是何人闲步，
袅袅婷婷？
原来是景色撩人，
有女怀春。

田　氏　（唱）自见了楚王孙，
情不自禁。
恨不得纵体入怀，
便和他亲。
初相识，
不识浅和深。
知他是，
风流种，
少年老成？
未必他心似我心。
他还没有睡，
屋里亮着灯。
我待要上前敲门，
知道他肯不肯？
我身上一时热，
一时冷。

脚底下一步儿重，

一步儿轻。

停停走走，

走走停停。

庄　周　（内唱）妇人家水性，

天生来一段柔情。

这一场恶作剧，

未免过分。

罢罢罢，

得饶人处且饶人，

不为已甚。

且容她猛回头，

深自省。

〔窗中现出庄周影。

田　氏　（惊怖）

呀！

（唱）莫非是我眼晕，

忽瞥见亡夫影？

吓得我汗津津，

脚步儿移不得一寸。

（鸡鸣）猛听一声鸡鸣，

顿觉苍苔露冷，
一阵羞难忍，
急忙把身退。（下）

第六场 成　亲

〔春云上，焚香击磬。

〔田氏上。

田　氏　（唱）庄先生怎会出现在书斋内，
我这是疑心生暗鬼！
枕席如水，
害得我一宵没睡。
越想楚王孙，
越觉得美。
倘若与他成婚配，
九死不悔！

庄　周　（内唱）她若是知道羞愧，
我也就一眼睁，一眼闭，
从此云游去不归。
只怕她马到悬崖不后退，

这台戏还煞不了尾。

田　氏　春云，唤公子的童儿前来！

春　云　公子的童儿？二百五？二百五，师娘叫你！

〔二百五上。

二百五　又怕碰，又怕挤，

衣服脏了没法洗。

忽然起了一阵风，

把我刮在云端里。

师娘唤我何事？

田　氏　与你家公子传话。

二百五　传话？

田　氏　我有话告诉春云，春云告诉你，你再告诉公子。

二百五　鹅脖子，大转弯！好，您说吧。

〔楚王孙暗上。

田　氏　请问公子贵庚？

春　云　请问公子贵庚？

二百五　桂根！他没有桂根，只有桂皮。

春　云　多大年纪！

二百五　请问公子今年多大了？

楚王孙　学生虚度二十有三。

二百五　二十三岁。

春　云　公子今年二十三岁。

田　氏　可曾完婚？

春　云　娶了媳妇没有？

二百五　问您成了家没有。

楚王孙　尚未婚娶。

二百五　没娶媳妇。

春　云　他还是个童男子。

田　氏　却是为何？

春　云　却是为何？

二百五　是怎么回事？

楚王孙　高不成，低不就。

二百五　挑花了眼了。

春　云　没有称心如意的人。

田　氏　但不知公子要一个什么样的人哪？

春　云　公子要挑一个什么样的人？

二百五　您要挑一个什么样的人？

楚王孙　倘若年貌近似师娘，于愿足矣。

二百五　要长得跟师娘相似。

春　云　要跟您差不离。

田　氏　我给他保一个媒，不知道他中意不中意。

春　云　师娘要给公子保媒。

二百五　师娘要给你介绍一个。

楚王孙　莫非是师娘的亲戚、姊妹？

二百五　是师娘的亲戚、姊妹？

春　云　是您的亲戚？

田　氏　不是的。

春　云　姊妹？

田　氏　也不是的。

春　云　那是谁？

田　氏　就是师娘自己。

春　云　哎哟哎哟，你可真不害臊，哪有自己给自己保媒的！——就是师娘自己。

二百五　就是师娘自己。

楚王孙　伐薪不用斧，
甚似扇坟土，
如此急色人，
堪入无双谱！
哈哈哈哈……

二百五　哈哈哈哈……

春　云　哈哈哈哈……

田　氏　他乐什么？问问他，答应不答应。

春　云　答应不答应？

二百五　答应不答应？

楚王孙　此事有三不可。

二百五　这一——

楚王孙　我与庄先生有师徒之分。

二百五　二——

楚王孙　师娘孝服在身。

二百五　三——

楚王孙　我只身前来，行李在后。一时之间，难办聘礼。

二百五　我们公子言道，有三不可。

春　云　三不可！

田　氏　这一——

二百五　他与庄先生有师徒之分。

春　云　师徒之分。

田　氏　先生在日，他们是师徒。先生死后，就不是师徒了。

二百五　师娘孝服未满。

春　云　你的孝服未满。

田　氏　守制服孝，可长可短，三年不算长，一天不算短。

二百五　公子行李在后，难办聘礼。

春　云　来不及办聘礼。

田　氏　纳聘乃是俗礼，一概不要。

春　云　不要聘礼。

二百五　连一片茶叶都不要你的。

楚王孙　还要依我三件大事。

二百五　哪三件？

楚王孙　一要全堂鼓乐。二要夫人脱白穿红。三要推倒灵牌，即刻成亲。

二百五　公子说还要依他三件大事。

春　云　三件大事。

二百五　一要全堂鼓乐。

春　云　全堂鼓乐。

田　氏　依得。

二百五　夫人要脱白穿红。

春　云　脱白穿红。

田　氏　依得。

二百五　推倒灵牌，即刻成亲。

春　云　推倒灵牌，即刻成亲。

田　氏　依得！依得！依得！

楚王孙　更衣！

〔楚王孙、田氏、二百五下。

春　云　乐工走上。

〔乐工——即小鬼上，奏乐舞蹈。

〔二百五搀楚王孙，一百八搀田氏上。

春　云　（赞礼）伏以：

这个娘们胆子大，

做事不怕旁人骂。

自己说媒自己嫁，

真是一场大笑话。

一拜天地，

二拜高堂，

夫妻交拜，

送入洞房。

〔饮交杯酒。

田　氏　公子请！

楚王孙　夫人请！

（唱）燕婉新婚，

不是新人是旧人。

灯光下，

见田氏打扮得格外精神。

我和她几年来相敬如宾，

饮清泉，

吃烙饼，

从不见她玉面朱唇，这般娇嫩。
庄先生呀庄先生，
守着个如花美眷，
你讲什么寡欲清心，
著什么《南华经》！
你真是枉做一世人，
白长了一对眼睛！
只在今晚，
我要开一次荤，
和她好好地温存温存。
啊？我这是怎么啦？
怎么会胁下生风，
脚下坐云，
脐下三寸，
热气氤氲？
哦，我是喝了酒了。
酒助春兴，
折腾得我忘乎所以，不知所云！
我到底是庄夫子？
还是楚王孙？
快醒醒，醒醒，

老伙计，庄先生，
你可别迷了本性，
弄假成真！

田　氏　（唱）你与我松纽扣，
解罗裙，
笑吟吟，
展香衾。

〔扶入罗帏。

楚王孙　（大叫）哎哟！

〔田氏出帐。

田　氏　来人！

〔二百五、春云上。

田　氏　（问二百五）你家公子怎么了！

二百五　他得了暴病。

田　氏　是新病是老病？

二百五　旧病复发。

田　氏　可有药治？

二百五　百药都有，缺少药引。

田　氏　什么药引？

二百五　活人脑髓。

田　氏　活人脑髓，哪里去找？

二百五　往日在楚国京城，每逢公子犯病，便从大牢里提出待决死囚，砍头取脑，热酒冲服，便可痊愈。

田　氏　这这这，哪里去找活人脑子呀？……活人脑子没法找，这死人的行不行？

二百五　只要不过七七四十九天，脑髓尚未干枯，也能凑合。

田　氏　有！庄先生死去，未满一七，脑髓还是新鲜的。

二百五
春　云　你要劈棺取脑？！

田　氏　好好照看公子，待我劈棺！（下）

二百五　这娘们——

春　云　真够狠的！

第七场　劈　棺

〔女鬼舞蹈。

田　氏　（内唱）月色凄迷，（上）

（唱）阴风阵阵透人衣。

为救公子，

灵堂把棺劈。

我今日所为，

必定有人挑剔。

挑剔就挑剔，去他娘的！

只为了一世欢娱，

哪管他千夫所指。

心急只恨步行迟。

（摔了一跤）

喔哟！

这一跤摔了我一个半死，

磕破了双膝。

（登椅，复跃下）

我和他究竟是结发夫妻，

怎忍心开棺露体，

一斧当头劈？

且从容思虑，

别想个主意。

楚王孙　（内）疼煞我也！

田　氏　（唱）事急矣，

不能再犹豫。

舍不了死的，

就救不了活的。

（磨斧，登桌）

庄先生，庄夫子，
只好叫你委屈委屈，
借你的脑髓，
当他调药剂。
你死后无知，
早咽了一口气。
区区脑髓，
留之也无益，
白便宜了地下的虫蚁。
我这里倾全力钢斧一举——

〔庄周推棺坐起。

庄　周　是何人将我的灵柩劈！

〔田氏从桌上翻下。

庄　周　你是何人？

田　氏　你妻田、田、田氏。

庄　周　为何手执利斧，劈开我的棺木？

田　氏　……有一个术士，说你今日还阳，故而手执利斧，劈开棺木。

庄　周　为何脱白穿红？

田　氏　先生还阳，乃是喜事。

庄　周　你喝了酒了？

田　氏　喝喝喝了一杯。

庄　周　可有人与你同饮？

田　氏　没没没没有别人。

庄　周　你房中案上为何有两副杯筷？

田　氏　那一副是给你预备的。

庄　周　我死之后，可有外客前来？

田　氏　没没没没有外客。

庄　周　你来看！

〔楚王孙出现。

〔庄周一挥袖，楚王孙隐去。

庄　周　我即是他，
他即是我。
可一可二，
可分可合。

田　氏　（恍然大悟）
好你个庄先生，
你真想得出，
做得出！
我只说你是无疾而终，死得利索，
原来你插圈弄套，

百般的捉弄我！

我如今恶名扬，丑声播，

你叫我怎么做人？怎么活？！

罢！

〔田氏持斧自刎。

〔庄周夺过斧头。

庄　周　不必如此。

（唱）细思量，

不是你的错。

原来人都很脆弱，

谁也经不起诱惑。

不但你春情如火，

我原来也是好色不好德。

想男女交合，

本应是琴瑟谐和，花开两朵。

老夫少妻，

岂能强凑合。

倒不如松开枷锁，

各顾各。

从今后，

你是你，

我是我。

你要爱谁就爱谁，

愿跟谁过就跟谁过。

我这就打点行囊包裹，

浪迹天涯，神游六合。

你也解脱，

我也解脱。

（取出纸扇）

这一柄纸扇儿给你留着，

扇一扇，可也是日丽风和。

〔庄周翩然而下。

田　氏　庄先生！庄先生！（展扇轻扇）

尾　声

〔庄周、田氏、楚王孙、扇坟少妇、二百五、一百八、小鬼、女鬼。

〔歌舞。

歌　词　宇宙洪荒，开天辟地，

或为圣贤，或为蝼蚁，

赋气成形，偶然而已，
谁也没有什么了不起。
你是谁，谁是你，
人应该认识自己。
（三次重复）

一九八九年旧历大年初一

我是怎样和戏曲结缘的

有一位老朋友，三十多年不见，知道我在京剧院工作，很诧异，说："你本来是写小说的，而且是有点'洋'的，怎么会写起京剧来呢？"我来不及和他详细解释，只是说："这并不矛盾。"

我的家乡是个小县城，没有什么娱乐。除了过节，到亲戚家参加婚丧庆吊，便是看戏。小时候，只要听见哪里锣鼓响，总要钻进去看一会。

我看过戏的地方很多，给我留下较深的印象的，是两处。

一处是螺蛳坝。坝下有一片空场子。刨出一些深坑，植上粗大的杉篙，铺了木板，上面盖一个席顶，这便是戏

＊初刊于《新剧本》一九八五年第四期，初收于《晚翠文谈》。

台。坝前有几家人家，织芦席的，开茶炉的……门外都有相当宽绰的瓦棚。这些瓦棚里的地面用木板垫高了，摆上长凳，这便是“座”。——不就座的就都站在空地上仰着头看。有一年请来一个比较整齐的戏班子。戏台上点了好几盏雪亮的汽灯，灯光下只见那些簇新的行头，五颜六色，金光闪闪，煞是好看。除了《赵颜借寿》、《八百八军》等开锣吉祥戏，正戏都唱了些什么，我已经模糊了。印象较真切的，是一出《小放牛》，一出《白水滩》。我喜欢《小放牛》的村娘的一身装束，唱词我也大部分能听懂。像“我用手一指，东指西指，南指北指，[1]杨柳树上挂着一个大招牌……”“杨柳树上挂着一个大招牌”，到现在我还认为写得很美。这是一幅画，提供了一个春风淡荡的恬静的意境。我常想，我自己的唱词要是能写得像这样，我就满足了。《白水滩》这出戏，我觉别具一种诗意，有一种凄凉的美。十一郎的扮相很美。我写的《大淖记事》里的十一子，和十一郎是有着某种潜在的联系的。可以说，如果我小时候没有看过《白水滩》，就写不出后来的十一子。这个戏班里唱青面虎的花脸是很能摔。他能接连摔好多个“踝子”。每摔一个，台下叫好，他就跳起来摘一个“红

1　此处应为省略号，作者未记“前面的高坡，有几户人家”两句。——编者注

封”揣进怀里。——台上横拉了一根铁丝，铁丝上挂了好些包着红纸的“封子”，内装铜钱或银角子。凡演员得一个“好”，就可以跳起来摘一封。另外还有一出，是《九更天》。演《九更天》那天，开戏前即将钉板竖在台口，还要由一个演员把一只活鸡拽（zhai）[1]在钉板上，以示铁钉的锋利。那是很恐怖的。但我对这出戏兴趣不大，一个老头儿，光着上身，抱了一只钉板在台上滚来滚去，实在说不上美感。但是台下可“炸了窝”了！

另一处是泰山庙。泰山庙供着东岳大帝。这东岳大帝不是别人，是《封神榜》里的黄霓。东岳大帝坐北朝南，大殿前有一片很大的砖坪，迎面是一个戏台。戏台很高，台下可以走人。每逢东岳大帝的生日，——我记不清是几月了，泰山庙都要唱戏。约的班子大都是里下河的草台班子，没有名角，行头也很旧。旦角的水袖上常染着洋红水的点子——这是演《杀子报》时的“彩”溅上去的。这些戏班，没有什么准纲准词，常常由演员在台上随意瞎扯。许多戏里都无缘无故出来一个老头，一个老太太，念几句数板，而且总是那几句：

人老了，人老了，

人老先从哪块老？

1 注音为作者原注。——编者注。

人老先从头上老：
白头发多，黑头发少。
人老了，人老了，
人老先从哪块老？
人老先从牙齿老，吃不动的多，吃得动的少。
……

他们的京白、韵白都带有很重的里下河口音。而且很多戏里都要跑鸡毛报：两个差人，背了公文卷宗，在台上没完没了地乱跑一气。里下河的草台班子受徽戏影响很大，他们常唱《扫松下书》。这是一出冷戏，一到张广才出来，台下观众就都到一边喝豆腐脑去了。他们又受了海派戏的影响，什么戏都可以来一段“五音联弹”——“催战马，来到沙场，尊声壮士把名扬……”他们每一“期”都要唱几场《杀子报》。唱《杀子报》的那天，看戏是要加钱的，因为戏里的闻（文？）太师要勾金脸。有人是专为看那张金脸才去的。演闻太师的花脸很高大，嗓音也响。他姓颜，观众就叫他颜大花脸。我有一天看见他在后台栏杆后面，勾着脸——那天他勾的是包公，向台下水锅的方向，大声喊叫：“××！打洗脸水！”从他的宏亮的嗓音里，我感觉到草台班子演员的辛酸和满腹不平之气。我一生也忘记不了。

我的大伯父有一架保存得很好的留声机，——我们那里叫做“洋戏”，还有一柜子同样保存得很好的唱片。他有时要拿出来听听，——大都是阴天下雨的时候。我一听见留声机响了，就悄悄地走进他的屋里，聚精会神地坐着听。他的唱片里最使我受感动的程砚秋的《金锁记》和杨小楼的《林冲夜奔》。几声小镲，“啊哈！数尽更筹，听残银漏……”杨小楼的高亢脆亮的嗓子，使我感到一种异样的悲凉。

我父亲是个多才多艺的人，他会画画，会刻图章，还会弄乐器。他年轻时曾花了一笔钱到苏州买了好些乐器，除了笙箫管笛、琵琶月琴，连唢呐海笛都有，还有一把拉梆子戏的胡琴。他后来别的乐器都不大玩了，只是拉胡琴。他拉胡琴是“留学生”——跟着留声机唱片拉。他拉，我就跟着学唱。我学会了《坐宫》、《起解·玉堂春》[1]、《汾河湾》、《霸王别姬》……我是唱青衣的，年轻时嗓子很好。

初中，高中，一直到大学一年级时，都唱。西南联大的同学里有一些“票友”，有几位唱得很不错的。我们有时在宿舍里拉胡琴唱戏，有一位广东同学，姓郑，一听见我唱，就骂：“丢那妈！猫叫！”

大学二年级以后，我的兴趣转向唱昆曲。在陶重华等

1　应为《玉堂春·起解》。——编者注

先生的倡导下，云南大学成立了一个曲社，参加的都是云大和联大中文系的同学。我们于是“拍”开了曲子。教唱的主要是陶先生，吹笛的是云大历史系的张中和先生。从《琵琶记·南浦》、《拜月记·走雨》开蒙，陆续学会了《游园·惊梦》、《拾画·叫画》、《哭像》、《闻铃》、《扫花》、《三醉》、《思凡》、《折柳·阳关》、《瑶台》、《花报》……大都是生旦戏。偶尔也学两出老生花脸戏，如《弹词》、《山门》、《夜奔》……在曲社的基础上，还时常举行“同期”。参加“同期”的除同学外，还有校内校外的老师、前辈。常与“同期”的，有陶光（重华）。他是唱“冠生”的，《哭像》、《闻铃》均极佳，《三醉》曾受红豆馆主亲传，唱来尤其慷慨淋漓；植物分类学专家吴征镒，他唱老生，实大声宏，能把《弹词》的“九转”一气唱到底，还爱唱《疯僧扫秦》；张中和和他的夫人孙凤竹常唱《折柳·阳关》，极其细腻；生物系的教授崔芝兰（女），她似乎每次都唱《西楼记》；哲学系教授沈有鼎，常唱《拾画》，咬字讲究，有些过分；数学系教授许宝騄，我们《刺虎》就是他亲授的；我们的系主任罗莘田先生有时也来唱两段；此外，还有当时任航空公司经理的查阜西先生，他兴趣不在唱，而在研究乐律，常带了他自制的十二乐均律的铜管笛子来为人伴奏；还有一位世事洞明，人情练达，童心犹在，风趣非常的老人许茹香，每“期”必到。许家是昆曲世家，他能戏极多，而且“能打各省乡谈”，苏州话、扬州话、绍兴话都说得很好。他唱的都是别人不唱的戏，如《花判》、《下山》。他甚至能唱《绣襦记》的《教歌》。还有一位衣履整洁的先生，我忘记他的姓名了。他爱唱《山门》。他是个聋子，唱起来随时跑调，但是张中和先生的笛子居然能随着他一起“跑”！

参加了曲社，我除了学了几出昆曲，还酷爱上吹笛，——我原来就会吹一点。我常在月白风清之夜，坐在联大“昆中北院”的一棵大槐树暴出地面的老树根上，独自吹笛，直至半夜。同学里有人说：“这家伙是个疯子！”

抗战胜利后，联大分校北迁，大家各奔前程，曲社、“同期”也就风流云散了。

一九四九年以后，我就很少唱戏，也很少吹笛子了。

我写京剧，纯属偶然。我在北京市文联当了几年编辑，心里可一直想写东西。那时写东西必需“反映现实”，实际上是“写政策”，必需“下去”，才有东西可写。我整天看稿、编稿、下不去，也就写不成，不免苦闷。那年正好是纪念世界名人吴敬梓，王亚平同志跟我说：“你下不去，就从《儒林外史》里找一个题材编一个戏吧！”我听从了他的建议，就改了一出《范进中举》。这个剧本在文化局戏剧科的抽屉里压了很长时间，后来是王昆仑同志发现，介绍给奚啸伯演出了。这个戏还在北京市戏曲会演中得了剧本一等奖。

我当了右派，下放劳动，就是凭我写过一个京剧剧本，经朋友活动，而调到北京京剧院里来的。一晃，已经二十几年了。人的遭遇，常常是不以自己的意志为转移的。

我参加戏曲工作，是有想法的。在有一次齐燕铭同志主持的座谈会上，我曾经说："我搞京剧，是想来和京剧闹一阵别扭的。"简单地说，我想把京剧变成"新文学"。更直截了当地说：我想把现代思想和某些现代派的表现手法引进到京剧里来。我认为中国的戏曲本来就和西方的现代派有某些相通之处。主要是戏剧观。我认为中国戏曲的戏剧观和布莱希特以后的各流派的戏剧观比较接近。戏就是戏，不是生活。中国的古代戏曲有一些西方现代派的手法（比如《南天门》、《乾坤福寿镜》、《打棍出箱》、《一匹布》……），只是发挥得不够充分。我就是想让它得到更多的发挥。我的《范进中举》的最后一场就运用了一点心理分析。我刻画了范进发疯后的心理状态，从他小时读书、逃学、应考、不中、被奚落，直到中举，做了主考，考别人："我这个主考最公道，订下章程有一条：年未满五十，一概都不要，本道不取嘴上无毛！……"我想把传统和革新统一起来，或者照现在流行的话说：在传统与革新之间保持一种张力。

我说了这一番话，可以回答我在本文一开头提到的那位阔别三十多年的老朋友的疑问。

我写京剧，也写小说。或问：你写戏，对写小说有好处么？我觉至少有两点。

一是想好了再写。写戏，得有个总体构思，要想好全剧，想好各场。各场人物的上下场，各场的唱念安排。我写唱词，即使一段长到二十句，我也是每一句都想得能够成诵，才下笔的。这样，这一段唱词才是“整”的，有层次，有起伏，有跌宕，浑然一体。我不习惯于想一句写一句。这样的习惯也影响到我写小说。我写小说也是全篇、各段都想好，腹稿已具，几乎能够背出，然后凝神定气，一气呵成。

前几天，有几位从湖南来的很有才华的青年作家来访问我，他们提出一个问题：“您的小说有一种音乐感，您是否对音乐很有修养？”我说我对音乐的修养一般。如说我的小说有一点音乐感，那可能和我喜欢画两笔国画有关。他们看了我的几幅国画，说：“中国画讲究气韵生动，计白当黑，这和‘音乐感’是有关系的。”他们走后，我想：我的小说有“音乐感”么？——我不知道。如果说有，除了我会抹几笔国画，大概和我会唱几句京剧、昆曲，并且写过几个京剧剧本有点关系。有一位评论家曾指出我的小说的语言受了民歌和戏曲的影响，他说得有几分道理。

一九八五年五月二十二日

我的“解放”

我的“解放”很富于戏剧性，是江青下的命令。江青知道我，是因为《芦荡火种》。这出戏彩排的时候，她问陪她看戏的导演（也是剧团团长）肖甲：“词写得不错，谁写的？”她看戏，导演都得陪着，好随时记住她的“指示”。其时大概是一九六四年夏天。

《芦荡火种》几经改写，定名为《沙家浜》，重排后在北京演了几场。

我又被指定参加《红岩》的改编。一九六四年冬，某日，党委书记薛恩厚带我和阎肃到中南海去参加关于《红岩》改编的座谈会。地点在颐年堂。这是我第一次见江

＊初刊于《东方纪事》一九八九年第一期，初收于北师大版《汪曾祺全集》第四卷。

青。在座的有《红岩》小说作者罗广斌和杨益言、林默涵，好像还有袁水拍。他们对《红岩》改编方案已经研究过，我是半路插进来的，对他们的谈话摸不着头脑，一句也插不上嘴，只是坐在沙发里听着，心里有些惶恐。江青说了些什么，我也全无印象，只因为觉得奇怪才记住她最后跟罗广斌说的那句话："将来剧本写成了，小说也可以按照戏来改。"

自六四年冬至六五年春我们就集中起来改《红岩》剧本。先是在六国饭店，后来改到颐和园的藻鉴堂。到藻鉴堂时昆明湖结着冰，到离开时已解冻了。

其后，我们随剧团大队，浩浩荡荡，到四川"体验生活"。在渣滓洞坐了牢（当然是假的），大雨之夜上华蓥山演习了"扯红"（暴动）。这种"体验生活"实在如同儿戏，只有在江青直接控制下的剧团才干得出来。"体验"结束，剧团排戏（排《沙家浜》），我们几个编剧住在北温泉的"数帆楼"改《红岩》剧本。

一九六五年四月中旬剧团由重庆至上海，排了一些时候戏，江青到剧场审查通过，定为"样板"，决定五一公演。"样板戏"的名称自此时始。剧团那时还不叫"样板团"，叫"试验田"，全称是"江青同志的试验田"。

江青对于样板戏确实是"抓"了的，而且抓得很具体，从剧本、导演、唱腔、布景、服装，包括《红灯记》铁梅的衣服上的补丁，《沙家浜》沙奶奶家门前的柳树，事无巨细，一抓到底，限期完成，不许搪塞。有人说“样板戏”都是别人搞的，江青没有做什么，江青只是“剽窃”，这种说法是不科学的。对于“样板戏”可以有不同看法，但是企图在“样板戏”和江青之间“划清界限”，以此作为“样板戏”可以“重出”的理由，我以为是不能成立的。这一点，我同意王元化同志的看法。作为“样板戏”的过来人，我是了解情况的。

从上海回来后，继续修改《红岩》。“样板戏”的创作，就是没完没了的折腾。一直折腾到年底，似乎这回可以了。我们想把戏写完了好过年。春节前两天，江青从上海打来电话，给市委宣传部长李琪，叫我们到上海去。我对阎肃说：“戏只差一场，写完了再去行不行？”李琪回了电话，复电说：“不要写了，马上来！”李琪于是带着薛恩厚、阎肃、我，乘飞机到上海。住东湖饭店。

李琪是不把江青放在眼里的。到了之后，他给江青写了一个便条：“我们已到上海，何时接见，请示。”下面的礼节性的词句却颇奇怪，不是通常用的“此致敬礼”，而是“此问近祺”。我和阎肃不禁相互看了一眼。稍为知道一点中国的文牍习惯的，都知道这至少不够尊敬。

江青在锦江饭店接见了我们。江青对李琪说："对于他们的戏，我希望你了解情况，但是不要过问。"（这是什么话呢？我们剧团是市委领导的剧团，市委宣传部长却对我们的戏不能过问！）她对我们说："上次你们到四川去，我本来也想去。因为飞机经过一个山，我不能适应。有一次飞过的时候，几乎出了问题，幸亏总理叫来了氧气，我才缓过来。你们去，有许多情况，他们不会告诉你们。我万万没有想到：那个时候，四川党还有王明路线！"

我们当时听了虽然感到有点诧异，但是没有感到这句话的严重性，以为她掌握了什么内部材料。"文化大革命"以后，回想起来，才觉出这是一句了不得的话，她要整垮四川党的决心，早就有了。

她决定，《红岩》不搞了，另外搞一个戏：由军队党派一个干部（女的），不通过地方党，找到一个社会关系，打进兵工厂，发动工人护厂，迎接解放。

（哪有这样的事呢？一个地下工作者，不通过党的组织，去开展工作，这根本不符合党的工作原则；一个人，单枪匹马，通过社会关系，发动群众，这可能么？）

我和阎肃，按照她的意思，两天两夜，赶编了一个提纲。阎肃解放前夕在重庆，有一点生活，但是也绝没有她说的那样的生活，——那样的生活根本没有。我是一点生活也没有，但是我们居然编出一个提纲来了！“样板戏”的编剧都有这个本事：能够按照江青的意图，无中生有地编出一个戏来。不这样，又有什么办法呢？提纲出来了，定了剧名：《山城旭日》。

我们在“编”提纲时，李琪同志很“清闲”，他买了一包上海老城隍庙的奶油五香豆，一边“荡马路”，一边嘬哑倒嗍。

江青虽然不让李琪过问我们的戏，我们还有点“组织性”，我们把提纲向李琪汇报了。李琪听了，说了一句不凉不酸的话：“看来，没有生活也是可以搞创作的哦？”

我们向江青汇报了提纲，她挺满意！说：“回去写吧！”

回到北京，着手“编”剧。

三月中，她又从上海打电话来：“叫他们来一下，关于戏，还有一些问题。”

这次到上海，气氛已经很紧张了。批《海瑞罢官》已经达到高潮。李琪带了一篇他写的批判文章（作为北京市委宣传部长，他不得不写一篇文章）。他把文章交给江青看看。第二天，江青还给了他，只说了一句：“太长了吧。”江青这时正在炮制军队文艺座谈会纪要。我和薛恩厚对这个座谈会一无所知。阎肃是知道这个会的，李琪当然也会知道。李琪的神色不像上一次到上海时显得那么自在了。据薛恩厚说（他们的房间相对着，当中隔一个小客厅），他半夜大叫（想是做了噩梦）。

一天，江青叫秘书打电话来，叫我们到“康办”（张春桥在康平路的办公室）去见她。李琪说：“我不去了，——她找你们谈剧本。”我说：“不去不好吧，还是去一下。”李琪在屋里来来回回地走。汽车已经开出来在门口等着了，但还是来回走。最后，才下了决心：“好！去！”

关于剧本，其实没有谈多少意见，她这次实际上是和李琪、薛恩厚谈“试验田”的事。他们谈了些什么，我和阎肃都没有注意。大概是她提了一些要求，李琪没有爽快地同意，只见她站了起来，一边来回踱步，一边说：“叫老子在这里试验，老子就在这里试验！不叫老子在这里试验，老子到别处去试验！”声音不很大，但是语气分量很重。回到东湖饭店，李琪在客厅里坐着，沉着脸，半天没有说话。薛恩厚坐在一边，汗流不止。我和阎肃看着他们。我们知道她这是向北京市摊牌。我和阎肃回到房间，阎肃说：“一个女同志，‘老子’、‘老子’的！唉！”我则觉得江青说话时的神情，完全是一副“白相人面孔”。

《山城旭日》写出来了，排练了，彩排了几场，“文化大革命”起来了，戏就搁下了。江青忙着“闹革命”，也顾不上再过问这个戏。

剧团的领导都被揪了出来，他们是“走资派”。我也被揪了出来，因为是“老右派”，而且我和薛恩厚曾合作写过一个剧本《小翠》，被认为是反党反社会主义的大毒草。剧中有一个傻公子，救了一只狐狸，他说是猫，别人告诉他这不是猫，你看，这是个大尾巴，傻公子愣说“大尾巴猫”！这就不得了了，这影射什么！“文化大革命”中许多“革命群众”的想象力真是特别丰富，他们能从一句话里挖出你想象不到的意思。

批斗、罚跪、在头发当中推一剪子开出一条马路，在院内游街，挨几下打，这些都是题中应有之义，全国皆然，不必细说。

后来把我们都关到一间小楼上。这时两派斗了起来，“革命群众”对我们也就比较放松，不大管了。

小楼上关的，有被江青在“11·28”大会上点名的剧团领导，几个有历史问题的“反革命”，还有得罪了江青的赵燕侠。虽然只十来个人，但小楼很小，大家围着一张长桌坐着，凳子挨着凳子，也够挤的。坐在里边的人要下楼解手，外边的人就得站起来让他过去。我有一次下楼，要从赵燕侠身前过，她没有站起来，却刷的一下把一只左脚高举过了头顶。赵老板有《大英节烈》的底子，腿功真不错！我们按时上下班，比起“革命群众”打派仗，热火朝天，卜昼卜夜，似乎还更清静一些。每天的日程是学毛选，交待问题，劳动。“问题”只是那些，交待起来没个完，于是大家都学会了车轱辘话来回转，这次是“一、二、三、四、五”，下次是“五、四、三、二、一”。劳动主要是两项。一是劈劈柴。剧团隔一个胡同有一个小院子，里面有许多破桌子烂椅子，我们就把这些桌椅破碎供生炉子取暖用。这活劳动量不大，关起院门，与世隔绝，可以自由休息，随便说话。另外一项是抬煤。两个人抬一筐，不算太沉。吃饭自己带。有人竟然带了干烧黄鱼中段、煨牛肉、三鲜馅的饺子来，可以彼此交换品尝。应该说，我们的小楼一统的日子，没有受太大的罪。但是一天一天这么下去，到哪儿算一站呢？

一天，薛恩厚正在抬煤，李英儒（当时是中央“文革”小组的联络员，隔十天半月到剧团来看看）对他说：“老薛，像咱们这么大的年纪，这样重的活就别干了。”我一听，奇怪，何态度亲切乃尔？过了几天，我在抬煤，李英儒看见，问我：“汪曾祺，你最近在干什么哪？”我说：“检查、交待。”他说：“检查什么！看看《毛选》吧。”我心里明白，我们的问题大概快要解决了。

四月二十七日上午，革委会的一位委员上小楼叫我，说“李英儒同志找你”。我到了办公室，李英儒说：“准备解放你，你准备一下，向群众作一次检查。”我回到小楼，正考虑怎样检查，李英儒又派人来叫我，说：“不用检查了，你表一个态。——不要长，五分钟就行了。”我刚出办公室，走了几步，又把我叫回去，说：“不用五分钟，三分钟就行了！”

过不一会，群众已经集合起来。三分钟，说什么？除了承认错误，我说：“江青同志如果还允许我在‘样板戏’上尽一点力，我愿意鞠躬尽瘁，死而后已！”这几句话在四人帮垮台后，我不知道检查了多少次。但是我当时说的是真心话，而且是非常激动的。

表了态，我就“回到革命队伍当中”了，先在“干部组”呆着。和八九个月以前朝夕相处的老同志坐在一起，恍同隔世。

刚刚坐定，一位革委会委员拿了一张戏票交给我：“江青同志今天来看《山城旭日》，你晚上看戏。”

过了一会，委员又把戏票要走。

过了一会，给我送来一张请帖。

过了一会，又把请帖要走。

我不知道这是怎么回事。李英儒派人来叫我到办公室，告诉我："江青同志今天来看戏，你和阎肃坐在她旁边。"

我当时囚首垢面，一身都是煤末子，衣服也破烂不堪。回家换衣服，来不及了，只好临时买了一套。

开戏前，李英儒早早在贵宾休息室坐着。我记得闻捷和李丽芳来，李英儒和他们谈了几句（这是我唯一一次见到闻捷）。快开演前，李英儒嘱咐我："不该说的话不要说。"我不知道这句话是什么意思。我没有什么话要跟江青说，也不知道有什么话不该说。恍恍惚惚，如在梦里。

快开戏了，江青来，坐下后只问我一个她所喜欢的青年演员在运动中表现怎么样，我不了解情况，只好说："挺好的。"

看戏过程中，她说了些什么，我全不记得了，只记得她说："你们用毛主席诗词作每场的标题，倒省事啊！不要用！"

散了戏，座谈。参加的人，限制得很严格。除了剧作者，只有杨成武、谢富治、陈亚丁。她坐下后，第一句话是："你们开幕的天幕上写的是'向大西南进军'（这个戏开幕后是大红的天幕，上写六个白色大字：'向大西南进军'），我们这两天正在研究向大西南进军。"

当时我们就理解，她所谓"向大西南进军"，就是搞垮大西南的党政领导，把“革命”的烈火在大西南烧得更猛。后来西南几省，尤其是四川，果然乱得一塌糊涂。

除了陈亚丁长篇大论地谈了一些对戏的意见外，他们所谈的都是关于“文化大革命”的事。我和阎肃只好装着没听见。

忽然江青发现一个穿军装的年轻女同志在一边不停地记，她脸色一变，问：“你是哪来的？”

“我是军报的。”

“谁让你进来的？”

“……”

“我们在这里漫谈，你来干什么？出去！”

这位女记者满面通红，站起来往外走。

“把你的笔记本留下。你这样做，我很不放心！”

江青有个脾气，她讲话，不许记录。何况今天的讲话，非同小可，这位女同志冒冒失失闯了进来，可谓“不知天高地厚”。

杨成武说了几句，门外喊“报告！”，杨成武听出是秘书的声音。“进来！”秘书在杨成武耳边说了几句话。杨成武起立，说：“打下了一架无人驾驶飞机，我去处理一下。”江青轻轻一扬手：“去吧！”

江青这种说话语气，我们见过不止一次。她对任何干部，都是“见官大一级”，用“一朝国母”的语气说话。

谢富治发言，略谓“打开了重庆，我是头一个到渣滓洞去看了的。根据我对地形的观察，根本不可能跑出一个人来”！

我当时就想：坏了！按照他的逻辑，渣滓洞的幸存者，全是叛徒。我马上想到罗广斌。罗广斌后来不明不白地死掉了，我一直想，这和谢富治这句斩钉截铁的断言是有（尽管不是直接的）关系的。

座谈结束，已经是凌晨两点多钟。公共汽车、电车早已停驶。剧团不会给我留车。我也绝没想到让剧团给我派一辆车。我只好由虎坊桥步行回甘家口，走到家，天都快亮了。

我在“文化大革命”中的遭遇，我的“解放”，尘芥浮沤而已。我要揭出的是我亲自听到的江青的两句话：“我万万没有想到，那个时候，四川党还有王明路线”，和“我们这两天正在研究向大西南进军”。我是一个侧面的历史见证人。因为要衬出这个历史片段的来龙去脉，遂不惮其烦地述说了我的“解放”，否则说不清楚，我的缕述，细节、日期或不准确，但是江青的这两句话，我可以保证无讹。

关于《沙家浜》

一九六三年冬天，江青到上海看戏，回北京后带回两个沪剧剧本，一个《芦荡火种》，一个《革命自有后来人》，找了中国京剧院和北京京剧团的负责人去，叫改编成京剧。北京京剧团"认购"了《芦荡火种》。所以选中《芦荡火种》，大概因为主角是旦角，可以让赵燕侠演。《革命自有后来人》，归了中国京剧院，后改编为《红灯记》。

我和肖甲、杨毓珉去改编，住颐和园龙王庙。天已经冷了，颐和园游人稀少，风景萧瑟。连来带去，一个星期，就把剧本改好了。实际写作，只有五天。初稿定名为《地下联络员》，因为这个剧名有点传奇性，可以"叫座"。

---

*初刊于《八小时以外》一九九二年第六期，初收于北师大版《汪曾祺全集》第五卷。

经过短时期突击性的排练，要赶在次年元旦上演，已经登了广告。江青知道了，赶到剧场，说这样匆匆忙忙地搞出来，不行！叫把广告撤了。

江青总结了五十年代出现过的一批京剧现代戏失败的教训，认为这些戏没有能站住，主要是因为质量不够，不能和传统戏抗衡。江青这个“总结”是对的。后来她把这种思想发展成“十年磨一戏”。一个戏磨到十年，是要把人磨死的。但是戏是要“磨”的。萝卜快了不洗泥，是搞不出好戏的。公平地说，“磨戏”思想有其正确的一面。

决定重排，重写剧本。这次参加执笔的是我和薛恩厚。大概是一九六四年初春，住广渠门外一个招待所。我记得那几天还下了大雪，我和老薛踏雪到广渠门里一个饭馆里吃过涮羊肉。前后也就是十来天吧，剧本改出来了。二稿恢复了沪剧原名《芦荡火种》。

经过比较细致的排练，江青看了，认为可以请毛主席看了。

毛主席对京剧演现代戏一直是关心的，并提出过一些很中肯的意见，比如：京剧要有大段唱，老是散板、摇板，会把人的胃口唱倒的。这是针对五十年代的京剧现代戏而说的。五十年代的京剧现代戏确实很少有“上板”的唱，只有一点儿散板摇板，顶多来一段流水、二六。我们在《芦荡火种》里安排了阿庆嫂的大段二黄慢板“风声紧雨意浓天低云暗”，就是受了毛主席的启发，才敢这样干的。“风声紧雨意浓”大概是京剧现代戏里第一次出现的慢板。彩排的时候，吴祖光同志坐在我的旁边，说：“这个赵燕侠真能沉得住气！”“沉不住气”，是五十年代搞京剧现代戏的同志普遍的创作心理。后来的现代戏，又走了另一个极端，不用散板摇板。都是上板的唱。不用散板摇板，就成了一朵一朵光秃秃的牡丹。毛主席只是说不要“老是散板摇板”，不是说不要散板摇板。

毛主席看了《芦荡火种》，提了几点意见（是江青向薛恩厚、肖甲等人传达的，我是间接知道的）：

兵的音乐形象不饱满；

后面要正面打进去，现在后面是闹剧，戏是两截；

改起来不困难，不改，就这样演也可以，戏是好戏；

剧名可叫《沙家浜》，故事都发生在这里。

我认为毛主席的意见都是有道理的，“态度”也很好，并不强加于人。

有些事实需要澄清。

兵的音乐形象不饱满，后面是闹剧，戏是两截，这都是原剧所存在的严重缺点。原剧的结尾是乘胡传奎结婚之机，新四军战士化装成厨师、吹鼓手，混进刁德一的家，开打。厨师念数板，有这样的词句："烤全羊，烧小猪，样样咱都不含糊。要问什么最拿手，就数小葱拌豆腐！"而且是"怯口"，说山东话。吹鼓手只有让乐队的同志上场，吹了一通唢呐。这简直是起哄。改成正面打进去。就可以"走边"（"奔袭"），"跟头过城"，翻进刁宅后院，可以发挥京剧的特长。毛主席的意见只是从艺术上，从戏的完整性上考虑的，不牵涉到政治。"要突出武装斗争"，是江青的任意发挥。把郭建光提到一号人物，阿庆嫂压成二号人物，并提高到"究竟是武装斗争领导地下斗争，还是地下斗争领导武装斗争"这样的原则高度，更是无限上纲，胡搅蛮缠。后来又说彭真要通过这出戏来反对武装斗争，更是莫须有的诬陷。

《沙家浜》这个剧名是毛主席定的，不是江青定的。最初提出《芦荡火种》剧名不妥的，是谭震林。他说那个时候，革命力量已经不是星星之火，已经是燎原之势了。谭震林是江南新四军的领导人，他的话是对的。"芦荡"和"火种"，在字面上也矛盾。芦荡里都是水，怎么能保存火种呢？有人以为《沙家浜》是江青取的剧名，并以为《沙家浜》是江青抓出来的。《芦荡火种》和江青的关系不大。一些戏曲史家，戏曲评论家都愿意提《芦荡火种》，不愿意提《沙家浜》，这实在是一种误解。

我们按照江青传达的毛主席的意见，改了第三稿。一九六五年五月，江青在上海审查通过，并定为“样板”，“样板戏”这个叫法，是这个时候开始提出来的。

一九七〇年五月，《沙家浜》定本，在《红旗》杂志发表。

很多同志对“样板戏”的“定本”有兴趣，问我是怎样一个情形。是这样的：人民大会堂的一个厅（我记得是安徽厅）。上面摆了一排桌子，坐的是江青、姚文元、叶群（可能还有别的人，我记不清了）。对面一溜长桌，坐着剧团的演员和我。每人面前一个大字的剧本。后面是她的样板团们一群“文艺战士”。由剧团演员一句一句轮流读剧本。读到一定段落，江青说：“这里要改一下。”当时就得改出来。这简直是“庭对”。她听了，说：“可以。”这就算“应对称旨”。这号活儿，没有一点捷才，还真应付不了。

江青在《沙家浜》创作过程中做了一些什么？

我历来反对一种说法：“样板戏”是群众创作的，江青只是剽窃了群众创作成果。这样说不是实事求是的。不管对“样板戏”如何评价，我对“样板戏”从总体上是否定的，特别是其创作思想——三突出和主题先行，但认为部分经验应该吸收（借鉴），不能说这和江青无关。江青在

"样板戏"上还是花了心血，下了功夫的，至于她利用"样板戏"的反党害人，那是另一回事。当然，她并未亲自动手写过一句唱词，导过一场戏，画过一张景片，她只是找有关人员谈话，下"指示"。

从剧本方面来说，她的"指示"有些是有道理的。比如《智斗》一场，原来只是阿庆嫂和刁德一两个人的"背供"唱，江青提出要把胡传奎拉进矛盾里来，这样不但可以展开三个人之间的心理活动，舞台调度也可以出点新东西，——《智斗》的舞台调度是创造性的。照原剧本那样，阿庆嫂和刁德一斗心眼，胡传奎就只能踱到舞台后面对着湖水抽烟，等于是"挂"起来了。

有些是没有什么道理的。郭建光出场的唱"朝霞映在阳澄湖上"的第二句原来是"芦花白早稻黄绿柳成行"，她说这三种植物不是一个季节，说她到苏州一带调查过（天知道她调查了没有）。于是只能改成"芦花放稻谷香岸柳成行"，其实还不是一样？沙奶奶的儿子原来叫七龙，她说生七个孩子，太多了！这好办，让沙奶奶少生三个，七龙变成四龙！

有些是没有道理的，"风声紧"唱段前原来有一段念白："一场大雨，湖水陡涨。满天阴云，郁结不散，把一个水国江南压得透不过气来。不久只怕还有更大的风雨呀。亲人们在芦荡里，已经是第五天啦。有什么办法能救亲人出险哪！”这段念白，韵律感较强，是为了便于叫板起唱。江青认为这是“太文的词儿了”，于是改成“刁德一出出进进的，胡传奎在里面打牌……”这是大白话，真是一点都不“文”了。这段念白是江青口授的，倒可以算是她的创作。《智斗》一场阿庆嫂大段流水“垒起七星灶”差一点被她砍掉，她说这是“江湖口”，“江湖口太多了！”我觉很难改，就瞒天过海地保存了下来。

江青更多的精力用在抓唱腔，抓舞美。唱腔设计出来，试唱之后，要立即将录音送给她，她定要逐段审定的。“朝霞映在阳澄湖上”设计出两种方案，她坐在剧场里听，最后决定用李金泉同志设计的西皮。沙奶奶家门前的那棵柳树，她怎么也不满意，说要江南的垂柳，不要北方的。舞美设计到杭州去写生，回来做了一棵，这才通过。我实在看不出舞台上的柳树是杭州“柳浪闻莺”的，还是北京北海的，只见一棵用灯光照得碧绿透亮（亮得很不正常）的不大的柳树而已。

我在执笔写《沙家浜》时的一些想法。江青早期抓现代戏时，对剧本不是抓得很紧，我们还有一点创作自由。我的想法很简单。一是想把京剧写得像个京剧。写唱词，要像京剧唱词。京剧唱词基本上是叙述性的，不宜有过多的写景、抒情，而且要通俗。王昆仑同志曾对我说，《文昭关》“一事无成两鬓斑”，四句之后，就得是“恨平王无道纲常乱”。我认为很有道理。因此，我写《沙家浜》，在“风声紧雨意浓天低云暗”之后，下一句就是“不由人一阵阵坐立不安”。“不由人一阵阵坐立不安”，何等平庸。但是，同志，这是京剧唱词。后来的“样板戏”抒情过多，江青甚至提出“抒情专场”，于是满篇豪言壮语。我认为这是对京剧“体制”不了解所造成。再是，我想对京剧语言，进行一点改革，希望唱词能生活化、性格化，并且能突破原来的唱词格律（二二三,三三四）。“垒起七星灶”是个尝试。写这一稿时，这一段写了两个方案，一个是五言的，一个是七言的。我向设计唱腔的李慕良同志说：如果五言的不好安腔，就用七言的。结果李慕良同志选择了五言的，创造了一段五言流水，效果很好。这一段唱词是数学游戏。前面说得天花乱坠，结果是“人一走，茶就凉”，是个“零”。前些时见到报上说“人一走，茶就凉”是民间谚语，不是的。

《沙家浜》从写初稿，至今已有二十七年。从“定稿”到现在，也有二十一年了。俯仰之间，已为陈迹。但是“样板戏”不能就这样揭过去。这些年的戏曲史不能是几张白页。于是信笔写了一点回忆，供作资料。忆昔执笔编剧，尚在壮年。今年七十一，垂垂老矣，感慨系之。

一九九一年十一月二十二日

裘盛戎二三事

裘盛戎把花脸艺术推到了一个新的阶段。以前的花脸大都以实大声宏，粗犷霸悍取胜，盛戎开始演唱得很讲究，很细，很有韵味，很美。盛戎初露头角时，有人对他的演唱看不惯，嘲笑他是“妹妹花脸”。这些人说对了！盛戎即便是演粗豪人物也带有几分妩媚。粗豪和妩媚是辩证的统一。男性美中必须有一点女性美。

盛戎非常注意宏细、收放、虚实，不是一味在台上喊叫。这样才有对比，有映照，有起伏。他在《铫期》中打的虎头引子，“终朝边塞”几乎是念出来的，而且是轻轻地念出来的，下边“征胡虏”才用深厚的胸音高唱，这样才有大将风度。如果上来就铆足了劲，就不像个元老

---

*初刊时间、初刊处未详，初收于北师大版《汪曾祺全集》第六卷。

重臣，像个山大王了。《雪花飘》开场四句：“打罢了新春六十七（哟），看了五年电话机。传呼一千八百日，舒筋活血强似下棋。”盛戎也是轻唱，在叙述中带点抒情，很潇洒。这四句散板简直有点像马派老生。旧本《杜鹃山》有一场“烤番薯”。毒蛇胆在山下烧杀乡亲，雷刚不能下山搭救。他在篝火中烤一块番薯，番薯的糊香使他想起乡亲们往日待他的恩情，唱道：“一块番薯掰两半，曾受深恩三十年……”“一块番薯掰两半”是虚着唱的，轻轻地，他在回忆。“深恩”用足胸腔共鸣，深沉浑厚，感情很浓重。

盛戎高音很好，但不滥用，用则如奇峰突起，极其提神。《连环套》“饮罢了杯中酒”，一般花脸“杯”字多平唱，盛戎拔了一个高。《群英会》黄盖只有四句散板，盛戎能要下三个“好”。“俺黄盖受东吴三世厚恩”，“三”字拔高，非常突出。我问过盛戎的琴师汪本贞：“‘三’字高唱是不是盛戎的创造？”汪本贞说：“是的。”我说：“‘三’字高唱，表现出黄盖受东吴之恩不止一世，因此才愿冒极大风险，诈降曹营。”汪本贞说：“就是！就是！”盛戎在香港告别演出的剧目是《锁五龙》，那天他不知怎么来了劲，“二十年投胎某再来”，“投胎”使了个嘎调——高八度，台底下炸了窝。连汪本贞都没有想到，说：“我给他拉了一辈子胡琴，从来没有听他这么唱过。”

花脸有“炸音”，有“鼻音”。一般花脸演员能“炸”就“炸”，有 eng 的字很早就归入鼻音，听起来“嗯嗯”作响。这是架子花脸的唱法，不是铜锤的唱法。这是唱“花脸”，不是唱人物。盛戎很少使“炸音”、“鼻音”。他唱《盗御马》“自有那黄三泰与你们抵偿”，“泰”字稍用“炸音”，但不过分。《铡美案》“包龙图打坐在开封府”，“封”字只略带鼻音，盛戎的鼻腔共鸣极好，可以说是举世无双。一个耳鼻喉科的苏联专家对盛戎的鼻腔构造发生很大兴趣。但是盛戎字字有鼻腔共鸣，而无字着意用鼻音，只是自自然然地唱。盛戎演的是人物，不是行当。此盛戎超出于侪辈，以至造成“无净不裘”的秘密所在。

盛戎善于用气，晚年在研究气口上下了很大功夫。他跟我说：“老汪，花脸唱一场戏，得用多少气呀！我现在岁数大了，不研究气口怎么行？”他在气口运用上有很多独到之处。《智取威虎山》李勇奇的独唱有一句大腔，一般花脸都只是唱半句，后面就交给了胡琴，盛戎说：“要叫我唱，我就唱全了，用程派，声音控制得很‘小’。”盛戎的唱法有许多地方确实从程派受到启发。李勇奇唱腔的最后一句：“扫平那威虎山我一马当先”，按花脸惯例，都是在“一马”后面换气，“当先”一口气唱出，盛戎不这样，他在“当”字后换气，唱成“一马当——先……”。他说“当”字唱在后面，“先”字就没有多少气了，不“足”。

盛戎的表演能够扬长避短，不拘成法。他的腿不太好，踢得不高，他就把《盗御马》的踢腿改成了大跨步，很美，台下一片掌声。他“四记头”亮相，髯口甩在哪边，没准谱。到他快亮相的时候，后台的青年演员就在边幕后等着：“瞧着瞧着！看他今天甩在左边，还是右边！”——“怪！甭管甩在哪边，都挺好看！”《除三害》的周处，把开氅一甩，往肩上一搭，迤里歪斜的就下场了，完全是一个天桥杂巴地！这个身段的设计是从生活来的，周处本来是个痞子。

盛戎许多表演都是从生活中来，借鉴了话剧，借鉴了周信芳。铫刚压死国丈，家院一报，铫期一惊，差一点落马，是有名的例子。见到铫刚，问了一句：“儿是铫刚？”随即一串冷笑。我问过盛戎，这时候为什么冷笑，盛戎说：“你真是好样儿的，你给我闯了这么大的祸！”戏曲演员运用潜台词的不多，盛戎的戏常有丰富的潜台词。《万花亭》郭妃给铫期敬酒，盛戎接杯，口中连说：“不敢！不敢！”声音很小，又是背着身，台下是根本听不见的，但是盛戎每次演到这里，从来都是一丝不苟。

盛戎文化不高，但是理解能力很强，而且表现得出。

《杜鹃山·打长工》有两句唱:“他遍体伤痕都是豪绅罪证，我怎能在他的旧伤痕上再加新伤痕?”是流水板，原来设计的唱腔是“数”过去的。我跟盛戎说:“老兄，这可不成!你得真看到伤痕，而且要想一想。”盛戎立刻理解:“我再来来，您看成不成?”他把“旧伤痕上”唱“散”了，放慢了速度，加一个弹拨乐的单音小执头“登登登登……”然后回到原节奏，“再加新伤痕”一泻无余。设计唱腔的唐在炘、熊承旭齐声叫“好!”《烤番薯》里的一句唱词“一块番薯掰两半”，设计唱腔的同志不明白这是什么意思，盛戎说:“这有什么不明白的!一块番薯掰两半，有他吃的就有我吃的。”基于这种理解，盛戎才能把这一句唱词唱得那样感情深厚。

盛戎一直想重演《杜鹃山》，愿意和我、唐在炘、熊承旭再合作一次。为此曾特意请我和老唐、老熊上家里吃过一次饭。

这时盛戎身体已经不行了，可是不死心。他一个人睡在小屋里，夜里看剧本，两次把床头灯的灯罩烤着了。

盛戎大概已经知道自己得的是癌症，肺癌。他跟我说:“甭管它是什么，有病咱们治病!”他并未丧失信心。

盛戎住进了肿瘤医院，癌细胞已经扩散到脑子，不治了。但还想着演《杜鹃山》，枕边放着剧本。有一次剧本被人挪开，他在枕边乱摸。他的夫人用报纸卷了个纸筒放在他手里，他才算安心。他临终前两三天，我和在炘、承旭到医院去看他。他的学生方荣翔领我们到盛戎的病房。盛戎的半拉脸烤电都烤糊了，正在昏睡。荣翔叫他：“先生先生，有人来看您。”盛戎微微睁眼。荣翔指指我，问盛戎：“您还认识吗？”盛戎在枕上点点头，说了一个字：“汪。”随即流下一大滴眼泪。

千古文章未尽才，悲夫！

一九九三年七月二十八日

笔下处处有人
——谈《四进士》

《四进士》的来源无可考。传奇、小说、笔记里都找不到它的影子。这大概原是一出地方戏。山西梆子、河北梆子、河南梆子都有这出戏。河南梆子就叫做《宋士杰告状》。故事出在河南。从作者对河南地理熟悉来看，这出戏跟河南可能有些关系。但从唱词的用韵来看，“顾年兄”的“兄”与“不贤人”的“人”押在一起，“中东”、“人辰”相混，又有点像是山西梆子。也许它还在湖北打了一转，然后再流入京剧的。周信芳的演出本，宋士杰口中有一句念白：“这信阳州一班无头光棍，追赶一个女子……”“无头”是“无徒”之误。“无徒”是古语，意思就是无赖，元曲中屡见。白朴的《梧桐雨》和关汉卿的《望江亭》中都

---

* 初刊时间、初刊处未详，初收于北师大版《汪曾祺全集》第三卷。

有。这个古语大概在剧作者写剧本时还活着，到了周先生的嘴里却因口耳相传传讹了。把“徒”读为“头”，是湖北人的口音。“姑苏”、“尤求”相混，谭鑫培早期的唱词里常有这种现象。马连良演出时念成“油头光棍”，更是以讹传讹了。刘二混是“专靠蒙、坑、诈、骗为生”的混混，却不是调戏妇女的浪子。又，顾读和毛朋的念白中都引用了一句民间俗话：“卖屋又卖基，一树能剥几层皮？”这也像是湖北话。

以上这些，都只是一些设想，没有充足的证据。但是这是一个民间的无名的剧作者的手笔，却是可以肯定的。从它所表达的思想，所刻画的人物，以及唱词、念白的语言的通俗而生动，都可以证明。这不是文人的作品，与升平署打本子的太监也无关。

这原是一出很芜杂的戏。最初姚家兄弟、妯娌争夺家产大概占了相当大的篇幅。争夺的主要东西是一对传家的宝物紫金镯。有一个鼓词《紫金镯》，说的就是这回事。大概鼓词比剧本更早一些。现在的剧本里还保留着紫金镯的一点痕迹。《柳林》一场，有这样的对话：

杨　春　你这贱人，方才言道，丈夫去世，三七未满；如今手戴紫金镯，你卖什么风流！

杨素贞　客官有所不知，我公公在世之时，留下紫金镯儿一对，我夫妻各戴一只；夫死妻不嫁，妻死夫不娶。今日见了此镯，怎不叫我痛哭啊……

现在这对紫金镯成了可有可无，与戏的发展没有什么关系了。原来围绕这对镯子是有许多纠纷的。到了形成为京剧，比现在通常的演出本也要大得多。查升平署档案，汪桂芬在宫里演出时要分两天演，头二本一天，三四本一天。升平署所藏剧本目录，在《四进士》下注明“十六刻”，比现在的演出本要大出三倍。

这原是一出“群戏”。生、旦、净、末，谁都可以来一段。正旦杨素贞是一个很重要的角色。查清代梨园史料，不少旦角都以演杨素贞而擅名。她可以在“灵堂”唱大段反二黄，在“柳林”唱大段西皮慢板。这是“本戏”，照例有许多哪一出戏里都可用的套子；有许多任意穿插，荒诞不经的情节。

原本，田氏有个儿子叫添财。田氏在毒死姚庭梅之后，持刀去杀杨素贞的儿子保童。保童读书困倦，伏案睡着了。出来一个土地爷，把他救了。土地还把田氏踢倒在地，唱了一句“我一脚踢你个倒栽葱”。田氏又叫添财去杀保童。添财高叫“看刀”，但想起自小和保童一块长大，不忍下手。于是叫醒保童，说："我妈叫我杀你，我想，咱们从小一块长大，怪不错的。你死了，谁跟我玩儿呢？我不杀你，咱俩逃走了吧！"这两个孩子一同逃到信阳州，还见到杨素贞。杨素贞此时已经下了狱。她婆婆也到了信阳州。婆婆探监，见到杨素贞，大唱了一气，与《六月雪》相似。最妙的是杨素贞的婆婆夜宿神庙，梦中得了一个"温凉玉盏"。"温凉玉盏"本是秦代的宝物，原名"四季温凉玉盏"，见于孤本元明杂剧《临潼斗宝》。不知怎么叫这位老太太得着了，而且是在梦中！老太太把这件宝物献给毛朋。毛朋转献给皇帝，同时将有关案情申奏。皇恩浩荡，尽准毛朋所奏，并且赐了一块匾："节义廉明"。所以这出戏又叫《节义廉明》。

真正是打胡乱说，莫名其妙！

现在南周（信芳）北马（连良）所演的《四进士》，大体相同，基本上是一个本子。许多芜杂的、荒诞的、陈旧的情节去掉了。情节集中了，主题明确了，人物突出了。这项工作是谁来完成的呢？这个人真是《四进士》的一个功臣。也许有这么一个人，也许没有这样一个人。也许，这是一个具有睿智、天才的伟大的剧作家——观众。

有人相信《四进士》是真人真事。

有一个传说，说宋士杰确有其人，信阳州现在还有他开的店，他的店的门坎是铁门坎，这当然是好事者附会出来的。说门坎是铁的，无非说是物如其人，老头儿脾气硬，门坎也是硬邦邦的。宋士杰并无其人，从他的名字就可以看出来。这个名字是谐音。“宋士”即讼师。“宋士杰”者，讼师里的杰出的人也。这是一个“拼凑起来的角色”，剧作者把许多讼师的特征都集中到他身上了。

戏曲剧本写一个讼师，以一个讼师为主要人物的，好像还只有这一出。

讼师这种人，现在没有了。过去是哪个城市里都有的。凡有衙门处，即有讼师。讼师就是包打官司——包揽词讼的人。这是一种很特殊的职业。他们是有师傅，有传授（多是家传），而且是有专书的。有一本书叫《邓思贤》，就是专门讲怎样打官司的。这邓思贤就是一个有名的讼师。这种人每天坐在家里，就是等着人来找他打官司。他们可以替你写状子，教你怎样回话——怎样为自己狡辩，怎样诬赖对方，可以给你打通关节，给你出各种主意，一直到把对方搞得倾家荡产，一败涂地，只要你给他钱。他们的业务是远远超过正常的法律辩护的范围的。这是依附在封建政体上的蝇蚋，是和官僚共生的蛆虫。这种人大都很坏，刁钻促狭，手辣心狠。这是他们的职业训练出来的。好人，老实人是当不了讼师的。讼师的名声比师爷还要更坏一些。人们有事找他，没事躲着他。讼师所住的地方，做小买卖的都不愿意停留。街坊邻居的孩子都不敢和他们家的孩子打架。

然而《四进士》写了一个好讼师，给讼师翻了案。有人推测，此剧的作者大概就是一个讼师，这倒有几分可能。不过也不一定。作者对讼师这种人，对衙门口的生活是非常熟悉的，这一点则是可以肯定的。

宋士杰是一个好人。他好在，一是办事傲上。在旧社会，傲上是一种难得的品德。一是好管闲事。

宋士杰的性格是逐步展开，很有层次的。剧作者要写他爱打抱不平，爱管闲事，却从他不愿管闲事，怕管闲事写起。

宋士杰的出场是很平淡的。没有什么“远铺垫”、“近铺垫”。几记小锣，他就走出来了。四句诗后，自报家门：

> 老汉，宋士杰。在前任道台衙门，当过一名刑房书吏。只因我办事傲上，才将我刑房革退。在西门以外，开了一所小小店房，不过是避嫌而已。今日有几个朋友，约我去吃酒，街市上走走。

“避嫌”即表示引退闲居，不再过问衙门中事。当然，他是不甘寂寞的。他见多识广，名声在外，总是时常有人来向他求教的。班头丁旦为了“今有一桩事儿，不得明白，不免到宋家伯伯那里领教领教”。为田伦向顾读下书行贿的二公差，在他店里住了一宿，临走时还打听“有个宋士杰，你可认识？”也是慕名而想向他请教。但是他近年来毕竟是韬晦深藏，不大活动了。现任道台久久未闻此人踪迹，以为他已经死了。及至听到宋士杰这个名字，不免吃了一惊：“这老儿还在！”

他没有到处去揽事。他卷进一场复杂的纠纷完全是无心的。他不知姚、杨二家的官司，更不知道以后的麻烦，他遇见杨素贞是偶然的。他要去吃酒，看见刘二混同四光棍赶杨素贞，他的老毛病犯了：

> 啊！这信阳州一班无徒光棍，追赶一个女子；若是追在无人之处，那女子定要吃他们的大亏。我不免赶上前去，打他一个抱不平！

但是转念一想：

> 咳，只因我多管人家的闲事，才将我的刑房革退，我又管的什么闲事啊。不管也罢，街市上走走。

他和万氏打跑了刘二混，以为事情就完了。万氏把杨素贞引进店里，他和杨素贞的交谈，也是没有目的的，他问人家姓什么，什么地方的人，到信阳州来干什么，都是见面后应有的闲话。听到杨素贞是越衙告状来了，他顺口说了一句："哎哟，越衙告状，这个冤枉一定是大了。"也还是局外人的平常的感叹，无动于衷。他想看看杨素贞的状子，只是一种职业的习惯。"状纸若有不到之处，我与她更改更改。"他看了状子，指出什么是"由头"，点破哪里是"赖词"，称赞状子写得好，"作状子这位老先生，有八台之位"，"笔力上带着"，但是，"好是好，废物了！"，因为"道台大人前呼后拥，女流之辈挨挤不上，也是枉然"，"交还与她"，他不管了！

他不想管闲事。他不想管闲事吗？

万氏认了杨素贞为干女儿，杨素贞也叫了宋士杰一声干父，宋士杰答应给干女儿去递状子。

到道台衙门递一张状子，这在宋士杰真是小事一桩。本来，宋士杰可以不误堂点，顺顺溜溜地把状子递上，那就万事皆休，与他宋士杰再无干系。不想偏偏遇着班头丁旦，有事求教，拉去酒楼，错过道台的午堂，状子不曾递上，出了个岔子，使他不得不击动堂鼓，面见顾读。犹如一溪静水，碰见了横亘的岩石，撞起了浪花，使矛盾骤然激化了，使宋士杰从一个旁观者变成了当事人，从一个局外人变成了矛盾的一个方面。

要写宋士杰打抱不平，管闲事，先一再写他不想管闲事，欲扬先抑。作者并没有写他路见不平，义形于色，揎拳攘袖，拔刀向前。不。不能这样写。他不是拼命三郎石秀，他是宋士杰。

宋士杰是一个讼师，他的主要行动正是打官司。宋士杰的戏主要是这几场：一公堂、二公堂、盗书、三公堂。三公堂是毛朋的戏，宋士杰没有太大作为。盗书主要看表演。真正表现宋士杰的讼师本色的是一公堂、二公堂。宋士杰的直接的对立面是顾读。一公堂、二公堂，可以说是宋士杰斗顾读。

剧作者没有在姚杨二家的案件上做什么文章，这件案子的是非曲直是自明的事。

一公堂争辩的是宋士杰是不是包揽词讼。

宋士杰是不是包揽词讼？当然是的。包揽词讼是犯法的。所有的讼师在插手一桩官司之前，都必须先替自己把这个罪名择清。宋士杰当然知道这一层。他知道上堂之后，顾读首先要挑剔这一点。他要考虑怎样回答。顾读一声“传宋士杰！”丁旦下堂：“宋家伯伯，大人传你。”宋士杰“吓”了一声。丁旦又说：“大人传你。”宋士杰好像没听明白：“哦，大人传我？”丁旦又重复一次：“传你！小心去见。”宋士杰好像才醒悟过来：“呵呵！传我？”这么一句话有什么听不明白的呢？宋士杰为什么这样心不在焉，反应迟钝呢？不是的，他是在想主意。他脱下鸭尾巾，露出雪白的发髻，报门：“报，宋士杰告进。”不卑不亢，似卑实亢。他这时已经成竹在胸，所以能这样从容沉着。顾读果然劈头就问：

“你为何包揽词讼？”

“怎见得小人包揽词讼？”

“杨素贞越衙告状，住在你的家中，分明是你挑唆而来，岂不是包揽词讼？”

顾读问得是在理的。

“小人有下情回禀。”

“讲！”

宋士杰的回答实在是出人意料：

咋！小人宋士杰，在前任道台衙门当过一名刑房书吏。只因我办事傲上，才将我的刑房革掉。在西门以外，开了一所小小店房，不过是避嫌而已。曾记得那年，去往河南上蔡县办差，住在杨素贞她父家中；杨素贞那时间才这长，这大；拜在我的名下，以为义女。数载以来，书不来，信不去。杨素贞她父已死。她长大成人，许配姚庭梅为妻。她的亲夫被人害死；来到信阳州，越衙告状。常言道是亲者不能不顾；不是亲者不能相顾。她是我的干女儿，我是她的干父；

干女儿不住在干父家中，难道说，叫她住在庵堂——寺院！

这真是老虎闻鼻烟！明明是一件没影子的事，他却把它说得有鼻子有眼，活灵活现，点水不漏，无懈可击！这些话是临时旋编出来的，可编得那样的圆全！宋士杰自己对这样的答话也是得意的。杨素贞对他说："干父，你这两句言语，回答得好哇！"宋士杰一笑："嘿，这两句言语回答不上，怎么称得起……（两望，低声）包揽词讼的老先生。"顾读光会咋呼，不是对手！宋士杰充满了胜利的快乐：

回得家去，叫你那干妈妈，做些个面食馍馍，你我父女吃得饱饱的，打这场热闹官司。走哇。走哇！嗳，走哇！

什么叫讼师？这就叫讼师，——数白道黑，将无作有。

"二公堂"是宋士杰替杨素贞喊冤。顾读受贿之后，对杨素贞拶指逼供，上刑收监。宋士杰在堂口高喊"冤枉！"

顾　读　宋士杰，你为何堂口喊冤？

宋士杰　大人办事不公！

顾　读　本道哪些儿不公？

宋士杰　原告收监，被告讨保，哪些儿公道？

顾　读　杨素贞告的是谎状。

宋士杰　怎见得是谎状？

顾　读　她私通奸夫，谋害亲夫，岂不是谎状？

宋士杰　奸夫是谁？

顾　读　杨春。

宋士杰　哪里人氏？

顾　读　南京水西门。

宋士杰　杨素贞？

顾　读　河南上蔡县。

宋士杰　千里路程，怎样通奸？

顾　读　呃！他是先奸后娶！

宋士杰　既然如此，她不去逃命，到你这里送死来了！

这个地方宋士杰是有理的。但是他得理不让，步步进逼，语快如刀，不容喘息，一鞭一条痕，一掴一掌血，一直到把对方打翻在地，再也起不来，真是老辣厉害。什么叫讼师？这就是讼师。

宋士杰的性格是多方面的。作者除了写了他精通吏道，熟谙官府，还写了他世事洞明，人情练达。

宋士杰吃酒误事，误过午堂，状子不曾递上，他很懊丧，在回家的路上一边走一边自己叨叨：

咳！酒楼之上，多吃了一杯，升过堂了，状子没有递上，只好回去。吃酒的误事！咳！回得家去，干女儿迎上前来，言道："干父你回来了？"我言道："我回来了。"干女儿必定问道："状子可曾递上？"我言道："遇见一个朋友，在酒楼之上，多吃了一杯，升过堂了，没有递上。"她必然言道："干父啊，我不是你的亲生女儿；若是你的亲生女儿，酒也不吃了，状子也递上了。"这两句言语，总是有的……这两句言语，总是……

到了家，杨素贞果然对万氏说：

嗳，我不是他的亲生女儿……

宋士杰用极低的声音：

来了！

杨素贞接着说：

若是他的亲生女儿，酒也不吃了，状子也递上了！

宋士杰：

我早晓得有这两句话……

真是如见其肺肝然。这老头儿对人情世故吃得太透了！

《盗书》一场，誊写书信的动作很重要，但是没有前面的念白，就引不起后面的动作。他一见那两个公差，就感觉到“来得尴尬”，要听他们讲些什么。果然听出一些名堂：

听他们言道：“田顾刘，……”这“田顾刘”是什么人？哦，上蔡县刘题，信阳道顾读，这田……田……哦是了！未曾上任的江西巡按田伦，莫非是他不成？他们又言道：“酒，酒，酒，终日有；有钱的在天堂，无钱的下地狱。”口角带字，其中必有缘故。哎呀，他们过店的时节，见他手中，有一包裹，十分沉重，其中必有要紧之物，我不免等他们睡着，将门——咳！为我干女儿之事，我也不得不如此——将门拨开，取将出来，看上一看。若有我干女儿之事，我也好做一准备呀。

他的嗅觉很灵。是啊，他是六扇门里的，又是开店的，什么样的人没见过？什么样的事没见过？这两个公差带着三百两银子，——三百两有好大一堆，能逃过他的眼睛吗？

他听说按院大人在此下马，写了一张状子。途遇杨春，认为干亲，合计告状。听到鸣锣开道，差杨春前去打探。他突然想起：

哎呀！按院大人有告条在外，有人拦轿喊冤，四十大板。我实实挨不起了！有了。我看杨春这个娃娃，倒也精壮得很；我把这四十板子，照顾了这个娃娃吧！

杨春递状回来，他不好好地问人家递上了没有，他叫人家“走过去”，“走回来”！

宋士杰　啊，这娃娃怎么还不回来，待我迎上前去。

杨　春　义父！

宋士杰　娃娃，你回来了？

杨　春　我回来了。

宋士杰　状子可曾递上？

杨　春　递上了。

宋士杰　哦，递上了！——递上了？

杨　春　递上了。

宋士杰　递上了？

杨　春　递上了啊！

宋士杰　走过去！

杨　春　哦，走过去。

宋士杰　走回来。

杨　春　好，走回来。

宋士杰　唉！娃娃，你没有递上。

杨　春　怎见得没有递上？

宋士杰　哈哈！娃娃，我实对你讲了吧：按院大人有告示在外，有人拦轿喊冤，打四十大板。你这两腿好好的，状子没有递上吧？

有一个孩子读《四进士》剧本，读到这里，说："这个宋士杰，真坏！"

宋士杰是真坏。

他击动道署的堂鼓，害得看堂人挨了四十板。看堂人下来叫他，他还要问人家：

"娃娃，你挨打了吧？"

"唔，挨啦！"

"四十个板子？"

丁旦到上蔡县去提差，他送人家一笔空头人情。"我这里有一茶之敬，带在身旁，买杯茶吃吧。"丁旦不敢拿，他说人家嫌轻了。丁旦愧领，刚走不远，他在那里念秧："好，好！好丁旦！好丁旦！这个娃娃吃红了眼了，连我宋士杰的银子他也敢要！好，姚、杨二家，不少一名还则罢了；短少一名，管叫这个娃娃挨四十个板子，不能挨三十九。"丁旦听见，连忙回来："原银未动"。宋士杰收了银子，还笑呵呵地说：“娃娃，你的胆子小啊。”——“我本来胆子小。”——“好，吃衙门饭，原要胆小。”他一毛不拔，最后还要奉送一句金玉良言，真正叫人哭笑不得。

作者不放过任何一个有用的细节。他写这些细节并不吃力。信手拈来，皆成妙趣。闲中著色，精细至此。正如风行水面，随处成文。其原因，在于作者对生活熟透了。其可贵处在于，笔下处处有人。

宋士杰是好人，可是他很坏。宋士杰很坏，可是还是一个好人。这是一个有血有肉的，活生生的人物，不是一个干瘪的概念。他的性格不是简单的。简单的性格不是性格。作者也没有把他写成一个一般化的讼师，他写的是宋士杰。这样的性格在中国戏曲里少见。不可无一，不可有二。他是“这一个”。

《四进士》在中国戏曲里是一部杰出的现实主义的作品，宋士杰是一个非常难得的典型。

学习《四进士》对于借鉴传统，推动我们今天的创作，是有益的；对于克服“四人帮”造成的公式主义的影响，是有益的。

《四进士》很好了。现在的演出本是一个相当干净、相当精练、相当完整的本子。但是是不是没有加工余地了？能不能再改改？

双塔寺盟誓，毛朋原有这样的念白：

> 可恨严嵩在朝，与我等作对；多蒙海老恩师保奏，我等方能帘外为官。那严嵩心中怀恨，差遣心腹人等暗中查访，要寻拿你我的错处，以图伤害。

早年演出时，还有严嵩的心腹带领校尉过场，后来大都删掉了。

这只是一个背景，一个伏线。但把整个故事放在这样一个政治背景上来写，有好处。这样就能说明毛朋秉公执法的直接原因，不致把毛朋拔得太高，成了单纯的为民请命。

姚、杨二家的纠纷简化了，是对的。不过现在写法有点近乎儿戏。田氏因为听说婆婆说她“走东家、串西家，不像个官宦人家的规矩”，怀疑是杨素贞挑唆，因此便起意要毒死姚庭梅，殊不可信。应该还是为了争夺家产。这和毛朋所写状子上的“由头”“害夫谋产、典卖鲸吞”也才对得上号。田氏与田伦的关系要早点提起。她谋产害人，还不是因为有这么个当大官的阔弟弟么？

顾读是“直接受贿”还是“间接受贿”，是师爷把银子拿走了，还是他自己收下了，都可以商量。但不论用哪一种写法，都不能对顾读原谅。

田伦一点性格没有。他向顾读行贿，是不是只是因为母亲一跪，可以考虑。他的思想应该稍稍复杂一些，不能把他的行为写成是全不得已。

有一些不恰当词句要改改。毛朋的定场诗“逢龙除角，遇虎拔毛”，这种天真的、童话式的夸张词句出于一个八府巡按之口，不怎么合适。黄大顺的上场诗“朝为田舍郎，暮登天子堂”，显然是演员随便抓来的。一个幕僚，登的什么天子堂呢？不合身份。杨素贞《柳林》的唱词：“你家也有姊和妹，你姊姊嫁过多少人”，有点像个泼妇。有些听不懂的词句可改。周信芳本，按院大人有告条在外，有人提起“贩梢”二字，责打四十大板，一面长枷。“贩梢”费解。马连良演出时念成“贩售”，还有念成“贩售人口者”，也都令人生疑。按院查访民情，为什么对贩卖人口问题这样注意，特别出了告示？这一节去掉，于戏似无大碍。“无徒”现在既然很少人懂，不如径改为“流氓光棍”。诸如此类。

“三公堂”宋士杰没有什么戏。毛朋很有戏，宋士杰相形见绌。他在八府巡按面前好像变得老实了。要把这场戏往上挺一下，要想点办法。这办法不太好想。

周信芳和马连良的演出，基本上用的是一个底本。但是取舍之间，颇有不同。现在周先生、马先生都已作古，是不是能把南北两个本子参合起来，斟酌长短，定成一个更完善的本子，供青年演员演出？

我们的前人曾把《四进士》大改了一下，取得很大的成绩。我们今日把它再改改，让它再提高一点，再好一点，可不可以呢？有没有这个必要呢？可以的，也必要的。工程不大，但也要费一点事，而且会有困难。困难之一，是有门户之见。我们今天提倡流派，流派不等于门户。然而门户之见是有的。如之何？如之何？

一九七八年十二月写成

一九七九年六月八日改定

京剧杞言

——兼论荒诞喜剧《歌代啸》

京剧有没有危机？有人说是没有的。前几年就有人认为京剧的现况好得很，凡认为京剧遇到危机（或“不景气”、“衰落”等等近似而较为婉转的说法）的人都是瞎说。或承认危机，但认为很快就会过去，京剧很快就会有一个辉煌的前途。这些好心的、乐观主义的说法，只能使京剧的危机加速，加剧。

京剧受到其他艺术的冲击，不得不承认，受电影的、电视的、流行歌曲的、卡拉OK的。流行歌曲的作者不知是一些什么人，为什么要写得那样不通：“四面楚歌是姑息的剑”，是什么意思，百思不得其解。“楚歌”、“姑息”、“剑”这几个概念怎么能放在一起呢？然而流行歌曲到处

＊初刊于《中国京剧》一九九二年第一期，初收于《汪曾祺小品》。

流行，你有什么办法？小青年宁愿花三十块钱到卡拉OK舞厅去喝一杯咖啡，不愿花五块钱买一张票去听京剧。

整个民族的文化素质的下降，是京剧衰落的一个原因。看北京的公共汽车的乘客（多半是青年）玩儿命似的挤车，让人悟出：这是京剧不上座的原因之一。

我对上海昆曲剧团的同志始终保持最高的敬意。他们的戏总是那样精致，那样讲究，那样美！但是听说卖不了多少票。像梁谷音那样的天才演员的戏会没有多少人看，想起来真是叫人气闷。有些新编的或整理的戏是很不错的，但是"尽内行不尽外行"，报刊上的评论充满热情，剧场里面"小猫三只四只"。无可奈何。

戏曲艺术教育的不普及，不深入，是戏曲没落的一个原因。台湾的情况似乎比我们稍好一些。我所认识的一位教现代文学也教戏曲史的教授是带着学生看戏的；一位著名的舞蹈家兼大学的舞蹈系主任的先生指定学生必须看京剧，看完了还得交心得，否则不给学分，他说："搞舞蹈的，不看京剧怎么行！"已故华粹深先生在南开大学教课时是要学生听唱片的。吴小如先生是京剧行家，但是他在北大似乎不教京剧这门课。现在有些演员到中小学去辅导学生学京剧，这很好，但是不能只限于形而下的技巧，只限于手眼身法步，圆场、云手……得从戏曲美学角度讲得深一点。这恐怕就不是一般演员所能胜任的了。

京剧的衰落除了外部的、社会的原因，京剧本身也存在问题。京剧活了小二百年，它确实是衰老了。京剧的机体已经老化，不是得了伤风感冒而已。京剧的衰老，首先表现在其戏剧观念的陈旧。

我曾经是一个编剧，只能就戏曲文学这个角度谈一点感想。

京剧对剧本作用的压低也未免过分了一点。有人以为京剧的剧本只是给演员提供一个表现意象的框架，这说得很惨。不幸的是，这是事实。又不幸的是，京剧为之付出惨重的代价，即京剧的衰亡。这个病是京剧自出娘胎时就坐下的，与生俱来。后来也没有治。京剧不需要剧作家。京剧有编剧，编剧不一定是剧作家。剧作家得自成一家，得是个“家”，就是说，有他的一套。他有他的独特的看法，对生活的，对戏曲本身的——对戏剧的功能、思想、方法的只此一家的看法。这些看法也许是不完整的，支离破碎的，自相矛盾的，模模糊糊的，只是一种愿望，一种冲动，但毕竟是一种看法。剧作家大都不善持论，他的不成熟的看法更多地表现在他的剧作之中。他的剧作多多少少会给戏曲带进一点新的东西，对戏曲观念带来哪怕是局部的更新。他的剧作将是带有强烈的个人色彩的，并且具备一定的在艺术上的叛逆性，可能会造成轻微的小地震。但是这样的京剧剧作家很少。于是京剧的戏剧观基本上停留在四大徽班进京的时期。

周扬同志曾说过，京剧能演历史剧，是它的很大的长处，但是京剧对历史事件和历史人物往往是简单化的。都说京剧表现的人物性格是类型化的，这一点大概无可否认。“简单化”、“类型化”，无非是说所表现的只是人物的外部性格，没有探到人物的深层感情。是不是中国的古人就是这样性格简单，没有隐秘的心理活动？不能这样说。汉武帝就是一个非常复杂、充满戏剧性的心理矛盾的人物。他的宰相和皇后没有一个是善终的。他宠任江充，相信巫蛊，逼得太子造了反。他最后宠爱钩弋夫人，立她的儿子为太子，但却把钩弋夫人杀了，“立其子而杀其母”。他到底为什么要把司马迁的生殖器割掉？这都是很可捉摸的变态心理。诸葛亮也是并不“简单”的人。刘备临危时甚至于跟他说出这样的话：“若嗣子可辅，辅之。如其不可，君可自为”，话说到了这个份儿，君臣之间的关系是相当紧张复杂的。“鞠躬尽瘁，死而后已”这两句话包含很深的悲剧性。可是京剧很少表现人物的内心世界。戏曲表现人物内心世界的，不是没有。《烂柯山》即是，《痴梦》一场尤为淋漓尽致。但是这不是京剧，是昆曲。

板腔体取代了曲牌体，从文学角度看，是一个倒退。曲牌体所能表现的内容要比板腔体丰富一些，人物感情层次要更多一些，更曲折一些，形式上的限制也少一些。一般都以为昆曲难写，其实昆曲比京剧自由。越是简单的形式越不好嗻咕。我始终觉得昆曲比京剧会更有前途，别看它现在的观众比京剧还少。

中国戏曲的创作态度过于严肃。中国对戏的要求始终是实用主义的。这和源远流长，占统治地位的儒家思想是有关系的。中国戏曲一直是非常自觉地，过度地强调教育作用。因此中国戏曲的主题大都是单一的，浅露的。中国戏曲不允许主题的模糊性，不确定性，荒诞性。人们看戏，首先要问：这出戏“说”的是什么，不许“不知道说的是什么”，不允许不知所云。中国戏里真正的喜剧极少，荒诞喜剧尤少。

京剧的荒诞喜剧大概只有一出《一匹布》，可惜比较简单，比较浅。

真正称得起是荒诞喜剧的杰作的，是徐渭（文长）的《歌代啸》。这个剧本是中国戏曲史上的一个奇迹。

这出戏的构思非常奇特。不是从一人一事，也不是从一般意义上的哲学的理念出发，而是由四句俗话酿出了创作灵感，“探来俗语演新戏”（开场）。杂剧正名说得清楚：

没处泄愤的是冬瓜走去拿瓠子出气，

有心嫁祸的是丈母牙疼灸女婿脚跟，

眼迷曲直的是张秃帽子教李秃去戴，

胸横人我的是州官放火禁百姓点灯。

徐文长是一大怪人。或谓文长胸中有一股不平之气，是诚然也。《歌代啸》的“啸”即“抬望眼仰天长啸”之“啸”。魏晋人的啸，后来失传了。徐文长的啸大概只是大声的呼喊。陶望龄《徐文长传》谓：“渭貌修伟肥白，音朗然如唳鹤，常中夜呼啸，有群鹤应焉。”半夜里喊叫，是够怪的。说《歌代啸》是嘻笑怒骂，是愤世疾俗，这些都可以。但是《歌代啸》已经不似《四声猿》一样锋芒外露，它对生活的层面概括得更广，感慨也埋得更深。是“歌”，不复是“啸”。也许有笨人又会问：“这个杂剧究竟说的是什么？”我们也可以作一个很笨的回答，是说“世界是颠倒的，生活是荒谬的”。但是这些岂有此理的现象又是每天发生的：平平常常的，没有什么值得大惊小怪的。（开场）［临江仙］唱道：“凭他颠倒事，直付等闲看。”徐文长对剧中人事的态度是：既是投入的，又是超脱的；既是调侃的，又是俨然的。沉痛其里，但是，荒诞其外。

陶石篑对《歌代啸》说了一句话：“无深求”（《歌代啸》序）。这是读《歌代啸》最好的态度。一定要从里面

“挖掘”出一点什么东西，是买椟还珠。我上面所说的对于此剧“思想内涵”的分析实在是很笨。

真难为徐文长，把四句俗话赋之以形象，使之具体化为舞台动作，化抽象为具象。而且把本不相干的生活碎片抟弄成一个完完整整，有头有尾，情节贯通的戏。

随意性是现代喜剧艺术的很重要的特点。有没有随意性是才子戏和行家戏的区别所在。《歌代啸》的结构同时具有严整性和随意性。它有埋伏，有呼应，有交待。我们现在行家戏多，才子戏少。

才子戏少，在戏曲文体上就很难有较大突破。

《歌代啸》的语言极精彩，这才叫做喜剧语言！剧本妙语如珠，俯拾即是，信手拈来，涉笔成趣。剧中有大量的口语俗语。

徐文长的剧品，我以为不在关汉卿下。若就喜剧成就论，可谓空前。文长以前，无荒诞喜剧。有之，自文长始。中国的荒诞剧，文长实为先河。中国在十六世纪就有现代主义。如果我们不把“现代主义”只看着是一个时间的概念，而看着是反传统戏剧观念的概念，这样说似乎也是可以的。这大概是怪论。

《歌代啸》大概没有在舞台上演出过。京剧更是想也没有想过演出这个戏，这样的戏。京剧压根儿就没有考虑过演出这样的戏，我以为这是京剧走向衰亡的一个重要原因。这当然是怪论。

中国的京剧（包括其他的古典戏曲）的前途何在？我以为不外是两途。一是进博物馆。现在不是讨论要不要把京剧送进博物馆的问题，而且是怎样及早建立一个博物馆的问题。我以为应该建立一个极豪华之能事的大剧院，把全国的一流演员请进来，给予高额的终身待遇，加之以桂冠，让他们偶尔露演传统名剧，可以原封不动，或基本不动。也可以建立一个昆剧院。另外，再建一个大剧院，演出试验性、探索性的剧目。至于一些非名角、小剧团，国家会有办法。

在传统与革新之间保持一种张力

有缘为汪曾祺先生的戏剧作品编个集子，对我来说，真是荣幸。

汪老在戏剧上的贡献太了不起。

“样板戏”唱遍大江南北，这其中，汪曾祺的贡献不可磨灭。“文革”期间，样板戏的流行确有政治力量推动，可是“文革”后，没有政治力量推动了，《智斗》等经典唱段，仍然是各种综艺晚会的常见曲目，也常常活跃在大街小巷。

汪老自己说过：“我搞京剧，是想来和京剧闹一阵别扭的。”我理解他说的“闹别扭”，一是他深知传统戏的积淀太深。很多传统戏，都是在漫长的时间里，经过几代艺人的积累慢慢成形的。那些可能连字都不识的艺人们，在一遍遍地唱戏过程中，今天，你贡献一个动作，明天，他又加了一小段唱腔……就这样，一代代艺人的人生经验与审美经验融汇在一出出的戏里，形成了我们今天能够看到的京剧深厚的美学积淀。这个积淀太深厚了。我想汪老也深知，凭他一己一时之力，恐怕只能“闹闹别扭”吧！

二来，虽然难，但别扭一定是要闹的。因为汪曾祺想的是“把京剧变成‘新文学’”。对很多不了解京剧戏文的人来说，看这么一句话，大概会觉得波澜不惊。但京剧行里人看见了，估计可能会吓一跳——京剧的戏文，还能是文学？

我是半路出家看京剧，和很多从文学出身看戏的人差不多吧，开始时不自觉地会把对昆曲的想象带入到京剧。看着看着，就觉得不对了——京剧的戏文怎么可以“水”到那个程度？“一弯明月照九州”，“一弯明月照窗前”……这“一弯明月”哪里都照。这几年一直跟着郭宝昌先生研究京剧，他还给我举过一些特别好玩的例子：《二进宫》里，“李艳妃坐早朝龙书案下”，你看，皇太后钻到桌子底下去了；“耳边厢又听得朝靴底响”，这是说脚上穿的靴子自己响起来了；要封杨波“太子太保”，唱的却是“封你太子和太保”，一个官衔扯成了两个，太子是皇儿，也是可以封的吗？……这种重复与不“遵守”语法，当然是和京剧自身创作的特点有关，有它自己的逻辑，也有它自己的无奈。但就是这样的词，怎么变成“新文学”？

我后来细读汪老的戏，慢慢发现，他这要闹别扭的心思，很早就应该有了。写《范进中举》，他就已经开始了自己独立而有意识地用新文学的方式去写要唱的京剧了。像《范进中举》这样的题材，传统戏本来就不大会有的。一个穷酸知识分子的遭遇与心境，不太适合以农民为主的传统观众群体；但伴随着听戏观众的知识水平的提高，他们又需要新的戏剧内容。汪老写《范进中举》，自觉不自觉地就已经在做京剧实验了。而在《范进中举》的戏里，他也已经大胆地多用短句，改造京剧模式化的唱腔，类似“我口不停念，念得我唇干舌燥耳目昏，我笔不住写，写得我手指麻木腕臂疼，足不窥园，头不安枕，口不知味，耳不知音，秋非我秋，冬非我冬，夏非我夏，春非我春，实指望苍天不负苦心人，又谁知费尽心机成画饼……”“你笑我老，你笑我穷，笑我是一个疙里疙瘩的老童生……”这样的长短句的唱词，在《范进中举》里处处可见。在这部戏里，我还对两处念白印象非常深刻。一处是赶考的秀才们念的：“号棚窄小睡不安，累得腰疼腿又酸。”这一句正常；紧接着下一句“天天都吃夹生饭，顿顿五香茶叶蛋”。这后一句，就已经是悟透了传统戏里如何将日常之俗转化为表演之美的精神了。还有一处范进在苏醒过来之后，有一首诗:“天上有座九曲桥，昆仑山头白云高，东海日出红杲杲，万古飘飘一羽毛。”这首将醒未醒时念的歪诗，恰又有一种歪打正着的从容。我就这样一边看《范进中举》，一边揣测，汪老被调去写样板戏，那绝不是偶然。他自己不愿多说，但可以看出，他那种“闹别扭”的倔强，早就化作一点一滴的行动了。

大众对于样板戏到今天仍念念不忘，就已经说明样板戏的巨大成就。出于多种原因，我们对于样板戏的研究非常不充分，讨论也多集中在一些唱段与场面上。我看啊，样板戏的精彩不仅是在唱段与场面上的创造，它完成的是现代剧场整体建制对于传统戏的挑战。样板戏把传统戏散场结构形成的散漫的、不太适合叙事的传统，硬生生地改装成严苛的“幕场”。样板戏每一幕集中叙述一个戏剧性段落，每一幕与每一幕之间环环相扣，没有因为大量的唱腔而破坏大段叙述的连贯，这多么了不起！从这个角度看，样板戏完全可以说是京剧与以欧洲戏剧为代表的现代戏剧的一次碰撞。用汪老的话说就是:“传统和革新统一起来，或者照现在流行的话说:在传统与革新之间保持一种张力。”可惜，后来的现代戏，只继承了其分幕的表现形态，而没有搞懂这种形态之下的内在经验。

补充一句，本来我很想把《沙家浜》的韵白本作为附录收入这个集中。为什么会有这样的想法？京剧的道白用韵白，是《杜鹃山》开创的；虽然没有延续下来，但这种努力，我们不该忘记。对比没有演出过的《沙家浜》韵白本，看看汪老在“京剧现代化”道路上如何持续不断地“闹别扭”，是我的初衷。只是可惜的是，限于别集的篇幅，这个愿望没有能实现。有心的读者，可以去别处找来看。也许对今天的新编京剧，还是有一点帮助的。

“文革”后汪老还在写新戏。限于篇幅，这些新戏没有再收进来，我反而收了汪老改编的三部传统戏《一匹布》《一捧雪》《大劈棺》。汪老一直觉得这些传统戏本身就是有很强的现代性，稍加整理，就是很好的戏。《一匹布》中，在屋里与门楼不同的场景里，醒着的与睡着的不同状态的人物，不需要任何说明，不需要任何“间离”，就可以在舞台上自由对话，互相呼应。《一捧雪》经过改编，大大压缩了原来繁琐的上下场与不必要的过场，整部戏精炼紧凑，而穿插进的“副末”虽有对人物的评述，但整体上只是起到凝结剧情的作用，绝不影响原剧自身的起承转合。汪老的这番努力也是在提示我们：今天，我们如果做不了太大篇幅的新剧目，下点苦功夫、笨功夫，让传统戏更凝练一些，也是好的。

说到底，本书收录的只是京剧的文本。京剧确实是以表演为主体的艺术形式，很多文字上的讨论，真的无法完整展现这些文本通过表演手段呈现在舞台上之后的魅力。作为编者，我真的希望，如果您看到这些京剧文本，对于京剧有一点兴趣，那么，还是去看看戏吧！

陶庆梅

二〇二〇年八月二十日

图书在版编目（CIP）数据

撞墙集 / 汪曾祺著．—杭州：浙江文艺出版社，2020.12
（汪曾祺别集）
ISBN 978-7-5339-6316-3

Ⅰ．①撞… Ⅱ．①汪… Ⅲ．①京剧－剧本－作品集－中国－当代 Ⅳ．① I232

中国版本图书馆 CIP 数据核字 (2020) 第 224946 号

撞墙集　　汪曾祺　著

出版策划　星汉文章　读蜜传媒

出版统筹　金马洛　　选题策划　李建新　　责任编辑　罗　艺

文字编辑　王　挺　　装帧设计　生生书房　　排版制作　胡亚超

责任印制　张丽敏

出版发行　浙江文艺出版社

网　　址　www.zjwycbs.cn

联系电话　0571-85152727（发行部）

经　　销　浙江省新华书店集团有限公司

印　　刷　浙江新华数码印务有限公司

开　　本　787 毫米 ×1092 毫米　1/32　　字　　数　250 千字

印　　张　14.75　　插　　页　4

版　　次　2020 年 12 月第 1 版

印　　次　2020 年 12 月第 1 次印刷

书　　号　ISBN 978-7-5339-6316-3

定　　价　55.00 元